I love you,
mon amour

TAMARA BALLIANA

I love you, mon amour

Una historia de amor en la Provenza

Traducción de Paz Pruneda

Título original: *Love in Provence*
Traducción al español a partir de la edición publicada por Montlake Romance, Luxemburgo, 2017

Edición en español publicada por:
AmazonCrossing, Amazon Media EU Sàrl
5 rue Plaetis, L-2338, Luxembourg
Agosto, 2018

Impreso por: Ver última página
Primera edición digital 2018

ISBN: 9782919802661

www.apub.com

Sobre la autora

Tras el éxito de su primera novela, *The Wedding Girl*, autopublicada, Tamara Balliana ha continuado escribiendo comedias románticas, ligeras y contemporáneas, que seducen a todas sus lectoras. Con *I love you, mon amour* comparte su pasión por el sur de Francia, donde vive con su marido y sus tres hijas. Para más información sobre ella, puede consultarse:

http://www.tamaraballiana.com
http://www.facebook.com/tamaraballiana

Enero

«Señoras y señores, en unos minutos aterrizaremos en el aeropuerto de Marsella-Provenza. Por favor, abróchense los cinturones y plieguen sus mesitas. Son las catorce horas y cinco minutos, la temperatura exterior en Marsella es de trece grados y sopla un ligero viento del oeste. Permanezcan sentados hasta que el aparato se haya detenido por completo. Muchas gracias.»

La mayoría de los pasajeros del vuelo procedente de Montreal apenas prestó atención al aviso de la sobrecargo. Los viajeros habituados a los vuelos trasatlánticos hacía tiempo que habían dejado de escuchar ese tipo de información, yo tampoco solía hacerlo normalmente. Mi trabajo por aquella época implicaba tantos desplazamientos en avión que yo misma ya formaba parte de esa categoría de viajeros desganados.

Sin embargo, ese día, a pesar del cansancio de un vuelo interminable, al escuchar el mensaje emitido en un tono monocorde, sentí una punzada de excitación, tal vez en parte porque anunciaba el final de mi calvario. Acababa de pasar ocho horas atrapada entre un chico granujiento cuya consola emanaba ruidos estridentes y un obeso y avasallador ejecutivo de sonoros ronquidos que había tenido la maravillosa idea de tomarse un somnífero en cuanto despegamos para caer de inmediato en un profundo sopor. Mi único intento de llegar a los aseos se había convertido en una exhibición de contorsiones propia de una acróbata del Circo del Sol. Hubo incluso un momento, mientras sobrevolábamos el Atlántico, en que lamenté los progresos tecnológicos que permitían que las pilas de esos condenados aparatitos duraran tanto tiempo.

Me revolví de impaciencia en mi asiento, al saberme a escasos minutos del comienzo de una nueva aventura. Durante los próximos dieciocho meses viviría en la Provenza.

Desde hacía diez años trabajaba para el grupo hotelero de lujo Richmond y en esta ocasión me dirigía a su recientemente adquirido establecimiento en el macizo de Luberon. Mi cometido consistiría en desarrollar el sello de identidad de Richmond, supervisando las transformaciones del hotel y poniendo en práctica los métodos de trabajo de la compañía. Mis misiones solían durar entre seis y doce meses y me habían llevado por los cuatro rincones de América del Norte.

Era buena en mi trabajo, quizá la mejor, y eso sin echarme demasiadas flores. En consecuencia, los directivos del grupo, satisfechos con mis resultados, habían pensado automáticamente en mí para esa nueva criatura suya que constituiría la primera etapa de su estrategia de desarrollo en el Viejo Continente. Yo había aceptado con la condición de que a mi regreso se me confiaría la dirección de un establecimiento en los Estados Unidos, pues, efectivamente, empezaba a cansarme de ese trabajo de consultoría y deseaba pasar a la siguiente etapa.

¿Por qué?

Mi madre habría dicho que aquello suponía una oportunidad de regresar a mi país, conocer a alguien, casarme, engendrar 2,5 renacuajos y comprar un chalé en las afueras con una valla de madera pintada de blanco, a ser posible no muy lejos de ella. La opción de un golden retriever era el extra más indispensable. Bastante gracioso si se piensa que ella había pasado toda su vida en pleno corazón de Chicago.

Mi jefe habría dicho que esa era la continuación lógica de mi carrera: un ascenso con su correspondiente aumento salarial y la posibilidad de aportar la experiencia que había ido adquiriendo en los distintos establecimientos a aquel que yo dirigiría.

Mis amigos pensaban que así me asentaría y estaría más cerca de ellos y de mi familia. Y todos tenían un poco de razón, aunque también se equivocaban (sobre todo en lo de los 2,5 renacuajos). De hecho, desde siempre había querido dirigir un hotel. Ya de niña, por los viajes de negocios de mi padre, mis padres me habían arrastrado por los establecimientos más lujosos imaginables. Siempre me había sentido fascinada por todas esas personas que trabajaban en los hoteles y se afanaban por hacer funcionar esas grandes maquinarias, como en una sincronizada coreografía, semejante a la de una colmena, donde cada uno tenía un puesto bien definido. Y yo deseaba ser la reina de las abejas.

Había estudiado en una de las mejores escuelas de gestión hostelera del mundo, en Suiza y, apenas tuve el título en mi bolsillo, fui contratada por el grupo américo-canadiense Richmond, pero, después de más de diez años, mi mayor motivación era dirigir algún día mi propio establecimiento. Había trabajado como una bruta y estaba ansiosa por alcanzar mi objetivo.

Esas horas atrapada en la clase turista serían rápidamente olvidadas mientras por fin tocaba mi sueño con la punta de los dedos. Y mi exilio en Francia bien valía la pena, aunque, en ese momento, aún no sabía hasta qué punto.

Me dispuse a salir de la carcasa metálica recorriendo los pasillos que ya habían perdido su esplendor inicial, abandonados por unos viajeros que dejaban atrás papeles grasientos y mantas desordenadas. Respondí con un pequeño gesto de cabeza a la sobrecargo que nos dirigía una sonrisa cansada y nos deseaba «un buen día». Una vez recogidas mis maletas, las amontoné mal que bien en un carrito, salí de la zona de pasajeros y busqué con la mirada al chófer que debían enviarme del hotel.

Escruté a todos los hombres de uniforme oscuro pertrechados con una pancarta, pero no encontré a ninguno que portara una con mi nombre ni el de los hoteles Richmond. Consulté mi reloj, que continuaba con la hora de la costa este de los Estados Unidos, e hice un cálculo mental del desfase horario. Mi avión había aterrizado a la hora prevista. Ya me habían advertido que el sentido de la puntualidad en el sur de Francia no era el mismo que en Suiza, de modo que decidí esperar a mi conductor sentada en una de las sillas metálicas del aeropuerto.

Me sentía extenuada por el viaje, sin contar con que los días que habían precedido a mi partida no habían sido precisamente tranquilos. Tuve que desplazarme a Montreal, sede de los hoteles Richmond, para recibir instrucciones del equipo directivo, a la vez que ultimaba los detalles de mi traslado. No tenía más que un deseo: disponer de una habitación de hotel lo más rápido posible para poder disfrutar de un poco de intimidad, un colchón mullido y, sobre todo, una buena ducha caliente.

Una media hora más tarde, me di por vencida: el chófer no había aparecido por allí. Llamé por teléfono al hotel donde, tras derivarme de un servicio a otro de mala gana (un poco menos cuando por fin comprendieron quién era yo), me informaron que la central les había confirmado mi llegada para el día siguiente. Y tras aceptar las excusas mil veces repetidas de la joven que estaba al otro lado de la línea y prometerle que ya me las apañaría por mi cuenta, salí en busca de un taxi.

Apenas tuve que hacer un poco de cola antes de que una berlina blanca se detuviera delante de mí. El conductor, un hombre de unos cuarenta y tantos años, pequeño y achaparrado, se acercó rápidamente y se hizo cargo de mis maletas como si no pesaran nada.

Cuando le anuncié mi destino, su mirada se iluminó con esa alegría propia de quien hubiera ganado la carrera del día. Antes de salir, había buceado un poco en Internet: el hotel estaba situado en el departamento de Vaucluse, a poco más de una hora de carretera, lo que para él suponía una bonita suma en el bolsillo al final de la tarde. El hombre vestía una camiseta turquesa y blanca y recordé que aquellos eran los colores del equipo de fútbol local. Me acordé vagamente de que mi amigo Jerry me había hablado de una película que contaba la historia de un taxista marsellés, aficionado a la velocidad y al Olympique de Marsella y, tratando de ser amable, aproveché para preguntarle si era aficionado de ese equipo.

Al oír mi pregunta el conductor casi dio un frenazo en seco. Menos mal que ya me había abrochado el cinturón de seguridad. Me lanzó por el retrovisor una mirada estupefacta. Es cierto que la pregunta era un poco tonta, pues nadie llevaría la camiseta de un equipo que no amara.

—¿Y a quién quiere que apoye? —exclamó con voz fuerte y acento cantarín—. ¡Tenemos el mejor equipo del mundo en la ciudad más bella del mundo! ¡Pues claro que soy del Olympique! ¡Aquí todo el mundo es del Olympique! ¡Los marselleses lo llevamos en la sangre!

No intentaré reproducir la exposición detallada que sufrí durante los siguientes veinte minutos sobre los jugadores, los últimos partidos, la historia del Velódromo (al parecer ese era el nombre de su estadio, aunque ignoraba qué relación podía tener con las bicicletas) e incluso algunos improperios sobre el resto de equipos de los que rápidamente olvidé los nombres. Lo que retuve sobre todo es que el fútbol tenía el halo propio de algo sagrado por esta parte del mundo. ¿Sucedería lo mismo en el Luberon? En ese caso, tendría que informarme de las reglas de ese deporte, tan poco mediático en mi Chicago natal como en las otras ciudades en las que había vivido, ni siquiera en Suiza, donde había cursado mis estudios.

Con el parloteo incesante del taxista como música de fondo, abandonamos la autopista después de un rato, para internarnos en un valle mucho más... ¡campestre! Sabía que aquel destino sería diferente a los que estaba acostumbrada, pues casi siempre había vivido en grandes ciudades. Cuando me informé sobre el Luberon, comprendí que aquello estaría en las antípodas de mi estilo de vida habitual y que tal vez necesitara algo de tiempo para adaptarme. Sin embargo, había imaginado que habría... ¿cómo decirlo? ¿Algo más de civilización? Es cierto que estábamos a 2 de enero, lejos de la temporada alta turística, pero las carreteras desiertas y las casas con las contraventanas cerradas me produjeron una leve aprensión. Esas comarcas que parecían vacías contrastaban con el cielo de un azul profundo y luminoso. Traté de centrarme en lo positivo y me pregunté a partir de cuándo haría calor suficiente para bañarse. Ya me imaginaba llamando por teléfono en pocas semanas a mis amigos, aún en pleno rigor invernal norteamericano, mientras yo disfrutaba al sol de una copa de rosado en una terraza.

Pasamos por delante del letrero que señalaba la entrada a un pueblo. Se trataba de Gordes, el municipio donde se situaba el hotel. A través de la ventanilla del taxi, distinguí el pueblo que respondía exactamente a la idea que nosotros, los norteamericanos, tenemos de una pequeña aldea provenzal. Apiladas sobre la colina dominando el valle, las casas de piedra parecían salidas de un anuncio publicitario. Como muchos de mis compatriotas, me sentía fascinada por el hecho de que ciertos edificios fueran más antiguos que mi país. Era fácil comprender que aquel lugar, sobre todo en verano,

6

atrajera a tantos turistas. Me prometí conocerlo pronto para descubrir todos sus secretos. Durante las últimas semanas había hecho algunas indagaciones no solo para tratar de determinar la clientela que frecuentaría el hotel sino por propio interés personal: la región contaba con muchos atractivos. Una parte de mi trabajo consistía en conocer los sitios de mayor interés turístico de cada zona.

El taxi abandonó la carretera y cruzando una gran verja de hierro forjado, se adentró por un sendero bordeado de altos cipreses que apuntaban orgullosos hacia el cielo azul. Unos cientos de metros más adelante, llegamos frente a la entrada principal del hotel. El taxi se detuvo y un mozo se apresuró a abrir mi puerta. En cuanto el taxista sacó las maletas, todas ellas confiadas a un botones, y pagué la carrera, me tomé un minuto para asimilar el entorno. La construcción, vista desde donde me encontraba, resultaba bastante acogedora. Edificada en piedra, la fachada era típica, según supe más tarde, de la región. Unos grandes pinos piñoneros debían de aportar en verano una apreciada sombra. En ese comienzo de enero, la vegetación escaseaba, pero no era difícil imaginar el romero en flor y la lavanda plagada de espigas violetas en plena temporada.

Con la mente ya inmersa en el trabajo, decidí que aquella entrada era preciosa pero no lo suficientemente acogedora, y que haría falta mejorarla durante las siguientes semanas. Los hoteles Richmond querían ofrecer a sus clientes una atmósfera lujosa, pero sobre todo cálida. Nuestra exclusiva clientela, era en su mayor parte familiar, y esa entrada me resultaba un tanto austera para las personas que desembarcarían allí, después de un largo viaje, con equipajes y niños, en busca de un remanso de paz.

Atravesé el umbral y me adentré en el vestíbulo principal, que en breve se convertiría, sin duda alguna, en un lugar familiar para mí. Era de un blanco inmaculado. Desde las alfombras a los cómodos sillones dispuestos formando rincones más íntimos, todo se reflejaba en el mármol, también blanco. Los dos recepcionistas, vestidos con traje chaqueta completamente negro, eran la única nota de color de la estancia (aunque, siendo rigurosos, el negro es la ausencia de color). Me planté frente a ellos.

—Buenos días, soy la señorita Harper, me envía la central de los hoteles Richmond como consultora, aunque no la tuviesen registrada hasta mañana, supongo que están al tanto de mi llegada.

La joven que tenía frente a mí me dirigió una mirada tan inquieta como curiosa. Su reacción era comprensible: la aparición de alguien de la central suele provocar cierto estrés entre los empleados porque piensan que les han enviado a un inspector. Cada vez que llegaba a un nuevo hotel, a los equipos les costaba un tiempo considerarme una más. Aquello nunca me había molestado, pues era muy consciente de encontrarme en aquel lugar para llevar a cabo una misión de duración determinada, donde no tendría tiempo de entablar amistad con mis compañeros de trabajo, por no hablar de que jerárquicamente, aunque no dependieran directamente de mí, yo no dejaba de ser su superior, y mantener cierta distancia me facilitaba la tarea.

—Avisaré al señor Lombard, el director del hotel, de su llegada.

La recepcionista descolgó el teléfono y marcó el número que le permitía comunicarse directamente con su jefe. Le anunció mi llegada con un tono un tanto apurado y luego me invitó a aguardarlo en uno de los sillones. Temerosa de que aquel sillón tan mullido me atrapara en su comodidad y que mi falta de sueño pudiera pasarme factura, me senté en el borde del cojín. Sin embargo, no tuve que esperar demasiado, pues un hombre se encaminaba ya hacia mí con paso enérgico.

¡Y qué hombre! Alto y esbelto, desplegaba una seguridad que no dejaba lugar a dudas de su rango, al igual que la calidad de su traje de corte impecable, adquirido obviamente en una tienda de lujo. Sus ondulados cabellos castaños al estilo del doctor Macizo[1] enmarcaban un rostro de líneas viriles, perfectas, realzado por unos ojos de un azul profundo.

Me asestó el golpe final al dedicarme una sonrisa de una blancura asombrosa, digna de un anuncio de dentífrico. Aún no había pronunciado palabra y ya había caído bajo su hechizo.

Y, al parecer, yo no era la única hechizada, pues, en un ágil movimiento de ninja sobreentrenado, y más rápida que un rayo, la recepcionista se materializó a mi lado, cortando el impulso de su patrón cuando se disponía a estrecharme la mano.

—La señorita Harper ha llegado —le anunció agitando las pestañas como una mariposa al emprender el vuelo.

—Sí, me he dado cuenta, gracias —le respondió sin siquiera mirarla—. Ya puede volver a su puesto, Christelle.

¡Dios mío, qué voz!

¡Igual que un fondant de chocolate! Ese postre tan de moda en los restaurantes franceses había representado un punto determinante a la hora de aceptar la propuesta de trabajar en Francia. Ese sublime momento en el que hundes la cuchara en el pastel, tomando a la vez una parte de su corazón derretido y del bizcocho que lo rodea y, acto seguido, te lo llevas a la boca para recrearte en la untuosidad del chocolate: pues bien, la voz de aquel hombre me hizo sentir una sensación muy parecida. ¡Estaba al borde del orgasmo culinario!

—Damien Lombard —se presentó—. Encantado de conocerla, bienvenida a nuestra casa —añadió en un inglés perfecto apenas teñido de un ligero acento que lo hacía aún más sexi.

—Lo mismo digo —conseguí articular mientras trataba de rehacerme y, sobre todo, de estrechar la mano que me tendía.

---

1   Doctor Derek Shepherd, más conocido como el hombre de tus sueños o doctor Macizo (el protagonista de *Anatomía de Grey*).

Una mano que descubrí era grande y viril, pero también suave y cuidada.

—Tenemos un montón de trabajo por delante, le propongo que recorramos juntos el hotel para que se haga una idea de las instalaciones.

Había confiado en vano que se contentaría con saludarme y, tal vez, escoltarme hasta mi habitación, donde por fin habría podido darme una ducha y caer rendida o, quizá, apenas un minuto después de haberlo conocido, bien podría saltarme la siesta y probar con él la ropa de cama que ofrecía el establecimiento.

¡Cassie! ¡Pero de dónde sacas esas ideas!

Por lo visto, ese no iba a ser el caso. Tendría que acompañarlo en la visita antes de ganarme el reposo del guerrero. ¡Menos mal que el guía era encantador! Me regañé interiormente por aquel pensamiento. Ese hombre iba a ser mi más cercano colaborador y no sería muy buena idea empezar a sentir interés por él, por mínimo que fuera. Y más aún cuando sin duda debía de estar casado, aunque en ese momento su dedo anular izquierdo estuviera desprovisto de toda alianza. Una vez más, me culpé por haber tenido la ocurrencia de comprobar ese detalle. Estaba aquí para pasar un año y medio, y no para hacer amigos o, peor aún, sucumbir al encanto de un joven francés por muy seductor y repeinado que se presentara.

Comenzamos nuestra visita por el restaurante gastronómico. A esa hora de la tarde estaba vacío. La decoración seguía el mismo estilo que el vestíbulo, tal vez con menos blanco. Me dije para mis adentros que aquello debía de ser extremadamente sucio. Durante los meses siguientes iba a tener que comer allí y estaría pendiente de no pedir platos con salsas, pues en estas cosas yo era bastante torpe (me vino a la mente un incidente con un vestido blanco y un refresco de menta). Al pasar por la cocina, Damien Lombard me presentó al chef. El bigotudo hombrecillo me contempló desdeñosamente pensando que su estrella en la guía Michelin hacía de él un ser muy superior a mí, pobre súbdita del país de la comida basura. Nos despachó rápidamente poniendo como excusa el montón de papeleo que debía revisar antes de enfrentarse al servicio de la noche. Hasta que él me diera a probar sus salsas con la misma cuchara seguro que pasaría mucho tiempo, o quizá no llegara a suceder nunca.

Al salir de la cocina, Damien Lombard me condujo a la cafetería, donde se proponían platos mucho más sencillos y populares a la hora de la comida. En verano, su gran terraza acogía a los comensales al borde de la piscina y no era difícil imaginar que la vista, ya idílica a principios de enero, debía de ser maravillosa en plena temporada estival.

Las estancias se encadenaban unas con otras: salas de reuniones, despachos, cafetería del personal, lavandería, ya fuera para uso público o para los empleados. Recorrí todos los rincones, pero aún no había visto ni una sola habitación del hotel.

El señor Lombard me presentó a una joven morena que debía de tener mi edad. Su melena cuadrada caía impecable por encima de sus hombros, pero, pese a su sobrio traje sastre, me resultó simpática al instante.

—Señorita Harper, le presento a Olivia Allard, nuestra gobernanta. Olivia trabaja en el hotel desde hace muchos años y está al corriente de todos sus secretos. Y, además, como es de la región, la conoce como la palma de su mano.

—Encantada —me saludó tendiéndome la mano con gesto enérgico—. Si necesita cualquier cosa, no dude en decirlo. Estamos muy contentos de tenerla entre nosotros.

—Sí, muy contentos —coreó el señor Lombard dirigiéndome otra de sus sonrisas «Colgate».

El recorrido estaba siendo muy agradable, pero había llegado el momento de ver las famosas habitaciones y decidí hacer un intento:

—Señorita Allard, precisamente quería pedirle si podría mostrarme algunas habitaciones y explicarme el cometido de su trabajo y el de su equipo.

—Eh, bueno… —contestó incómoda lanzando una mirada a su jefe.

—De hecho, para eso habrá que esperar a otro día, pues en este momento estamos completos. Tenemos las habitaciones ocupadas desde Nochevieja y la mayoría de nuestros clientes han prolongado su estancia hasta mañana, pero, por supuesto, Olivia tendrá un gran placer en mostrarle todo en cuanto nos sea posible.

. —Bueno, entonces creo que por el momento me contentaré con ver la habitación en la que voy a dormir —respondí un poco decepcionada por más que aquello, efectivamente, pudiera esperar al día siguiente.

—A ese respecto, tenemos un pequeño problema —admitió él un tanto incómodo rascándose la nuca—. La central no nos había anunciado su llegada hasta mañana, lo que significa que lamentablemente no contamos con ninguna habitación disponible para usted esta noche.

Tardé varios segundos en asimilar lo que estaba tratando de decirme y, cuando lo hice, tuve la impresión de que me estuviesen despedazando a golpes de martillo. Toda esperanza de darme una ducha en los próximos treinta minutos se desvaneció y con ella el resto del entusiasmo ligado a mi llegada a este lugar.

—¿Y hasta entonces dónde voy a alojarme?

A pesar de sentirme en las últimas, intenté no sonar demasiado desesperada.

—El servicio de reservas está intentando encontrarle una habitación, pero me temo que tendrá que desplazarse hasta Cavaillon. Gran parte de los establecimientos de la región están cerrados en invierno.

Yo no tenía ni idea de dónde se encontraba Cavaillon, el nombre me resultaba vagamente familiar (pero no sé por qué mi mente lo asociaba con melones), lo que sí sabía es que no tenía ningunas ganas de tomar un taxi para acabar perdiéndome a no se sabe bien cuántos kilómetros de ahí.

—¿Y no tienen una habitación para el personal? ¿Un cuarto de descanso? ¿Algún sitio donde pueda ducharme y dormir algunas horas, aunque sea en un sofá?

Con tal de no desplazarme más ese día, estaba dispuesta a sacrificar el confort.

—La verdad es que no…

—Quizá yo tenga una solución —interrumpió tímidamente Olivia—. Vivo a dos kilómetros de aquí y acabo mi turno en media hora, la señorita Harper podría alojarse en mi habitación de invitados esta noche. ¡Siempre que le parezca bien, por supuesto! —se apresuró a añadir.

En aquel momento la habría abrazado. ¡Con razón había dicho que me parecía simpática! Le dirigí mi más agradecida sonrisa y respondí:

—Eso sería perfecto, si no le supone demasiada molestia. Y, por favor, llámame Cassie.

Y así fue como media hora más tarde me encontré en el coche de Olivia Allard de camino a su casa. El vehículo, relativamente nuevo, era uno de esos modelos supercompactos a los que tan aficionados son los europeos y que nosotros, los norteamericanos, somos incapaces de conducir, por miedo a vernos arrollados por una enorme furgoneta en el primer semáforo en rojo.

Olivia conducía a gran velocidad por las estrechas carreteras rurales y bastaron unos minutos para llegar a su vivienda. Digo vivienda… aunque aquello parecía más bien una enorme granja en la que debían convivir varias familias. La construcción, toda de piedra, daba la impresión de haber sufrido distintas ampliaciones a lo largo de los siglos.

—La propiedad pertenece a mi familia —me informó—. Fue construida en 1820. Mis padres viven en la planta baja, mi tía y mis abuelos ocupan el primer piso y mi primo la dependencia que puedes ver allí. ¡Yo estoy en la de más arriba!

Me pregunté cómo sería vivir con toda la familia tan cerca. Con mis padres, incluso cuando vivíamos juntos, coincidía raramente. Mis abuelos siempre habían vivido a cientos de kilómetros de nosotros y yo no tenía ni primos ni hermanos.

Entramos en su apartamento, situado en la segunda planta. El espacio era agradable y estaba muy bien distribuido. Tenía ese encanto estrafalario de las viejas construcciones e inmediatamente me enamoré del lugar. Sin embargo, Olivia no parecía ser precisamente una maniática del orden, algo curioso teniendo en cuenta a qué se dedicaba.

—Lo siento, está un poco desordenado, no esperaba tener visita —farfulló.

Le respondí con una sonrisa cortés, dándole a entender que me era indiferente. Y no mentía, aunque aquello estuviese manga por hombro, me sentía demasiado feliz por tener un lugar donde quedarme esa noche.

—Ven, te enseñaré tu habitación, debes de estar agotada.

Al seguirla por el pasillo, advertí que había pasado a tutearme, lo que me pareció genial. Nosotros no tenemos esa sutileza del lenguaje en nuestro idioma, pero, si algo había aprendido durante mis estudios en Suiza, es que si alguien te tutea rápidamente es que se siente a gusto contigo. Y yo quería que Olivia se sintiera a gusto conmigo. Íbamos a trabajar juntas y necesitaba que mis compañeros me apreciaran por hacer un buen trabajo. Es más, a pesar de que apenas la conocía desde hacía una hora y media y aquello fuera normalmente en contra de mis principios, sentía que Olivia podría convertirse en algo más que una simple compañera.

La habitación era pequeña pero coqueta, con una gran cama de matrimonio dispuesta en el centro. Un robusto armario de madera pintado al estilo provenzal ocupaba un rincón de la misma. Un par de bonitas mesillas de noche y una colorida colcha completaban ese ambiente tan femenino. Una puerta de cristal daba a un pequeño balcón donde había una minúscula mesa y dos sillas de hierro forjado. Desde allí, se podía disfrutar de una vista despejada de los campos de alrededor, plantados con lavanda y otros árboles frutales. Enero no era precisamente el mes en que la naturaleza estuviera en su esplendor, sin embargo el paisaje transmitía una gran sensación de calma y serenidad. *Una vista perfecta para una habitación de hotel,* pensó la hostelera que había en mí.

—El cuarto de baño está justo en frente, encontrarás toallas en el mueble que hay bajo el lavabo. ¡Siéntete como en casa!

—Gracias, Olivia, has sido muy amable por acogerme tan de improviso.

—De nada, ya verás, en el Luberon somos muy hospitalarios. Y, además, es un placer tener compañía.

Después de ducharme, saqué algunas cosas de mi maleta sin llegar a instalarme, al fin y al cabo, solo estaría allí una noche o dos. Me reuní con Olivia, que en ese momento estaba inmersa en una actividad que no me era en absoluto familiar: cocinar.

—¡Huele fenomenal! —exclamé tratando de descubrir qué alimentos eran la fuente de ese delicado aroma.

—Gracias, no es nada del otro mundo, solamente una sopa que acabo de calentar. Si te apetece, para acompañarla, podríamos preparar también una ensalada. Siento mucho no tener demasiadas cosas en la nevera.

—Me parece perfecto. ¿Puedo ayudarte?

Esperaba que me dijese que no o que me propusiera poner la mesa, pero, para mi desgracia, respondió:

—Sí, podrías ir preparando la ensalada.

Y me señaló una cosa verde junto al fregadero. Fui presa del pánico cuando comprendí que con «preparar la ensalada», ¡me estaba dando a entender que tenía que lavarla primero!

Tomé la verdura entre mis manos y la miré con aire dubitativo. Después de todo, no debía de ser tan difícil lavar una lechuga, ¿no? Bastaba con retirar los restos de tierra de las hojas y quitar las partes estropeadas. Habiendo entrado, desde hacía varios años, en la tercera década de mi existencia, ¡no me doblegaría una vulgar lechuga! ¿Era aquello una lechuga? No estaba segura.

Me consagré a la tarea con ahínco, deshojando la hortaliza. Olivia me había pasado un escurridor. Al menos conocía el objeto por haber jugado con él de niña. Mis padres, por esa época, tenían una cocinera mejicana llamada María que me dejaba observarla mientras trabajaba. Como se puede adivinar, yo no había sacado ninguna enseñanza de aquello. Dispuesta a secar las hojas, agarré el aparato para hacerlo girar con todas mis fuerzas.

Retiré una hoja y, entonces, súbitamente, lancé un grito digno de la joven rubia apuñalada en la película de *Psicosis* de Hitchcock, y solté inmediatamente el escurridor en el fregadero. Retrocedí de un salto, chocando de paso con Olivia, para refugiarme detrás de ella.

—¿Qué sucede? —preguntó preocupada.

—*Oh, my God!* ¡Ahí, ahí, en la lechuga! —grité.

Olivia se acercó para examinar las hojas. Una bestia parduzca y viscosa se paseaba alegremente por la hoja y, para mi horror, ¡yo había puesto el dedo encima! A saber qué enfermedad podría atrapar.

—Es solo una pequeña babosa —se rio ella.

—¿Pequeña? ¡Pero si ese bicho es enorme! ¡Y lo he tocado! ¡No estoy segura de estar vacunada contra la mordedura de babosas!

Olivia se echó a reír y me respondió:

—¡Las babosas no muerden, Cassie, y no será la última vez que te encuentres una en una lechuga! ¿Acaso no te había sucedido nunca?

—¿El qué? ¿Que me ataque un gasterópodo? ¡Desde luego que no!

—¡Oh! ¿No habías lavado nunca una lechuga? —preguntó sorprendida abriendo desmesuradamente los ojos.

—No, las compro en bolsitas ya preparadas.

—¡Ah, ahora lo entiendo! En mi caso es todo lo contrario, nunca la compro en bolsas. Esta proviene del jardín, ¡ya verás qué bien sabe!

Una vez despojada la lechuga de su habitante, Olivia la aderezó. Y, ahora que caigo, no me propuso que lo hiciera: sin duda debió de pensar que también compraba la vinagreta ya preparada. Pasamos a la mesa y Olivia sirvió una copa de vino tinto a cada una. La conversación fluyó con naturalidad. Para empezar, hablamos de nuestro trabajo, a Olivia le encantaba el suyo, no había más que verlo. Según ella, el ambiente entre los empleados del hotel era de lo más cordial. El señor Lombard era un jefe exigente, pero justo y prestaba especial atención al trabajo de la gobernanta y del personal de limpieza, pues al parecer no soportaba encontrar la más mínima mota de polvo.

A continuación, me hizo algunas preguntas sobre mi familia. No había mucho que contar. Yo era hija única, mi padre poseía una empresa de importación y exportación, heredada a su vez de su padre, y allí se había enamorado de una de sus colaboradoras: mi madre. Cuando nací, mi madre decidió aflojar el ritmo y repartir su jornada entre mi educación y la empresa. A menudo acompañábamos a mi padre en sus desplazamientos, al menos cuando el calendario escolar lo permitía, lo que me había llevado a recorrer los cinco continentes. Una infancia digamos normal, en un marco un tanto privilegiado.

—¿Y tú cómo consigues vivir con toda la familia tan cerca?

—Bueno, verás, no conozco otra cosa. Crecí con mis abuelos y mis tíos y mi primo han vivido siempre cerca de nosotros. Cuando estudiaba en París, viví sola durante tres años, pero los eché en falta. Es cierto que en algunos momentos son un poco avasalladores y que se meten en lo que no les corresponde, pero también es genial poder visitarlos siempre que me apetece. Cuando me siento un poco depre, me bajo a tomar un café con mis abuelos o voy a ver a mis padres.

—Supongo que eso debe de tener sus ventajas —comenté sin demasiada convicción.

Olivia se levantó y comenzó a quitar la mesa, yo la seguí con el resto de la vajilla.

—¿Y tú dónde tienes pensado vivir? Supongo que no irás a quedarte en el hotel durante todo el tiempo que dure tu proyecto…

—No, tengo que alquilar un apartamento.

—¿Tienes ya algún plan?

—La verdad es que no, imagino que tendré que pasar por alguna agencia. ¿Me recomiendas alguna?

Ella dejó bruscamente la pila de platos en el fregadero.

—¡Eh! ¡Ahora que lo pienso, podrías vivir aquí! No uso nunca la habitación de invitados y así podrías ser mi compañera de piso, para mí sería estupendo compartir el apartamento. Te cobraría un alquiler mejor que el de mercado y no me vendría mal ese dinero extra. Y, además, así podría enseñarte la región más fácilmente —añadió con un guiño del ojo.

—Pues...

—Bueno, no te sientas obligada a nada —se apresuró a decir—. Soy consciente de que tan solo me conoces desde hace cuánto, ¿tres horas? Aún no sabes si soy una psicópata que oculta babosas en las sábanas o si ronco tan fuerte por la noche que se me oye a través de las paredes. Puedes pensártelo tranquilamente, aunque a la vista del estado del apartamento hoy, comprendería que tuvieras tus reticencias.

—Precisamente, iba decirte que me parece una idea estupenda. Aunque me he acostumbrado a vivir sola, no estaría nada mal compartir piso. Y te agradezco enormemente que me lo hayas propuesto. Solo debemos comprometernos a hablarlo si la cosa no funciona y, si fuera así, yo me buscaría enseguida un apartamento.

Como ella había subrayado, no conocía a esta chica más que de algunas horas, pero tenía la impresión de haberme rencontrado con una vieja amiga. No sabía a ciencia cierta qué es lo que me había empujado a aceptar su oferta, pero en el fondo estaba segura de que había hecho bien en decirle que sí.

—¡Entonces, trato hecho! —exclamó—. Pediremos que traigan aquí el resto de tu equipaje y mañana te presentaré a mi familia.

Al día siguiente, a mí, que soy más bien de las que salta de la cama incluso antes de que suene el despertador, me costó levantarme. A la falta de adaptación al nuevo horario y al cansancio del viaje, se unió además la comodidad de la habitación de invitados de Olivia o, mejor dicho, la comodidad de mi nueva habitación.

Después de desayunar algo rápidamente, pusimos rumbo al hotel. Olivia comenzaba su turno un poco más pronto de la hora a la que yo estaba acostumbrada a acudir al trabajo, pero, al depender de ella para desplazarme, no me quedaba otra opción. En cualquier caso, eso me permitió observar la organización del servicio de desayunos, asistir a las primeras salidas de clientes y seguirla en su trabajo.

Olivia continuó con la tarea comenzada por su jefe la víspera y me presentó al resto del personal. Hubo una marea incesante de nombres que intenté recordar, pero tampoco me obsesioné por retenerlos, sabía que en unos días ya los habría memorizado. La gran ventaja de nuestro trabajo es que, por lo general, la plantilla suele llevar una chapa con su nombre y el logo de los hoteles Richmond prendida a la altura del corazón, lleven uniforme o no.

Hacia las nueve de la mañana, cuando me encontraba en el restaurante del hotel, una súbita y discreta onda de choque pareció sacudir a la totalidad del género femenino. Las cucharitas de las clientas que estaban desayunando se quedaron suspendidas en el aire, las conversaciones se interrumpieron unos segundos y todas las mujeres se retocaron el peinado y adoptaron sus mejores poses, su mejor perfil. Damien Lombard, el director del hotel, acababa de hacer su entrada y lo menos que se podía decir es que no pasaba desapercibido. Me declaro culpable yo también, pues en ese instante no escuché una sola palabra de lo que me estaba contando el responsable del servicio de habitaciones. De pronto solo sentía interés por aquel hombre que parecía ser el doble de Henry Cavill y avanzaba con paso seguro y casi felino hacia mí. Bajo la chaqueta de su traje, una camisa impecablemente planchada y la corbata, ambas azules, hacían resaltar sus ojos del mismo color. Sonrió y fui consciente de que ese gesto iba dirigido a mí cuando advertí las miradas malignas de algunas de mis congéneres. No podía culparlas, cualquier mujer se cortaría un dedo para atraer la atención de un hombre como Damien Lombard, y, por razones evidentes, no sería el dedo anular izquierdo.

Damien se detuvo justo delante de mí. Estaba recién afeitado y el olor de loción o de su agua de colonia invadió mis fosas nasales.

—De modo que es aquí donde se esconde —sonrió—. Buenos días, Cassie.

Me estrechó la mano y apenas tuve tiempo de responder antes de que comenzara a alejarse.

Permanecí un par de segundos observándolo, siempre en estado de *shock*, y entonces comprendí que estaba obligada a seguirlo. Salí de mi torpeza para darle alcance, disfrutando así de una vista perfecta de sus posaderas, muy agradables también.

Trabajamos sin descanso todo el día, no parando más que media hora para comer. Conocí a los diferentes jefes de servicio, me instalé en mi nuevo despacho y, hasta que Olivia llamó discretamente a la puerta al final de la tarde, no fui consciente del tiempo transcurrido.

—¿Te llevo?

—Sí, gracias. Aún me quedan un millón de cosas por hacer, pero pueden esperar a mañana. Estoy un poco cansada.

Como Olivia me había anunciado la víspera, me presentó a su familia. Comenzamos por sus padres, una adorable pareja de cincuentones. Su madre, Nicole, era una versión un poco mayor de Olivia con el mismo color de pelo, moreno, espolvoreado de algunas canas, y peinado con un estilo distinto a su hija. Ambas tenían la misma sonrisa contagiosa y al parecer el mismo carácter hospitalario.

Su padre Auguste, enorme e imponente, era uno de esos hombres a los que la tierra y el trabajo han ido esculpiendo día tras día. Saltaba a la vista, por su piel bronceada por el sol y sus manos callosas, que debía de haber pasado durante años muchas horas al día al aire libre.

Les prometimos cenar con ellos una de esas noches para poder conocernos mejor e insistieron en que su puerta estaría siempre abierta para mí.

A continuación, conocimos a la tía de Olivia, Mireille, la hermana de su padre. Una mujer pequeña, rellenita y jovial que también parecía ser una notable parlanchina. Se mostró encantada de conocer a una auténtica estadounidense, ella, que solo las conocía gracias a las series románticas producidas en mi país, de las que me confesó ser una gran consumidora.

Finalizamos la visita con los abuelos, Marcel y Augustine, que me pidieron que los llamara Papet y Mamée, pues esos apelativos no solo estaban reservados al uso de sus nietos. Olivia me explicó más tarde que esa costumbre era habitual en la región. Parecían tan avejentados por los años de trabajo en el campo que resultaba imposible calcular su edad. En apenas diez minutos, Mamée me propuso al menos cinco veces servirme un café. Su marido la regañó, preguntándole dónde tenía la cabeza, lo que provocó una pequeña discusión entre ellos. A Olivia parecía divertirle aquella escena, por lo que concluí que aquello debía de formar parte de su día a día.

Tras declinar por sexta vez su ofrecimiento de servirme un café, subimos a nuestro apartamento. Durante un instante me sorprendió no haber ido a conocer al primo de Olivia, pero, como las luces de su casa estaban apagadas, supuse que debía de estar ausente.

Febrero

Ese primer mes en el Luberon se pasó volando. Entre el trabajo e instalarme allí, las veinticuatro horas del día a menudo me parecían insuficientes.

En el hotel no tenía descanso. A pesar de que la mayoría del personal me acogió con muchas reticencias, poco a poco fui consiguiendo hacerme un hueco en el equipo.

En primer lugar iba a cuestionar su forma de trabajar, un tanto estancada quizás desde hacía muchas décadas.

Y, en segundo lugar, tenía el defecto de ser una «extranjera». Y ese aspecto, para algunos, resultaba imperdonable. Saltaba a la vista que el chef, Bruno Lafarge, lideraba esa facción. Había dejado de contar las frases que comenzaban por «Ustedes, los comedores de hamburguesas» o «Ustedes los reyes de la comida industrial» y había decidido mostrarme indiferente a esas muestras de supuesta superioridad dado que a mi modo de ver, era la mejor forma de reaccionar ante su actitud pueril.

Afortunadamente, algunos de mis compañeros parecían apreciarme de verdad y, en lugar de pensar que yo era la responsable del profundo cambio de sus pequeñas costumbres, consideraban mi trabajo como un beneficio para el hotel. Y, naturalmente, podía contar a Olivia entre sus filas.

Según me había dado a entender en multitud de ocasiones, el director Damien Lombard también apreciaba mi trabajo. Yo no era insensible a sus encantos y él a su vez parecía encontrarme de su gusto a pesar de no haber existido, por el momento, tentativa alguna de acercamiento más allá de lo profesional. El problema es que yo no era la única en haberlo notado. Había unas cuantas personas (en realidad, la única destacable era Christelle, la recepcionista que me había recibido el primer día) que no veían con buenos ojos mi llegada a Gordes.

Después del trabajo, regresaba encantada a nuestro apartamento de la granja. Es cierto que Olivia era una compañera un tanto desordenada, pero siempre estaba de buen humor. Su familia me había adoptado y, durante sus ausencias, pues no siempre trabajábamos forzosamente los mismos días o a las mismas horas, no era extraño que alguno de ellos me invitara a tomar un café.

Finalmente, había conocido a su primo. Vincent me había examinado de pies a cabeza, con mirada impenetrable, antes incluso de saludarme. Alto, moreno y poco hablador, parecía tan misterioso que rayaba un poco con lo peligroso. Era un hombre atractivo, con un punto de chico malo que podría haber resultado adorable si hubiera sonreído más. Por lo que pude saber, regentaba un taller mecánico en la carretera que llevaba a Apt, donde trabajaba como un bruto. Casi me sentí aliviada al saber que no me lo cruzaría a menudo.

Y, hablando de coches, necesitaba hacerme con uno cuanto antes. Como ya he dicho, Olivia y yo no siempre teníamos los mismos horarios y me disgustaba tener que depender de ella o de los escasos autobuses que recorrían la campiña en temporada baja. Aún no me había decidido a comprar ninguno porque me angustiaba un poco tener que conducir un coche que no fuera automático. Olivia me había confirmado que la mayoría de los vehículos que se vendían en Francia tenían caja de cambios manual. Yo no quería comprarme un vehículo nuevo, pues pensaba revenderlo en pocos meses, así que debía contentarme con lo que pudiera encontrar en el mercado de ocasión.

—Deberías ir a ver a Vincent —me sugirió Olivia cuando le hablé de mi deseo de comprar un coche.

—¿A Vincent? Creía que él reparaba coches, no que los vendiera —respondí asombrada.

—Sí, los repara, pero siempre tiene alguno de segunda mano en venta. La ventaja es que generalmente se trata de coches de cuyo mantenimiento se ha ocupado él, así que están en perfecto estado. Al menos Vincent no te timará, como te ocurriría si fueras a algún establecimiento desconocido de Cavaillon o Aviñón. Al vivir aquí, prácticamente formas parte de la familia.

—No estoy segura de que tu primo me considere de la «familia». Como mucho me dirige un gesto hosco con la cabeza cuando nos cruzamos y, si tengo la mala idea de querer entablar una conversación con él, me contempla con una mirada que vale como mínimo un 8 en la escala del fastidio.

—¿La escala del fastidio? ¿Y eso qué es? —Se rio.

—Ya sabes, cuando alguien te dirige una mirada como si molestaras. Existen diferentes niveles. Desde «Te quiero mucho, pero me aburres» a «No puedo soportar verte y, además, me estás incordiando».

—¡Vaya! ¿Y tienes algunos ejemplos?

—Pues verás, ¿te has fijado cuando le haces una pregunta al chef Lafarge? A ti te contempla con un 5. A mí generalmente con un mínimo de 7. Con Damien es más suave, apenas alcanza un 3.

—¡Menuda imaginación tienes! En cualquier caso, creo que, a pesar de su mirada de 8 en la escala del fastidio, Vincent te ayudará a encontrar un coche. Para serte sincera, ya he hablado con él y me ha dicho que podrías pasar a verlo este fin de semana, tal vez tenga alguno que te convenga.

—¿Podrías acompañarme? —le pregunté, angustiada ante la idea de acudir sola.

—No puedo, trabajo el sábado, tenemos ese grupo que llega a primera hora de la tarde. El hotel ya estará lleno la víspera, así que andaremos todo el día muy atareados.

—Está bien, me enfrentaré a tu primo Vincent sola —suspiré.

—No lo digas así… Vincent es un poco reservado, eso es cierto, pero no siempre ha sido así. Ha vivido cosas tan duras que se muestra desconfiado y parece distante, pero, cuando lo conozcas, verás que es divertido y simpático.

—Si tú lo dices…

El sábado siguiente, me acerqué al negocio de Vincent. El local, situado al borde de la carretera secundaria, estaba compuesto por un taller, donde se encontraban los vehículos dispuestos sobre puentes elevadores, y una pequeña tienda contigua que albergaba una oficina. En el aparcamiento, estaban estacionados los coches a la espera de reparación, pero también había otros en cuyo parabrisas aparecía un cartel de «en venta», con el kilometraje y el precio escritos en el mismo.

Precisamente esa cuestión fue la que me hizo acudir al primo de Olivia. Por mucho que supiera convertir millas en kilómetros y dólares en euros, no tenía ni la más remota idea de cuál se consideraba un buen precio para un coche en función de su kilometraje.

Eché un vistazo a los diferentes modelos en venta sabiendo que no tenía más que una ligera noción de lo que buscaba. Me sentía totalmente perdida en medio de esos vehículos cuyas marcas no me decían absolutamente nada. Un joven se acercó a mí. Debía de trabajar en el taller, puesto que llevaba un mono de trabajo azul plagado de manchas de grasa. Parecía más joven que yo, unos veintidós años como mucho, y me dirigió una luminosa sonrisa.

—¿Puedo ayudarla, señora?

Di un brinco en mi fuero interno al escuchar ese «señora». ¿Acaso ya era demasiado mayor como para que me llamaran señorita? Con treinta y dos años, a mi parecer, todavía entraba en esa categoría.

—Estoy buscando un coche para comprar.

—Vaya, ¡qué acento tan atractivo! —exclamó como un adolescente—. ¿Es usted inglesa?

—No, norteamericana —respondí un tanto fría.

Sus ojos me examinaron de pies a cabeza sin ni siquiera tratar de disimularlo.

—¿Está buscando algo en concreto? —preguntó sin apenas molestarse en mirarme a los ojos.

—Luc, ¡regresa a tu trabajo! —interrumpió una voz seca.

Vincent, el primo de Olivia, acababa de llegar. Él también llevaba un mono de trabajo, pero mucho más limpio que el de su empleado. Y, al contrario que el joven, sus músculos faciales parecían paralizados en una mueca malhumorada. Me dirigió una mirada que valía un buen 7 en la escala del fastidio y me hizo una seña para que lo siguiera. Obedecí de inmediato. Hay que decir que, si sus pupilas resultaban intimidantes, el resto de su persona no lo era menos. Debía de medir más de metro noventa, era ancho de hombros y no había ninguna duda de que la musculatura que se le marcaba bajo el mono era el resultado de un duro trabajo, lejos de los bancos de la sala de un gimnasio de moda.

Me mostró un pequeño vehículo negro compacto que a su parecer reunía todas las condiciones necesarias. El precio me pareció correcto y Vincent me garantizó que su anterior propietario lo había cuidado a las mil maravillas, así que decidí comprarlo.

Entonces me pidió que lo siguiera a su oficina, parecía aliviado porque no hubiese tardado mucho en decidirme.

Se sentó tras el pequeño escritorio metálico y yo tomé asiento en una de las dos sillas de un azul descolorido que había dispuestas al otro lado. Sacó de un cajón un montón de papeles que colocó frente a él y comenzó a rellenar una especie de formulario. Mientras tanto, me entretuve contemplando las paredes de donde colgaban fotografías de *rallies* amarilleadas por el tiempo y estanterías atestadas de copas polvorientas.

—¿Participa en *rallies*? —pregunté sin poder evitarlo.

—Mi padre —farfulló.

Sabía por Mireille que su padre había fallecido de cáncer hacía tres años. Al advertir que Vincent no tenía ganas de charla, decidí quedarme callada.

—¿Su nombre?

—¿Cómo dice? —contesté sobresaltada.

—Su nombre completo, para los papeles.

Apartó un mechón castaño que le caía sobre la frente, su aspecto rozando ahora un 9 en la escala del fastidio.

—Cassandra Rose Harper.

—¿Ha traído los papeles?

Extraje de mi bolso el permiso de conducir y lo dejé frente a él. Sacudió la cabeza negativamente, entonces le presenté mi pasaporte. Lo examinó, me contempló con gesto de estar esperando algo más y, finalmente, soltó un suspiro un tanto exagerado.

—¿Y los otros papeles?

—¿Los otros?

—Un justificante del domicilio.

—Eh, no tengo ningún justificante, pero usted sabe muy bien donde vivo —lancé en un tono que pretendía ser ligero.

Estuve a punto de guiñarle un ojo, pero me contuve en el último momento. Una decisión, al parecer, acertada, pues esta vez su mirada verde esmeralda alcanzó un auténtico 9.

—No son para mí, sino para cumplimentar el permiso de circulación y, si no hay justificante del domicilio, no hay permiso.

—No lo tengo aún, acabo de llegar, y, como vivo en casa de Olivia, todo está a su nombre.

—Entonces hay que intentar buscar otra documentación, con esto no puedo hacer nada por usted.

Su tono daba a entender con absoluta rotundidad que aquello no era algo discutible y que no podría hacer nada por mí mientras no le entregara el preciado papel. Se levantó y así dio nuestro intercambio por concluido. Me levanté a mi vez y, atravesando aquel pequeño local, alcancé la salida. El carillón de la entrada tintineó cuando abrí la puerta y me volví brevemente hacia él.

—Pues bien, muchas gracias por su ayuda y hasta pronto —anuncié secamente.

—Hasta pronto, Cassandra.

Sus palabras sonaron mucho más dulces y agradables que todas las que había pronunciado los últimos veinte minutos y aquello me sorprendió. Ni siquiera me tomé la molestia de corregirle y aclararle que nadie me llamaba Cassandra.

Una semana más tarde, era por fin la feliz propietaria de un vehículo. Había regresado al taller con los papeles necesarios y una Olivia indignada que le echó a su primo un buen rapapolvo. Incluso me vi obligada a intervenir en defensa de Vincent (a pesar de que, a mi juicio, no se lo mereciera) argumentando que no era él quien exigía esos papeles sino la administración francesa, pero no logré aplacarla. A Vincent no parecieron afectarle mucho las palabras de su prima y la dejó desahogarse unos buenos diez minutos mostrando mientras un rostro impasible clasificado con el nivel 4, hasta que ella se calló.

Era sábado por la tarde y, como Olivia tenía una cita a ciegas, me había quedado sola en el apartamento. Había descubierto que mi compañera estaba enganchada a las redes sociales y a las páginas de búsqueda de pareja. Sostenía que resultaba difícil conocer a nadie cuando se trabajaba todo el tiempo y que Internet se había convertido en la nueva forma de lograrlo. Aquello era, a su juicio, el equivalente del baile de pueblo de la época de nuestros abuelos, de modo que encadenaba cafés, copas y restaurantes con perfectos desconocidos en busca de esa preciada joya, si bien ella se justificaba proclamando en voz alta que lo único que pretendía era divertirse. Yo no estaba demasiado convencida de que antiguamente los bailes de pueblo tuvieran como propósito conocer a un hombre solamente para una cita, pero me guardé el comentario.

Olivia había intentado por todos los medios convencerme para que me apuntara, pero a mí no me apetecía aquello y, es más, no me interesaba en absoluto conocer a ningún hombre, puesto que estaba allí de paso.

Era muy consciente de que necesitaría hacer algunos amigos más aparte de Olivia, no podía esperar pasar todo mi tiempo libre en su compañía y, la verdad, las tardes en las que se ausentaba, solía aburrirme.

Decidí que esa tarde saldría para tratar de hacer algunas amistades.

Puse en marcha mi nuevo bólido y tomé la dirección del pueblo. Aparqué en la plaza mayor y me ceñí el pañuelo alrededor del cuello, dispuesta a afrontar el frío glacial de la noche de Gordes. No tenía ni la más mínima idea de adónde ir y me aventuré por una calle al final de la cual había una fachada iluminada. En vista de la hora, aquello no podía ser más que un bar o un restaurante. Las calles del pueblo estaban desiertas y aceleré el paso para hacer frente al intenso frío. Los cristales ahumados no me permitían distinguir bien el interior, pero el rótulo me confirmó que se trataba de un bar. Empujé la pesada puerta de vidrio y entré en el local.

Un pequeño carillón tintineó anunciando mi entrada, lo que provocó que las conversaciones se detuvieran en el acto. Al adentrarme en el local, descubrí una veintena de pares de ojos que me observaban. Corrijo: una veintena de pares de ojos masculinos que me observaban. Si Olivia quería saber dónde se escondía la población masculina de Gordes, yo lo había descubierto. ¡Y al primer intento! ¡Un auténtico vivero y ni un solo tacón de aguja a la vista! Solo que se trataba de la población masculina... de más de setenta años.

—¡Cassie! —exclamó una voz cascada al fondo—. ¡Aquí está nuestra bella norteamericana!

Papet estaba sentado al fondo de la barra haciendo equilibrios sobre su taburete, con un pastís frente a él.

Me uní a él con paso vacilante, sintiendo sobre mí el peso de las miradas, que variaban de recelosas hasta lascivas pasando por divertidas. Lo saludé y me presentó a sus amigos. Aquellos encantadores ancianos se precipitaron a darme un beso, apretándose solícitos para hacerme un sitio entre ellos.

—¿Qué le pongo, preciosa? —preguntó el barman.

En cualquier otro momento aquella frase me habría indignado, pero había sido pronunciada con amabilidad y sin segundas intenciones, así que no le di importancia.

No sabía qué me apetecía beber y, al no sentirme realmente en mi elemento, contesté lo primero que me vino a la cabeza:

—Una Coca-Cola zero, por favor.

—Estos americanos, siempre con su maldita Coca —se burló el amigo de Papet sentado a mi izquierda.

—No siempre bebemos Coca —respondí indignada.

—Ah no, ¿y entonces qué? ¿Vino californiano? —replicó con tono desdeñoso.

—Maurice, si no dejas de molestar a la pequeña, tú y yo la vamos a tener —amenazó Papet.

Le dirigí una media sonrisa de agradecimiento.

—Sí, Maurice, para una vez que tenemos a una hermosa joven con nosotros, ¡no la ahuyentes! —intervino un abuelete de boina calada.

Y así fue como pasé mi velada rodeada por Papet y sus acólitos, en un pequeño bar PMU, a saber: un bar donde se charla alegremente, se escuchan bonitas historias sobre la región y donde también se hacen apuestas deportivas. Al cabo de unas horas, tenía frente a mí una copa de vino tinto (Côtes de Provence) y una decena de nuevos amigos. Lo sabía todo sobre el hijo del carnicero que engañaba a su mujer, sobre cuánto había cambiado el clima y sobre el Olympique, el equipo que parecía tener embelesados a todos sus aficionados por su reciente encadenamiento de victorias. Al final, no fue una mala forma de pasar la velada del sábado.

Al advertir que Papet había dado buena cuenta al pastís tomándose una copita detrás de otra y que oscilaba un poco en su taburete, le propuse llevarlo a casa. A pesar de sus protestas, pues argumentaba que era perfectamente capaz de conducir, terminó por seguirme obedientemente hasta mi coche y así pude depositarlo sano y salvo ante su rellano.

Al día siguiente, después de haberme levantado bastante tarde, como bien me había merecido, ya la espera de que despertara Olivia, quien, a juzgar por la hora a la que había regresado debía de haber pasado una buena velada, decidí salir a interesarme por Papet. El cielo que distinguí desde mi ventana era de un azul luminoso. Unas mallas y un jersey grueso de punto me bastarían para recorrer los escasos metros de distancia que separaban los dos apartamentos. Abrí la puerta y me quedé súbitamente paralizada por un frío glacial. En pocos segundos, un viento polar penetró en la casa y se filtró a través de mi ropa hasta llegar a congelarme los huesos.

Me precipité a casa de Papet y Mamée tiritando y llamé a su puerta suplicando para que se dieran prisa en abrir. Afortunadamente, la espera no duró demasiado.

—Entra corriendo, cariño, ¡si no este mistral nos dejará helados! —exclamó Mamée al acogerme.

—¡Y yo que creía que no había nada peor que un invierno en Chicago! —declaré.

En América estábamos acostumbrados a inviernos muy crudos y cada año un espeso manto blanco cubría toda la ciudad durante varias semanas. Hasta el lago Michigan solía congelarse, pero el viento que soplaba aquí era algo fuera de lo común.

Papet estaba sentado junto a la chimenea y me dije para mis adentros que era la primera vez que la veía encendida. El hombre parecía totalmente marchito, tapado con una gruesa manta de lana sobre las rodillas y mucho menos animoso que la noche anterior.

—Ayer cuando salió cogió frío—refunfuñó Mamée—. ¡Se cree un jovencito de veinte años y sale el sábado por la noche sin abrigarse debidamente y luego se queja de estar enfermo!

Papet le lanzó una mirada oscura.

—Esta vieja arpía ha decidido que estoy enfermo y yo me encuentro perfectamente. ¡Ni siquiera me ha dejado salir a comprar mi periódico!

—¿Para qué empeores? ¿Has visto el mistral que sopla ahí fuera? ¡Debe de estar dejando tiesos a todos los vecinos! ¡No me apetece nada jugar a las enfermeras toda la semana! Y, además, para lo que trae de interesante tu periódico…

—¡En el periódico aparece precisamente el pronóstico del tiempo! ¡Al menos así podríamos saber cuántos días soplará este mistral!

—¡Como si tuvieras que hacer algo con este viento! ¡Di más bien que quieres saber los resultados deportivos y los últimos chismes!

—Los chismes los dejo para las mujeres —masculló.

Tuve que hacer un esfuerzo para reprimir la risa al verlos pelear de ese modo. Para suavizar la conversación propuse:

—¿Y si fuera yo a buscar el periódico?

—¡Al menos alguien es amable conmigo! —exclamó señalándome con la mano.

Le lancé una mirada de advertencia instándolo a que no agravara la situación.

—Y usted, Mamée, ¿no quiere que le traiga nada del pueblo? —pregunté de paso.

—Eres realmente adorable, pequeña —contestó Mamée con una voz toda dulzura que contrastaba con el tono que había empleado hacía unos minutos con Papet—. Si pudieras traerme una *baguette* de la panadería, te lo agradecería mucho.

—¡Cuente con ello!

Giré sobre mis talones y regresé a casa para recoger el bolso y buscar algo de abrigo.

Afortunadamente me había traído mi anorak de Chicago y, antes de salir para subir al coche, me calé una gorra de los White Sox.

Las carreteras estaban desiertas. Las pocas hojas que aún pendían de las ramas de los árboles revoloteaban de forma desordenada. Todo el mundo parecía haberse refugiado en sus casas. Ni siquiera se escuchaba el ladrido lejano de algún perro, solo el ruido del viento del norte que, habiendo descendido por todo el valle del Ródano, terminaba su carrera arrastrando a su paso todo aquello que no estaba sólidamente afianzado haciendo crujir las ramas con un lúgubre sonido.

Al parecer yo era una de las pocas personas que se habían atrevido a desafiar los elementos ese domingo por la mañana para ir a comprar *La Provence*, el periódico local. Apenas encontré gente ni en el estanco, donde también vendían la prensa, ni en la panadería.

Una vez cumplida mi misión, regresé a toda prisa a casa. Me crucé un instante en el patio con Vincent, que me dirigió un vago gesto de cabeza acompañado de una mirada de nivel 5. No le presté atención y entregué mi precioso cargamento en casa de Papet y Mamée. Esta vez no me demoré demasiado, pues había comprado también cruasanes y bollos con chocolate que contaba con poder degustar con Olivia. Era un poco tarde para desayunar, pero dudaba que mi compañera de piso se hubiese levantado y, además, como tampoco es que nos esperaran a mediodía en ninguna parte, podíamos perfectamente retrasar la hora de comer.

—¡Oh, eres maravillosa, has traído cruasanes! —exclamó Olivia cuando me vio llegar.

Sus cabellos siempre tan disciplinados estaban alborotados y llevaba un pijama de Hello Kitty un poco ajado. Tenía los ojos aún pegados por el sueño y en sus mejillas aún lucía la marca de las sábanas. No me había equivocado al pensar que estaría recién levantada.

—Sí. Y he tenido que desafiar un viento tan terrible que no creo que aún sigan calientes.

Olivia echó una miradita hacia la ventana.

—Por lo visto, soplará el mistral durante al menos tres días —declaró.

—Oye, ¡este viento vuestro no tiene ninguna gracia! ¡Pensaba que en Chicago hacía frío, pero no tenemos nada que envidiaros! ¡El mistral es terrible!

—Y se irá como llegó, así que, mientras sople, hay que permanecer al calorcito.

—Tengo la impresión de que eso mismo se han dicho los lugareños. No había ni un alma por los alrededores, pero seguro que terminarán por salir, sino se morirán de aburrimiento.

—No es para tanto, en estos casos nos entretenemos bajo techo… —respondió lanzándome un guiño—. ¿No sabes que siempre hay un pequeño pico de nacimientos en septiembre y octubre en la región?

—No lo sabía, pero a ti y a mí lamentablemente nos tocará encontrar otras ocupaciones —suspiré.

—Habla por ti —se indignó—. Yo ayer no perdí el tiempo con mi cita.

Con su cruasán a medio morder entre los dedos, mostró una sonrisa beatífica.

—¿Estuvo bien? —pregunté no muy segura de querer escuchar los detalles.

—Digamos que la primera parte de la noche fue mortalmente aburrida. Me habló de su madre al menos tres cuartos de hora y luego de su ex casi el mismo tiempo, pero la segunda parte de la noche estuvo mucho, mucho mejor. Sabe hacer cosas con su lengua…

—Na, na, na. ¡No quiero oírlo! —grité haciendo el gesto de taparme las orejas.

—¡Oh! ¡No te hagas la remilgada! ¡Si hubieras visto sus manos, tampoco habrías podido resistirte! Y, ya que estamos hablando del tema, no te vendría mal echar un buen polvo. Después de todo, sabes que no estarás aquí más que algunos meses. Aprovecha para disfrutar sin complicarte en una relación seria.

—Yo no sé funcionar así.

Nunca había tenido una relación basada únicamente en el sexo. No era ninguna mojigata, pero siempre había salido un tiempo mínimo con los hombres con los que había dado el paso. Al tener que mudarme constantemente de una ciudad a otra, cosa que complicaba una relación duradera, mi vida amorosa había sido un poco caótica aquellos últimos años, si bien lo cierto era que, por ninguno de los hombres con los que había salido, habría hecho un esfuerzo para superar esa dificultad.

Sin embargo, tal vez Olivia tuviera razón. No había nada de malo en disfrutar.

El servicio meteorológico no había mentido y el mistral sopló durante tres días. Una vez que el viento amainó, las temperaturas descendieron bruscamente. Aún faltaba mucho para tomarme un refresco en una terraza como tantas veces había imaginado.

El tiempo nos jugó aún una mala pasada y, al contrario que el mistral, sorprendió incluso a los ancianos del valle. Una bonita mañana nos despertamos cubiertos por la nieve.

Para mí, el oro blanco era un amigo que solía visitarme todos los inviernos: de niña, en Chicago y, más tarde, en Suiza, Canadá y en otras ciudades de los Estados Unidos, la nieve no faltaba a su cita. Solamente los seis meses que había vivido en Miami me había liberado de su presencia.

El diario local que compraba Papet solía recoger en primera página los resultados del Olympique, el último escándalo político o, más tristemente, los accidentes registrados en las carreteras comarcales, protagonizados por jóvenes que se creían pilotos de Fórmula 1. Ese día, toda la actualidad quedó relegada a un segundo plano y solo hubo espacio para un enorme titular: PROVENZA BAJO LA NIEVE, acompañado, por supuesto, de la fotografía de una localidad cercana a Marsella cubierta, no de esa falsa nieve en espray que venden en los supermercados para decorar el belén, sino del auténtico polvo blanco caído del cielo.

Los reportajes de la televisión local e incluso de la nacional se encadenaban mostrando coches derrapando y tratando de no caer en la cuneta, peatones deslizándose por las aceras e incluso náufragos de la carretera salvados de la hipotermia gracias a la amabilidad de los vecinos. La nieve también había llegado a la Costa Azul y las palmeras del famoso Paseo de los Ingleses mostraban orgullosas a la cámara su nuevo hábito blanco. Vimos algunas imágenes curiosas, la mayoría hechas por aficionados a la fotografía de la campiña donde yo me encontraba, ya que ningún periodista se había arriesgado a sacar el coche para enfrentarse al asfalto nevado. Hay que decir que la primera máquina quitanieves se encontraba a trescientos kilómetros.

Yo que pensaba que la región estaba muy tranquila cuando soplaba el mistral, aún no la había conocido bajo la nieve. Un silencio absoluto dominó el valle, apenas roto por el crujido de las ramas de árbol que se doblaban bajo el peso de la nieve.

Cuando anuncié a Olivia que me iba a trabajar, me miró con ojos como platos, preguntándose si no me habría vuelto loca. Me explicó que incluso los colegios estaban cerrados y que, por una bendita casualidad, el hotel estaba vacío. Esa semana aprendí que el mayor temor de los sureños es conducir bajo la nieve. Al no tener ninguna urgencia a la vista, la mayoría de los empleados, según ella, se quedaría en casa.

Me mantuve en mis trece y decidí ir. En cualquier caso, mi trabajo no estaba directamente relacionado con la tasa de ocupación del hotel y una montaña de asuntos por resolver estaba aguardándome, por lo que tres copos de nieve no iban a detenerme.

Después de un trayecto que no fue en absoluto tranquilo porque aún no habían despejado las carreteras, llegué por fin a mi lugar de trabajo. Olivia no había mentido, la mayoría había decidido hacer novillos, así que me encontré con los despachos desiertos, a excepción del de Damien, de cuya puerta escapaba un hilo de luz.

Llamé discretamente y me dijo que pasara. Me quedé estupefacta al encontrarlo sentado tras su escritorio vestido, no trajeado como de costumbre, sino en vaqueros y zapatillas deportivas con un jersey azul marino de cachemir que hacía resaltar el azul de sus ojos. Estaba recién afeitado, una pena porque una pequeña barba de dos días habría estado más acorde con ese aspecto informal.

Alzó los ojos hacia mí, observándome de pies a cabeza sin duda también sorprendido por mi aspecto, nada de sexi, con mis botas forradas, mis mallas negras y mi jersey grueso.

—Hola, Cassie, al parecer has tenido el valor de desafiar los elementos.

—Sí —le sonreí—. Unos cuantos centímetros de nieve no pueden detenerme. Y, además, tú también estás aquí.

—No tengo ningún mérito, solo he tenido que atravesar el patio.

Damien se alojaba allí en una pequeña dependencia cercana al hotel.

—Bueno, te veré más tarde, supongo —dije encaminándome ya hacia mi propio despacho.

—Puedes estar segura —me respondió con una ligera sonrisa enigmática.

La gran ventaja de estar prácticamente sola trabajando fue que al menos no tuve que soportar la marea incesante de compañeros que acudían a mi despacho cada diez minutos. El teléfono también parecía estar anestesiado. Aprovechándome de esa circunstancia, la jornada resultó muy productiva. Cuando Damien llamó a mi puerta a eso de las seis, me había saltado la comida y me sorprendí al comprobar lo tarde que era.

—¿Aún estás aquí?

—Ya ves —respondí.

Sacudió el polvo de la silla que estaba frente mi mesa, precaución inútil y bastante molesta porque estaba limpia, y se sentó.

—Deberías dormir en el hotel, se ha hecho de noche y ha seguido nevando durante una buena parte del día. Las carreteras no son seguras. Y no son precisamente habitaciones disponibles lo que falta esta noche.

—Tienes toda la razón —respondí con una mueca ante la idea de enfrentarme a la carretera para regresar.

—¿Puedo invitarte a cenar?

Alcé una ceja, sin entender realmente en qué consistía su invitación: como acababa de decir, las carreteras estaban nevadas. Al ver mi gesto suspicaz, añadió:

—En mi casa. El restaurante está cerrado esta noche y, después de haberte saltado la comida, dudo que los cacahuetes del minibar te basten.

—Ah, claro, eres muy amable, gracias —balbuceé.

¿En qué estaba yo pensando? ¡No iba a proponerme una cita romántica en medio de una tempestad de nieve! ¿Y acaso era eso lo que yo quería? No. Bueno, sí, pero me negaba a reconocerlo. Y, de todas formas, eso habría complicado nuestra relación laboral. Aun así, no pude contener una ligera excitación ante la idea de ir a cenar a su casa. Me deslicé al cuarto de baño para echarme un rápido vistazo.

Y, en cuanto a mi aspecto, no podía decirse que fuera el más adecuado. Tendría que confiar en el resto de mis encantos. Me quité un trocito de perejil que vi entre mis dientes. ¿Cómo habría podido llegar ahí? Ni idea. Como ya he comentado, no había desayunado y las zanahorias al perejil no eran precisamente mi plato predilecto para desayunar y, claro, frente a la impecable sonrisa de mi compañero, patrocinada por la asociación francesa de higiene bucodental, debía mostrarme impecable.

Me había recogido el pelo a toda prisa y, como me había caído nieve, estaba totalmente aplastado. Me dije que quizá dejándomelo suelto aquello mejoraría. Craso error.

En los libros y las películas, basta con que la heroína se suelte la melena para que al instante estalle una bella cascada de ondas sensuales. En la vida real, al soltarte la coleta, aparece invariablemente un peinado que no se parece en nada a esa cascada y la única onda que tienes es la de la marca inmunda que te ha dejado la goma de pelo.

En resumen, volví a recogérmelo. Y, en este caso, nada de un moño suelto improvisado. Con solo una goma medio rota (había comprado un paquete de diez en la caja de mi tienda de ropa preferida), no podía hacer milagros.

Me rocié la cara con un poco de agua (a esa hora del día, la base de maquillaje ya brillaba por su ausencia), me pellizqué un poco las mejillas para darles color (eso también debí de haberlo leído en un libro) y me reuní con Damien en el vestíbulo.

Nos encaminamos hacia su casita. Ya no nevaba y el cielo estaba tan despejado que podía distinguirse el brillo de las estrellas en aquel frío cielo de invierno. Damien me agarró del brazo para ayudarme a avanzar por el suelo cubierto y evitar que pudiera resbalarme por el hielo. Mi mano se posó en su bíceps y pude constatar que el director del hotel, bajo esas camisas impecables de sastre, sabía cuidarse.

Preparamos la cena juntos.

Rectifico: yo le hice compañía mientras él cocinaba.

Durante la cena conversamos de forma muy distendida. Él me habló de su infancia en París, de su trayectoria profesional, y yo le conté la mía, le hablé de mi familia y mis amigos en los Estados Unidos. Degustamos un excelente burdeos y terminamos la velada, yo sentada a la turca sobre el sofá, y él, en el otro extremo, revelándome sus anécdotas de la universidad cada cual más graciosa que la anterior. La noche fue tan agradable como la compañía. Embriagada por aquel delicioso vino, no pude evitar mirarlo discretamente. Sus rasgos perfectos, su encantadora sonrisa, su brillante pelo. No le conocía ninguna relación seria y me extrañaba que no le hubiera echado el guante ninguna chica. Con sus modales caballerosos, resultaba absolutamente perfecto. ¿Quizá prefiriese mariposear? Con esa reflexión en mente, serví otras dos copas de vino.

Cuando consulté mi reloj, comprobé que una vez más había perdido toda noción del tiempo. Ya era hora de despedirme.

—Debería ir a mi habitación e intenta dormir un poco — anuncié levantándome de golpe.

Me tambaleé ligeramente, sin duda había abusado del vino. Damien, ya de pie, me agarró y me encontré pegada contra él, con una mano sobre su torso. Alcé los ojos hacia su rostro y advertí una chispa en sus pupilas cerúleas. Desconcertada, decidí atribuir aquello al exceso de bebida.

Di un paso atrás y simulé buscar mi anorak para escapar de su mirada. Unos segundos más tarde, Damien me lo puso sobre los hombros y me estremecí cuando sus dedos me rozaron.

—Te acompaño hasta tu habitación.

Su afirmación no admitía discusión, pero le respondí:

—Todo irá bien, no tengo más que recorrer unos cuantos metros y, además, no hay nadie.

—Precisamente, ¿qué hombre sería si dejara a una hermosa joven sola en una noche tan fría sin asegurarme de que llega a buen puerto?

Sentí el rubor asomar a mis mejillas. ¿Damien me encontraba hermosa?

¡Eres peor que una adolescente, Cassie! ¡Compórtate! ¡Es solo un cumplido!

Retomamos el camino inverso al que habíamos atravesado a primera hora de la noche. A pesar de mi anorak y del calor de Damien a mi lado, iba temblando.

Distraída pensando que estaba tan congelada como una tarrina de helado, no vi la placa de hielo que había en el camino y resbalé. Traté de conservar el equilibrio a la desesperada, haciendo molinetes con los brazos y, viéndome ya en el suelo, en un último destello de lucidez, me agarré al primer objeto que encontré a mano: el bíceps de Damien.

Al no esperar que yo desplegara una coreografía digna de un espectáculo de patinaje sobre hielo, Damien perdió el equilibrio y cayó con todo su peso sobre la nieve, amortiguando así él mi propia caída.

El contacto con el asfalto helado le arrancó un grito ahogado. ¿O acaso gritó por el peso de mi pequeño cuerpo al estamparse súbitamente contra su torso? ¿Cómo había llegado a esa posición? Sin duda a causa de una pirueta que no tenía nada que envidiar a un triple salto picado salvo por la falta de gracia. La nota artística frisando el cero. Ni siquiera Nancy Kerrigan, ahora retirada, habría tenido problema para ganarme de calle.

A fin de poder recomponer mis emociones, traté de respirar hondo e hice un movimiento para liberar a mi compañero comprimido bajo mi peso, no ciertamente pluma (las únicas plumas que allí había eran las de mi anorak). Descubrí asombrada que sus brazos estaban rodeando mi cintura. Creyendo que su gesto protector era puramente instintivo, hice un segundo intento, acompañado de un pequeño chasquido. Su abrazo no se soltó ni un milímetro.

Fue entonces cuando me invadió el pánico. ¡Damien se había golpeado gravemente la cabeza y, conmocionado, era incapaz de moverse! ¡O tal vez algo peor, una piedra oculta en la nieve lo había desnucado y había muerto en el acto! ¿Acaso el *rigor mortis* podía ser instantáneo?

Traté de captar su mirada, pero un mechón suelto de mi pelo me impedía ver su rostro. En una tentativa desesperada por apartar ese molesto mechón, soplé, sin éxito. El cuerpo de Damián fue entonces presa de sobresaltos. ¡Dios mío! ¡Tenía convulsiones!

Sin embargo, muy pronto comprendí que mi seductor compañero no estaba al borde de la agonía, ¡sino más bien en pleno ataque de risa! Mi propio estado pasó de la inquietud a la hilaridad en pocos segundos y la tensión que me había atenazado disminuyó de inmediato.

Una de sus manos abandonó mi cintura para subir hasta mi rostro y retirarme el famoso mechón de pelo que nos separaba. Sus dedos me acariciaron ligeramente la mejilla cuando lo colocó detrás de mi oreja. En ese instante, nuestras risas murieron. La débil luz de las farolas no me impidió advertir el resplandor de su mirada. Súbitamente fui consciente de la situación, de la proximidad de nuestros cuerpos, de mis curvas contra las líneas más duras de su anatomía. El director de la Bastida de Gordes estaba, al parecer, bastante entusiasmado por nuestro abrazo en la nieve.

Las palabras de Olivia volvieron a mi mente.

¿Qué hay de malo en divertirse un poco?

En un impulso, sin duda ayudada por el néctar preparado por los vinateros de la región bordelesa, di el primer paso y posé mis labios en los suyos, tan dulces y tersos que saboreé ese beso casi casto.

En un primer momento Damien pareció sorprendido por mi iniciativa, pero se rehízo rápidamente. Con una mano en mi nuca me atrajo hacia él para darnos otro beso, este también muy tierno. Después, poco a poco, se fue acalorando. Su lengua cosquilleó mi labio inferior y entreabrí la boca para facilitarle el paso. Enroscó entonces su lengua alrededor de la mía en una danza sensual. Otro punto que añadir a los méritos de Damien Lombard: besaba como un dios y daba al «beso francés» un significado aún más agradable.

Aún seguíamos tendidos en la nieve o, para ser más precisos, Damien estaba tendido en la nieve y yo estaba tendida sobre él, pero, con el fin de aligerarlo un poco de mi peso, había ido dejando resbalar mis piernas hacia el suelo, a un lado y al otro de las suyas.

Es romántica la nieve. Bueno, al menos hasta cierto punto. El problema es que está húmeda y, sobre todo, fría.

Fue entonces, en un momento realmente inoportuno, cuando el árbol más próximo a nosotros descargó el oro blanco que se acumulaba sobre una de sus ramas.

Un montón de nieve cayó sobre mi espalda y me dejó sepultada de la cabeza a los pies, en menos de un segundo. Solté un grito de sorpresa al sentir el frío filtrarse por todas las partes donde mi piel no estaba cubierta por nada. Presa del pánico, tuve el reflejo de acurrucarme sobre mí misma a toda prisa. El problema de toda acción rápida es que a menudo se producen daños colaterales. En este caso, cuando mi rodilla chocó con la entrepierna de Damien, este lanzó un espantoso grito de dolor. Lamenté en el acto mi reacción refleja, pero el mal ya estaba hecho.

—*Oh, my God!* —grité levantándome de un salto.

Esta vez él estaba demasiado ocupado sosteniendo la parte magullada de su anatomía para intentar retenerme. Tenía los dientes apretados, los ojos desmesuradamente abiertos y respiraba de forma entrecortada.

—¿Qué sucede aquí? —gritó una voz detrás de nosotros proveniente de la entrada del hotel.

Me di la vuelta hacia la persona que avanzaba corriendo, un hombre con una linterna en la mano, y reconocí a Jean, el vigilante nocturno.

—¿Señor Lombard? ¿Señorita Harper? ¿Pero qué están haciendo aquí a esta hora?

Damien le dirigió una mirada furibunda haciéndole entender que esas preguntas eran bastante indiscretas, pero Jean pareció no darse por aludido y paseó su linterna de Damien a mí, entornando los ojos sin comprender nada. Supongo que debíamos de dar una imagen extraña, con los cabellos y las ropas empapadas y Damien todavía en el suelo revolviéndose como un gusano.

Jean le tendió una mano a su jefe para ayudarlo a levantarse. Damien la agarró y una vez en pie le dijo:

—Está bien, Jean, ya nos arreglamos solos.

No tenía ningunas ganas de que el vigilante nocturno se hiciera demasiadas preguntas y descubriera que le brillaban los ojos del dolor.

Jean se alejó mascullando algo bajo su barba y, en cuanto estuvo lo suficientemente alejado, me precipité sobre Damien.

—¡Oh! ¡Cuánto lo siento! ¡La nieve me sobresaltó y no controlé mis movimientos! *I'm so sorry!*

—No pasa nada —respondió Damien.

Pero al decírmelo apretando los dientes no sonó demasiado convincente.

45

—¿Puedes caminar? —le pregunté mordiéndome el labio inferior y ofreciéndole mi brazo para que se apoyara en él.

—Debería...

Avanzamos lentamente hacia la entrada del hotel.

A pesar de que quizá había aniquilado todas sus posibilidades de llegar a ser padre, Damien, como un perfecto caballero, continuó insistiendo en acompañarme hasta mi habitación.

Atravesamos el vestíbulo desierto. Una débil luz proveniente del pequeño despacho que había tras la recepción nos indicó la presencia del vigilante nocturno. Nos dirigimos hacia uno de los pasillos que conducían a las habitaciones, la gruesa moqueta absorbía el ruido de nuestros pasos. Me detuve frente a la puerta de una y rebusqué en mi bolsillo para dar con mi pase. Damien se inclinó para abrirme con el suyo y su olor, una mezcla de agua de colonia, jabón y algo mucho más personal, me cosquilleó las fosas nasales. En ese instante, no me estaba tocando, pero sentí su tacto. Su aliento sobre mi piel, sus ojos clavados en los míos.

—Buenas noches —balbuceé.

—Buenas noches, Cassie.

Me dio un casto beso en la mejilla y se alejó por el pasillo que acabábamos de recorrer dejándome toda frustrada y tambaleante delante de mi puerta.

A las siete de la mañana el pitido estridente del despertador de mi teléfono móvil me sacó de mis sueños. Abrí los ojos sin reconocer de inmediato el lugar en que me encontraba. Distinguí el cuaderno con el emblema de Richmond en la mesilla de noche, aquello me aportó un primer indicio. Al cabo de algunos segundos, los recuerdos de la víspera me golpearon y me incorporé de un brinco, como un resorte, lanzando una mirada al otro lado de la cama.

Estaba vacía. Y esa mañana tendría que afrontar la realidad.

Por la mañana, las situaciones que parecían naturales por la noche no lo son en absoluto.

Por la mañana la realidad asoma a la superficie.

Y la realidad era que había besado —antes de intentar castrarlo— a uno de mis colaboradores más cercanos. ¡Nos habíamos achuchado como adolescentes en celo y sobre la nieve!

Primera solución: evitarlo durante el resto de mi vida o, al menos, hasta el final de mi estancia en el sur de Francia. Digamos que durante aquella jornada sería fácil, pero, a largo plazo, no parecía demasiado factible. Llegado el momento, comunicarse únicamente por correo electrónico o por teléfono resultaría incómodo.

Segunda opción: dejarme caer inmediatamente por su despacho y aclarar las cosas. Preguntarle si había considerado tener una relación conmigo o si los besos de anoche no eran más que un simple *patinazo* provocado por una situación cómica y un exceso de vino tinto.

Esa solución, sin embargo, requería por mi parte que me aclarase sobre un punto: ¿acaso deseaba tener una relación con él?

Opté entonces por una tercera opción, la que me dictaba la cordura y el miedo a ser rechazada: no hacer nada. Le dejaría dar el primer paso, evitándolo en la medida de lo posible para escapar de las escenas embarazosas que pudieran darse en adelante.

Tras haber regresado a casa para cambiarme, discutí con Olivia ante una taza de café y un cruasán. Ese día ella tenía descanso y yo no tenía prisa por regresar al hotel. Por supuesto, mi secreto dejó de serlo enseguida: en cuanto empezó a preguntarme sobre la velada, le hablé de Damien y de nuestro encuentro pasional.

—¡No me lo puedo creer! ¡Tú, Cassie Harper, has conseguido seducir al soltero más codiciado de todo el Luberon!

—De todo el Luberon, no creo que sea…

Cierto era que no parecía haber hordas de hombres en la treintena ni solteros con un corte de pelo decente y una buena mutualidad en el bolsillo, pero aun así…

—¡Del hotel al menos! ¡Christelle se pondrá verde de celos cuando lo sepa!

—¡Paaara! Detente ahora mismo. Que no se te pase por la cabeza comentárselo a nadie, sea quien sea, tú eres y seguirás siendo la única que está y estará al corriente de esta historia. Y la última que debería enterarse es Christelle. No me apetece encontrar matarratas en mi café.

Olivia me dirigió una pequeña mueca de disgusto.

—No sé si me siento halagada por ser la única a quien se lo has confiado o decepcionada por no poder bajarle los humos a esa marisabidilla. Detesto los aires de grandeza que se da y cada vez que tontea ante el señor Lombard, es decir, ante Damien, me dan ganas de hacerle tragar su sonrisa. En fin, si eso te tranquiliza, más allá de lo profesional, no he visto que él le preste la más mínima atención. En resumen, me alegro mucho por ti. Damien puede ser un poco raro en algunos momentos, pero debo reconocer que físicamente es un bocado apetitoso.

Arqueé una ceja, un poco turbada por la forma en la que hablaba de su jefe, como si se tratara de un vulgar trozo de carne.

—En realidad, apenas nos besamos unos segundos en la nieve, no hemos quedado en nada. Bueno, me refiero a más allá del trabajo.

—¿Y no temes que eso resulte extraño? —preguntó sirviéndose una taza de café.

—Tal vez —admití con la mirada perdida—. La verdad es que en ese momento no pensé en eso. Para ser sinceros, me acordé de tu consejo de sacar provecho a la vida.

—¡Eh! ¡Me alegra saber que sigues mis consejos! —exclamó—. ¿Así que entonces yo he sido el diablillo posado en tu hombro? ¡Eso me gusta!

Nos reímos juntas de buena gana. Me imaginaba a Olivia vestida de rojo, con su cabello moreno y sus tacones de aguja habría sido la encarnación perfecta del diablillo.

Nuestra conversación fue interrumpida por tres golpes suaves en la puerta.

—¡Ya está aquí! —exclamó Olivia lanzándose hacia la entrada, tratando de estirarse todo lo larga que era y tropezando con la alfombra.

¿Pero quién estaba ahí?

Abrió con gesto decidido y una adorable muñequita rubia de saltarines tirabuzones se aferró a su cuello.

—¡Olivia!

—¡Oh, cariño, cuánto te he echado de menos!

—¡Yo también a ti! —balbuceó la niña con su dulce vocecita.

Me acerqué a ella y advertí que Vincent se mantenía detrás de la pequeña, contemplando la escena con aire divertido y benévolo.

Alerta general: el 16 de febrero, Vincent, primo de mi compañera de apartamento, alias el mecánico gruñón, fue visto mostrando una media sonrisa. Aquello no había sucedido desde…

Bueno, desde que lo conocía. Es cierto que apenas me lo había cruzado un momento en casa de su madre o en el patio de la granja. Exceptuando una comida en casa de los padres de Olivia, donde toda la familia y yo misma estábamos convidados, y las pocas veces que nos habíamos visto en su taller para comprar mi coche, no habíamos pasado más de unos minutos juntos.

—Tú debes de ser Cassie.

La niña rubia estaba a mis pies contemplándome con sus enormes y curiosos ojos negros, pero lo que me llamó la atención es que acababa de dirigirse a mí en un inglés perfecto.

—Sí, yo soy Cassie, ¿A quién tengo el honor? —le pregunté en la lengua de Shakespeare alzando una ceja ante su expresión seria.

—Yo soy Rose.

—Encantada, Rose. Tienes un bonito nombre y debo confesarte que me gusta especialmente, ¿sabes por qué?

—No.

—Porque es también mi segundo nombre.

—¡Papá! ¡Papá! ¡Cassie se llama Rose como yo!

¿Papá?

¡Así que era su hija! Llevaba viviendo aquí un mes y medio y nunca había visto a la pequeña. ¿Cómo era eso posible?

—Buenos días, Cassandra —saludó el padre en cuestión.

Me pareció casi afectuoso, su aspecto no mostraba más que un 3 en la escala del fastidio.

—Se llama Cassie, no Cassandra —se indignó la pequeña Rose.

—De hecho, tu padre tiene razón, me llamo Cassandra, pero mi apodo es Cassie, prácticamente nadie me llama Cassandra, solo mis abuelos de cuando en cuando.

—Es porque son viejos como papá —cuchicheó la niña.

Sonreí al oír esa afirmación.

—A decir verdad, tienen más bien la edad de Papet y Mamée.

—Ah. ¿Y discuten tanto como Papet y Mamée?

—Rose, ya basta —la llamó al orden su padre.

—Rose, ¿quieres un chocolate caliente? —le propuso Olivia tirando de ella hacia la cocina.

Vincent y yo las seguimos con los ojos un instante. Olivia la sentó en una silla.

—¿Cuántos años tiene?

—Cinco años.

—No sabía que tuvieras una hija.

—Pues así es —respondió un tanto seco.

Y luego añadió más amablemente:

—Vive con su madre en la Costa Azul y no puedo verla más que en las vacaciones escolares y algún fin de semana de vez en cuando.

Pude advertir un matiz de tristeza en sus palabras mientras lo contaba sin apartar los ojos de ella.

—¿Y por qué habla tan bien inglés?

Era consciente de estar siendo un tanto fisgona, pero, después de todo, a qué padre no le gusta hablar de su hijo.

Melissa, su madre, es norteamericana como tú.

Esta vez, pude notar el desprecio tiñendo su afirmación. ¿Acaso tenía problemas con su ex y pensaba que todas las norteamericanas éramos iguales? ¿Sería por ese motivo por lo que siempre parecía molesto por mi presencia?

—¡Todavía sigues ahí! —le increpó Olivia—. Ya puedes irte a trabajar, tu hija y yo lo vamos a pasar bomba, no te preocupes.

—Eso es precisamente lo que me inquieta, ¡que os lo paséis bomba las dos! —replicó él.

Olivia alzó los ojos al cielo con un gesto dramático.

—¡Date prisa! —le ordenó—. Vete a reparar los coches de los desgraciados conductores que se creen Sébastien Loeb sobre el hielo. Y tú también, Cassie, vete a trabajar y a encontrarte con tu nuevo caballero andante.

Le lancé una mirada asesina recordándole que estaba prohibido hablar de aquello.

—¡Uy! —exclamó llevándose una mano a la boca.

Agarré mi abrigo, después de haber amenazado a Olivia con serias represalias en un intercambio silencioso, mientras Vincent se despedía de su hija dándole un abrazo, y juntos recorrimos en silencio el trayecto que había hasta nuestros respectivos coches.

—Ten cuidado con la carretera, aún hay muchos tramos resbaladizos —me advirtió.

—No te preocupes, estoy acostumbrada a las carreteras nevadas —respondí.

Sinceramente, dudaba que estuviera preocupado por mí, pensé que su comentario era mera cortesía.

—Eso decían la mitad de mis clientes no hace mucho, pero ahí están, todos me han llamado para saber si podría repararles el coche que habían estampado contra un poste del tendido eléctrico.

—Bueno, en el peor de los casos, conozco un buen mecánico —bromeé encogiéndome de hombros.

—Yo preferiría que no tuvieras que llamarme —masculló antes de subir a su coche.

Arrancó rápidamente y yo me quedé allí inmóvil, sin saber cómo interpretar su último comentario.

Marzo

Los primeros días de marzo llegaron y con ellos, los primeros turistas. Aunque en esas últimas semanas no habían faltado en el Luberon esos seres que se pasean con una máquina de fotos alrededor del cuello y folletos de la oficina de turismo en la mano, marzo marcó el principio de un ritmo más intenso en el hotel y el desembarco de visitantes provenientes de los países nórdicos, en busca de los rayos de sol que tanto echaban de menos en sus lugares de origen.

El hotel comenzó a salir de su letargo invernal. Los jardineros se afanaban en el parque, las habitaciones se abrieron de par en par para proceder a la limpieza general que se hacía en primavera. Se instalaron las primeras tumbonas al borde de la piscina y al instante fueron tomadas al asalto por las bellezas escandinavas que exponían sus pieles diáfanas apenas cubiertas por pantaloncitos cortísimos, camisetas de tirantes y chancletas. Toda una herejía para los autóctonos. Olivia y la mayor parte de mis compañeros aún no habían renunciado a sus anoraks. Yo, por mi parte, había encontrado un término medio, y aunque había aligerado algo mi guardarropa era consciente de que la primavera aún no se había asentado del todo.

El colegio había reanudado las clases y Rose regresó a casa con su madre. Yo misma había pasado algo de tiempo con la pequeña los días que estuvo viviendo con su padre. Todos los miembros de la familia se habían ido alternando para cuidarla mientras Vincent iba a trabajar. Habíamos jugado a las cartas con Papet y Mamée, coloreado con Mireille, horneado pasteles en la cocina de Nicole y Auguste, pero la pequeña sentía una clara preferencia por pasar las tardes en casa de Olivia (sin duda, gracias a las relajadas reglas que mi compañera decía haber impuesto o, más bien, a la ausencia total de las mismas), así que pude dedicarle muchos de mis ratos libres, devorando galletas en el sofá mientras veíamos películas de dibujos.

Era imposible no caer presa del encanto de la niña. A sus cinco años tenía muy claro la ascendencia que podía ejercer sobre nosotros, pobres adultos a su merced.

Tras las dos semanas de vacaciones, cuando llegó el momento de regresar con su madre, Vincent la trajo para que pudiéramos despedirnos. Rose rodeó con sus gordezuelos brazos mi cuello y me hizo prometer que pasaría tiempo con ella en las siguientes vacaciones de primavera. Y, luego, poniéndose muy seria, añadió:

—Sabes, Cassie, cuando yo me marche, papá se sentirá muy solo.

—No estará solo, cariño, tiene a tu abuela Mireille, a Papet y Mamée, a Nicole y Auguste, a Olivia y a mí. Cuidaremos de él hasta tu vuelta.

La pequeña frunció el ceño como si reflexionara sobre aquel tema y finalmente me preguntó:

—¿Podrías tú ayudarme a encontrarle una novia?

¡Menos mal que ya me había terminado el café porque si no me habría atragantado con él!

—*Sweetheart*, no nos corresponde a nosotros encontrarle una novia a tu papá, es él quien tiene que buscarse una cuando quiera hacerlo. Quizá papá prefiera estar solo.

—Sí, pero si tuviera una novia, se sentiría menos solo y no estaría tan triste cuando yo no estoy.

No pude evitar sonreír ante el comentario infantil. Rose, por su parte, parecía muy seria.

—Escucha, si encuentro alguna chica que pueda ser una novia agradable para tu padre, le hablaré de ella y también te lo contaré a ti.

Rose me sonrió mostrando todos sus dientes de leche.

—¿Prometido?

—Prometido —respondí antes de darle un beso en la mejilla—. Y ahora corre a meterte en el coche, no creo que tardéis mucho en marcharos.

Rose me soltó para precipitarse hacia su padre. Por más que tratara de poner buena cara delante de nosotros, era fácil advertir que la idea de separarse de su hija en esos momentos le partía el corazón. Vincent me había dado, hacía apenas quince días, la imagen de un hombre muy frío y distante, pero, después de haberlo visto con Rose, me vi obligada a revisar la opinión que me había formado de él. Estando con su hija, no era el mismo. ¡A veces hasta se lo veía sonreír! Y también se apreciaba que era feliz.

La primavera se acercaba, y a pesar de los entretenidos momentos pasados con Rose, no había olvidado lo sucedido aquella famosa noche en la nieve con Damien. Había logrado evitarlo desplegando mis mejores técnicas de ninja para desaparecer detrás de una puerta en cuanto escuchaba el sonido de su voz por el pasillo, o bien pretextando un inusitado interés por la insulsa conversación de un compañero cuando aparecía por la cafetería.

Por suerte, no habíamos coincidido ni una sola vez a solas y si por algún asunto de trabajo o con motivo de teleconferencias o reuniones debíamos estar presentes los dos, yo desaparecía nada más terminar con la misma rapidez que Lewis Hamilton[2] en la línea de salida.

---

2   Piloto inglés de Fórmula 1.

Una vez, sin embargo, subiendo en ascensor, sus dedos rozaron discretamente los míos, pero no supe si había sido algo intencionado o no. Me preguntaba qué pensaría él sobre nuestra insólita sesión de achuchones, pero era demasiado cobardica para plantearle la cuestión.

Y así seguí hasta el día en que apareció en la puerta de mi despacho.

—¿Te molesto? —me preguntó cerrando delicadamente tras él.

Yo tenía por costumbre dejar la puerta abierta y supuse que quería que nuestra conversación fuera privada.

—En absoluto, siéntate —respondí indicándole uno de los sillones que tenía frente a mi mesa.

Se sentó muy rígido, como si no quisiera ceder al confort del asiento. Se le notaba nervioso, y parecía evitar mi mirada.

—Pues bien, allá voy —comenzó posando las palmas sobre sus rodillas—. Me preguntaba si por casualidad, en fin, si te iría bien…

—¿Sí? —lo alenté.

—Si estás libre el sábado por la noche, ¿podríamos salir a cenar a algún sitio?

Me lanzó una mirada cargada de esperanza y me quede atónita porque este hombre, tan seguro de sí mismo en el trabajo, me estuviera proponiendo entre balbuceos una cita como un adolescente.

—¿Se trata de una cita en toda regla? —lo chinché.

—Creo que sí… —resopló—. Me estoy expresando fatal, ¿verdad?

—Sí. Bueno, no —me corregí—. No te estás expresando mal. Quiero decir que sí a la invitación.

¡Ahora era yo quien había empezado a balbucear!

—El sábado a las ocho. Pasaré a buscarte.

Al parecer, mi confirmación le había insuflado confianza. Concluí que su debilidad no había sido más que pasajera, pero esos instantes me habían permitido ver que no era tan perfecto como parecía bajo su traje a medida. Y que quizá él tampoco había sabido cómo gestionar la situación después de habernos besado.

¡Tenía una cita con Damien! Aquello me dejó de lo más soñadora durante una buena parte de la tarde. ¡Tan excitada como un ácaro en la moqueta de un salón ante la idea de contárselo a Olivia!

El viernes por la noche Olivia y yo habíamos organizado una velada de películas mano a mano.

—He pasado por la tienda de ultramarinos antes de venir, ¿conoces los cubos de helado gigantes? ¡Solo había de esas tarrinas pequeñas que te terminas en dos cucharadas! Bueno, al final he encontrado una marca rara con un cuadro de Vermeer en la tapa, pero no esperes saborear vainilla con trocitos de galleta ni un *brownie* de plátano, solamente chocolate normal y corriente —comenté refunfuñando.

—Para empezar, nosotros solo comemos helado en verano, ya sabes, esa estación en la que hace calor. Y, además, preferimos los sabores que no han sido elaborados en un tubo de ensayo.

—El plátano es natural —sugerí.

Olivia me respondió girando los ojos en un gesto muy significativo, como diciendo: «Mi pobre niña, ¿no serás tan ingenua, verdad?».

Guardé la compra en los armarios de la cocina y el famoso helado en el congelador. Habíamos establecido la costumbre de que yo llenase el frigorífico y Olivia se encargase de la cocina. Era un arreglo perfecto. Al menos, mi sentido de la organización nos preservaba de la hambruna, y los talentos culinarios de Olivia, de una intoxicación alimentaria.

—¿Qué estás haciendo? —le pregunté acomodándome en el sofá a su lado.

Olivia tecleaba frenéticamente en su teléfono, sonriendo a la pantalla.

—Estoy chateando con un tío nuevo.

—¿Y quién es el afortunado?

Estiré el cuello para intentar vislumbrar por encima de su hombro alguna pista.

—Se llama Julien y es bastante guapo, mira.

Hizo desfilar distintas instantáneas de un moreno de grandes y risueños ojos color chocolate. Hube de reconocer que en esas fotos el chico estaba muy bien.

—¿No te has llevado nunca una decepción al conocerlos en persona?

—¿A qué te refieres?

—Bueno, imagino que todo el mundo manda sus mejores fotos a esas páginas y que luego esas imágenes no siempre se ajustan a la realidad al verlos en carne y hueso.

—Sí, a veces ocurre, aunque no muy a menudo, pero también te puedes llevar grandes sorpresas. Lo que sí suele pasar es que el tipo parezca simpático y seguro detrás del teclado y después sea un pelma o resulte aterrador en la vida normal.

—¿Y qué te cuenta el tal Julien?

—Para empezar la cosa no pinta mal, vive en Isle-sur-la-Sorgue y es fontanero.

—Estupendo, no vive demasiado lejos y, si no buscas una relación para toda la vida, ¿qué más te da que sea fontanero o se dedique a cualquier otra cosa?

Por más que así lo defendiera ella, yo sospechaba que Olivia buscaba en todos esos encuentros un potencial y futuro compañero de vida, pero su respuesta me desarmó un poco:

—Si es fontanero, es un hombre que trabaja con las manos y no hace falta que te haga una lista de las ventajas que tiene salir con un tío tan manual…

—¿Que puede reparar tu fregadero? —la pinché.

—¡Dios mío, mira que eres ingenua! —respondió fingiendo sentirse exasperada.

—Conozco hombres que no se dedican a trabajos manuales y que se desenvuelven bien en la cama.

—Eso es porque no te has acostado más que con chupatintas y no conoces otra cosa.

Puse cara de sentirme ofendida por su respuesta, pero, tras meditarlo unos instantes, hube de admitir que no había tenido más que relaciones íntimas con tíos que pasaban la mayor parte de su jornada laboral tras un ordenador. Tampoco es que mi lista fuera demasiado larga.

—Hace falta dominar el movimiento de los dedos para escribir en un teclado —afirmé.

—¡Ahí tienes por qué necesitas encontrar a un artesano que también lleve la contabilidad de su negocio!

Nos echamos a reír al unísono al tiempo que un pequeño pitido anunció a Olivia la entrada de un nuevo mensaje.

—¡Ah! Me dice que hay dos asuntos de los que tiene que hablarme porque le han generado problemas con las otras chicas.

—¿Cuáles son?

—Espera, está escribiendo. Pero si me sale con que sus dos problemas son dos mocosos, me desconecto. No soporto a los tíos que consideran a sus hijos una carga.

—¿Hay hombres que dicen eso?

—Eres demasiado cándida —replicó en tono sarcástico—. ¿Tú qué crees? Si ya hay bastantes cretinos en la tierra, puedes suponer que en Internet existe toda una concentración.

Posó su mirada en el teléfono en el que aparecía un nuevo mensaje.

—¡Me dice que mide dos metros seis!

—¡*Mierda!* ¡Eso es mucho! En fin, salvo que juegues en la NBA —añadí con tono pragmático.

—Sí, algo que no le sucederá jamás viviendo en el Vaucluse. Bueno, yo mido un metro setenta, tampoco soy pequeña y, si me pongo tacones de doce centímetros, seguiré siendo más baja que él, toda una ventaja.

—Y otra ventaja es que si necesitas que alguien te eche una mano para alcanzar un bote de conservas de lo alto de una estantería él puede serte muy útil.

—Pero eres tú quien hace la compra y, aunque tú no estés aquí, no tengo previsto salir a comprar con él. En resumen, me parece un poco alto, pero eso tampoco lo descarta. Esperemos a ver el segundo problema.

Escrutamos juntas la pantalla mientras el pequeño bocadillo aparecía describiendo el segundo «problema», durante un segundo nos quedamos bloqueadas y luego nos miramos antes de estallar en carcajadas.

—¡Veintiséis centímetros!

—No sé qué es lo que me choca más —comenté entre dos risas ahogadas—. Que te diga la longitud de su sexo cuando solo lo conoces por los mensajes que habéis intercambiado desde hace menos de una hora o la talla en sí misma.

—Digamos que está razonablemente proporcionado... Según cuenta, eso suele suponerle un problema y por eso ha preferido prevenirme. ¡Pero veintiséis centímetros! ¿Cómo es de grande? No soy capaz de imaginar esa medida. Trae la cinta métrica —me pidió.

Me levanté de un salto para revolver en el cajón de la cocina, la encontré y rápidamente le mostré lo que representaban esos famosos veintiséis centímetros.

—¡Oh! Tampoco es tan impresionante —comentó, echando la cabeza hacia un lado.

—¡Bromeas! Es enorme. ¡Espera! Tengo una idea —exclamé sumergiéndome en uno de los armarios que acababa de llenar hacía apenas unos minutos.

Extraje un bote de desodorante que acababa de comprar.

—¡Ahí lo tienes! ¡Tus veintiséis centímetros!

Exhibí orgullosa el envase en aerosol con perfume de lavanda (*Provence Power* de cabo a rabo).

—¡Oh, Dios mío! ¡Pero si es gigantesco! —exclamó Olivia con ojos como platos.

—También puedes hacerte una idea con el quitagrasas para el horno. Del mismo tamaño, pero en versión más gruesa —sugerí, pretendiendo hacer un comentario puramente técnico—, pero, ya sabes lo que dicen: «*Go big or go home*».

Olivia me miró de forma extraña y luego soltó una sonora carcajada, agarrándose los costados para contener los espasmos que la sacudían. En cuanto a mí, reí hasta que se me saltaron las lágrimas.

Al cabo de algunos minutos de esa divertida locura, le propuse:

—¿Y si vemos una película?

—Encantada, solo necesito unos minutos para calmarme, digerir la información de la talla y poder charlar de nuevo con Julien.

—¿Una de acción o romántica?

—Acción. Nada de almíbar esta noche.

Inserté el DVD en el lector antes de sentarme confortablemente en el sofá junto a mi compañera de piso. Rápidamente nos enganchamos con la historia de hombres que encadenaban peripecias, peleas y tiroteos. Afortunadamente, ningún actor medía más de dos metros.

Al día siguiente una Olivia en plena forma me sacó de la cama.

—¡Levanta, marmota! ¡Nos espera una intensa jornada!

Me incorporé, aún atontada ante ese despertar tan estruendoso, tratando de encontrar en mi cerebro, todavía confuso por el sueño, cuál era la razón que merecía ese exceso de actividad matinal.

Olivia abrió de par en par los postigos de mi ventana y al instante sentí entrar una corriente de aire glacial. El sol de invierno ya lucía con fuerza y me protegí de su asalto llevándome una mano a los ojos.

—Puedes explicarme por qué estás despierta a…

Traté de distinguir entre la ranura de mis dedos los números rojos de la radio despertador.

—Las ocho y diez —continué—. ¿Un sábado por la mañana, además, cuando no sueles levantarte antes de las diez? ¿Y por qué te has sentido súbitamente obligada a compartir semejante aconteci- miento conmigo?

Se sentó al borde de mi cama, apuntando un dedo hacia mí.

—Tú y yo nos vamos a Aviñón hoy. Salimos en una hora y no acepto retrasos.

—¿Y por qué de pronto tenemos que atravesar toda la región ? Hay casi una hora de camino —refunfuñé.

—Porque hoy tienes una cita —replicó como si fuera una expli- cación lógica y, sobre todo, justificativa de todo aquello.

—Sí, tengo una cita aquí, no en Aviñón.

Esa ligera discusión me molestó un poco, confiaba en dormir hasta tarde esa mañana y más habiéndonos acostado bastante tarde la noche anterior o, mejor dicho, muy temprano ese mismo día.

—De verdad que no pones nada de tu parte —resopló poniendo los ojos en blanco—. Quien dice cita, y sobre todo primera cita, dice vestido nuevo y nueva lencería. ¿No deseas que te vea preciosa?

—Tengo dos o tres cosas en mi armario… —repuse volvién- dome a tumbar y escondiéndome bajo la colcha.

—¡Esto no es negociable, Cassie! ¡Sé perfectamente lo que hay en tu armario y como mucho tienes trajes de monja achispada!

—¡Nada de eso! —me indigné—. Para empezar, no tienes ni idea de lo que hay al fondo de mi armario.

—Pues claro que sí. La semana pasada no hice la colada y revolví todo tu armario en busca de alguna cosa decente que ponerme, antes de decidir con gran dolor de mi corazón que tendría que conformarme con mis trapos de una higiene dudosa.

—¡Traidora! Tengo vestidos superbonitos y…

—No necesitas algo bonito, Cassie, sino sexi. Esta noche Damien solo debe verte a ti. Como si las otras mujeres hubieran sido erradicadas de la faz de la tierra.

En ese instante comprendí que la negociación sería en vano. Olivia tenía una idea en la cabeza y yo no podría quitársela.

—Está bien, déjame que me duche y que coma algo —refunfuñé.

Olivia alzó el puño en señal de victoria y desapareció de mi habitación.

El trayecto fue muy alegre. Mi mal humor matinal no pudo resistirse frente a la buldócer de Olivia. Con la música de fondo en el coche, cantando a voz en grito viejos éxitos de Oasis y Aerosmith, mientras maltrataba por momentos mi lengua materna, se parecía a una fanática hasta arriba de anfetaminas.

Una vez que llegamos a la ciudad de los papas, ejerció de guía turística y me hizo descubrir a nuestro paso los incontables palacios papales y el puente de Saint-Bénézet. A mediodía comimos en una pizzería. Olivia estuvo bromeando diciendo que devorar una pizza gigante antes de ir a probarse ropa no era muy aconsejable, pero yo le respondí encogiéndome de hombros. Tenía la suerte de no tener que preocuparme demasiado por mi línea y de poder disfrutar de la comida.

Y, después de comer, comenzó la búsqueda del vestido perfecto para mi cita con Damien. Olivia quería algo a la vez elegante y sexi, añadiendo que, sin pasar por una puta, una debía mostrar un poco más de lo habitual.

Acostumbrada como estaba a los enormes centros comerciales de los Estados Unidos, descubrí otra forma de ir de compras. Recorrimos las pequeñas tiendas del centro de la ciudad, diseminadas por sus encantadoras calles peatonales. Al contrario que en los impersonales centros comerciales, cuyos dependientes siempre parecen sobrecargados de trabajo, tratamos con comerciantes que, sin duda motivados por la esperanza de una venta, se deshacían en atenciones con su clientela y se mostraban siempre serviciales.

Acabé echándole el ojo a un vestido de gasa negro de generoso escote que realzaba mis atributos, herencia genética de la que yo me sentía orgullosa. Olivia hizo campaña para que comprara otro modelo rojo vivo, pero no me atreví a dar ese paso y aduje que el negro casaba perfectamente con mi melena rubia. Al final, decidió comprarse el rojo para ella y después me hizo saber que su armario estaría siempre disponible para mí.

El camino de vuelta se me hizo muy largo. Aquella escapada me había dejado agotada y necesitaba recuperar fuerzas para la noche, así que, aprovechando que Olivia conducía, me dormí, con la mejilla pegada contra el cristal de la ventanilla, en un sueñecito reparador.

—¡Guau! ¡Estás espléndida! —exclamó mi compañera cuando salí del cuarto de baño tras casi una hora de preparativos.

Ducha, exfoliación, depilación, peinado y marcado de pelo, maquillaje. Había cumplido con el programa completo. Damien parecía siempre tan perfecto que yo debía estar a su altura. No me apetecía que unos desconocidos me examinaran de arriba abajo en el restaurante preguntándose qué hacía una chica como yo con un hombre como él.

Y, hablando de Damien, el timbre sonó y, antes de que yo atrapara el bolso de la silla de la cocina, Olivia abrió la puerta.

Damien la saludó un tanto torpemente, sin duda poco habituado a tanta intimidad con una de sus empleadas. Yo no dependía de él en el trabajo y no tenía ese problema, pero él era el jefe de Olivia, quien, a su vez, vaciló un segundo antes de decirle:

—Pase, señor Lombard, Cassie ya está lista.

Afortunadamente, él aligeró la situación respondiendo:

—Fuera del hotel, soy solamente Damien.

Olivia asintió con la cabeza y él se volvió hacia mí.

Por la expresión de su rostro, creí entender que lo que veía lo complacía.

Me había rizado ligeramente el cabello, dejándolo suelto sobre mi espalda. Mi maquillaje, un poco más pronunciado que de costumbre, resaltaba mis ojos color avellana.

La mirada de Damien remontó todo lo largo de mis piernas cubiertas por medias negras y encaramadas sobre vertiginosos zapatos de salón para pasar a mi vestido que, debía reconocer, me sentaba a la perfección, detenerse un instante en mi escote y luego saltar a mi rostro, iluminado el suyo con una sonrisa satisfecha.

—Estás magnífica.

Esas pocas palabras murmuradas para que yo fuera su única oyente desataron un agradable hormigueo que remontó por mi columna vertebral. Al no saber qué responder, eché mano de un tópico:

—Gracias.

—¿Tu abrigo? —preguntó buscándolo con la mirada.

Entonces lo recogió de la silla y, como el perfecto caballero que era, lo deslizó sobre mis hombros anotándose indudablemente varios puntos. Empecé a considerar seriamente dejar que me besara al final de la noche.

Nos despedimos de Olivia, quien nos deseó una buena velada, después de lanzarme disimuladamente algunas muecas sugerentes.

Yo no tenía ni idea del lugar al que Damien quería llevarme, pero me quedé sorprendida por su elección, un pequeño restaurante de la localidad de Lacoste. Enseguida comprendí que los tacones de aguja quizá fueran el elemento indispensable de una velada para

Carrie Bradshaw[3] en Manhattan, pero, por las calles adoquinadas de una aldea del Luberon, estaban fuera de lugar. Por suerte, Damien me ofreció galante su brazo y me guio suavemente sin soltarme más que para sostener la puerta de entrada al establecimiento. Sin duda se había ganado el derecho a besarme lánguidamente frente a mi puerta.

Una vez que el jefe de sala nos condujo a nuestra mesa, Damien le hizo saber con una mirada que se encargaría personalmente de retirarme la silla. Suspiré de placer ante tanta atención. Ciertamente mi acompañante era un digno representante de la galantería francesa. Para recompensarlo, le dejaría que me achuchara un poco en el coche.

El jefe de sala nos trajo las cartas y vi que estábamos en uno de esos restaurantes en los que a las señoras les presentan un ejemplar sin precios. Cada uno de los platos parecía más apetecible que el anterior. Vivía en el país de la gastronomía hacía casi tres meses, pero no había tenido la ocasión de probar buenos restaurantes. Había degustado, por supuesto, algunos platos en el restaurante de nuestro hotel, pero jamás durante una auténtica velada con una compañía agradable.

Recorrí la carta escrita únicamente en francés. Mi nivel en la lengua de Molière era bastante bueno. Convencidos mis padres de que podría serme útil, había comenzado a estudiar francés en el colegio. Mis estudios en Suiza y mi trabajo en el seno del grupo Richmond, con muchos empleados canadienses francófonos, me habían permitido continuar practicándolo y así conseguir que mis conversaciones fueran cada vez más fluidas, pero a veces me costaba comprender algunas expresiones regionales, especialmente las de Quebec.

---

3   Heroína de la serie de televisión americana *Sexo en Nueva York* conocida por llevar tacones altos.

Fruncí el ceño al leer los platos. A mi juicio, había errores en la carta o algo se me escapaba.

—¿De verdad hay gente que come lobo?

—Sí, claro, hay algunos muy buenos por aquí.

Lo miré sorprendida. Sabía que a veces en el extranjero la gente podía tener costumbres diferentes a las nuestras en los Estados Unidos, pero de ahí a comer lobo…

—¿No es una especie protegida?

—No creo, los restaurantes de la región suelen ofrecerlo en sus cartas.

—¿Y tú lo has comido?

—Sí, por supuesto, ¿tú no?

—Eh, no, nunca.

—Deberías probarlo, su carne se deshace en la boca. Y sé que el chef de aquí lo cocina divinamente, toda una delicia.

Damien hundió la nariz en su carta y yo me quedé desconcertada. ¿Cómo podía comer lobo? Aquello hizo que me recorriera un escalofrío por la columna vertebral. Ese animal no era muy diferente de Rowdy, el pastor alemán de mis padres. Lancé una mirada al menú para elegir otra cosa. No, jamás comería lobo, ni siquiera si el animal había devorado a una docena de niños haciendo que su carne fuera tan deliciosa. Y entonces mi atención se fijó en un detalle.

—¿Por qué el lobo aparece entre los pescados?

—Pues porque es un pez —respondió Damien asombrado por mi pregunta.

Entonces, su rostro se iluminó y sonrió.

—¡Oh! ¡Ya entiendo! ¡Creías que estábamos hablando de un lobo que vive en el bosque! ¿Cómo el de Caperucita Roja?

—Sí… —balbuceé tímidamente.

—¡Nada de eso! ¡El lobo es un pescado parecido al cazón!

Suspiré aliviada.

—Entonces no coméis realmente lobo…

—¡No! ¡Qué horror! Pensaba que conocías ese pescado y más trabajando en hostelería.

Aunque no pretendiera ser malintencionado, me sentí un poco ofendida por su comentario.

—Vuestra lengua es muy excéntrica cuando habláis de comida —gruñí.

—En absoluto, ¿qué es lo que te hace pensar eso?

—Sois capaces de llamar *pain*[4] a una de vuestras mejores invenciones, la *baguette*. ¡Uno no siente eso en absoluto cuando lo come!

—En ese punto tienes razón, pero dudo que quien le diera su nombre por aquella época fuera anglófono.

—Dais nombres rimbombantes a platos muy sencillos. ¡Cómo pretendéis que nosotros, extranjeros, comprendamos que la «delicia cremosa de grano de cacao sobre lecho de vainilla» es en realidad un pastel de chocolate con crema inglesa! Y además coméis cosas realmente raras.

—Para nada —replicó él sacudiendo la cabeza.

—Como los caracoles, las ancas de rana, los quesos que apestan...

Continuamos un momento debatiendo la originalidad de la cocina francesa y las falsas similitudes en nuestros dos idiomas, por ejemplo, los *scallops*[5] y los escalopes.

Pasado ese momento de confusión, si existía una primera cita perfecta, esta se le acercaba peligrosamente. Damien estuvo a la vez atento e interesado, haciéndome preguntas sobre mi vida y mis gustos sin traspasar nunca los límites de una cortés curiosidad.

Se bajó de su elegante berlina para acompañarme hasta mi puerta y, a medida que nos acercábamos, mi agobio iba en aumento. Durante la cena, apenas me había acariciado el dorso de la mano. ¿Iría a besarme

---

4 Pain, en inglés significa «dolor».
5 *Scallops* en inglés son vieiras.

de nuevo? ¿Querría entrar para tomar una última copa? ¿Estaría aún levantada Olivia? ¿Cómo terminaría mi primera cita en Francia?

Nos detuvimos frente a la puerta y saqué las llaves.

—He pasado una noche estupenda —dije dirigiéndole una sonrisa que, esperaba, apoyara mi propósito.

—Lo mismo digo —respondió.

Lo miré nerviosa, mientras estrujaba mi bolso. Damien se acercó un poco más. Su mano retiró un mechón de pelo de mi rostro y se posó en mi mejilla.

Los latidos de mi corazón se aceleraron. Ahí estaba, Damien iba a besarme. Su rostro se inclinó lentamente hacia el mío… ¡Y fue entonces cuando la vi! Una silueta se fundía en las sombras a solo unos metros de nosotros. ¿Alguien estaba espiándonos? ¡Aquello no tenía sentido!

Retrocedí de golpe llevada por la sorpresa. Los ojos de Damien se abrieron como platos por el estupor, no esperando esa reacción de mi parte.

—*Who are you?* —grité instintivamente en mi lengua materna.

Al caer en la cuenta de que había pocas posibilidades de que aquella persona fuera anglófona, repetí:

—¿Quién está ahí? ¿Qué pretende?

Oímos un gran estruendo, seguido de una ristra de maldiciones.

Saqué el móvil y di rápidamente con la función de linterna. Rodeé a Damien y dirigí el haz luminoso hacia el intruso. Aunque había girado en mi dirección, con la mano en la cara yo no podía distinguir si se trataba de algún conocido.

—¡Cassandra! Baja la linterna y acércate sin apagarla, puede serme útil.

Solo había una persona en este continente que me llamara Cassandra.

—¿Vincent? ¿Pero qué haces ahí escondido en la oscuridad? ¿Estás mal de la cabeza? ¡Me has dado un susto de muerte!

—¿No creerás que estoy jugando al escondite y que acabo de ganarte?

Me acerqué y vi que lucía un rostro nivel 9. Tenía los brazos cruzados en el pecho y parecía furioso.

—¿Quién es este? —preguntó señalando a Damien con el mentón.

—Vincent, te presento a Damien... El director de la Bastida. Damien te presento a Vincent, el encantador primo de Olivia que vive justo aquí al lado.

Intencionadamente enfaticé la palabra *encantador* para dejar claro que no apreciaba ni un pelo sus modales de paleto.

Damien se apresuró a estrecharle la mano y añadir una fórmula de cortesía del tipo «Encantado de conocerlo» o algo parecido.

Yo había vacilado un instante sobre cómo presentarlo, pues no sabía qué calificativo atribuirle: ¿amigo?, ¿cita? Novio parecía demasiado presuntuoso por el momento, de modo que me decidí por el lado profesional.

—¿Volvéis del trabajo? —preguntó Vincent con un tono bastante molesto propio de un inquisidor, acompañado de un examen en toda regla de mi aspecto.

—¿Y acaso eso te incumbe? —me indigné, soltando un suspiro—. Aún no me has dicho qué estabas haciendo aquí en la oscuridad.

Él me fulminó con la mirada. La puerta de nuestro apartamento se abrió a nuestra espalda.

—¿Qué sucede aquí? —se inquietó Olivia—. ¿Eres tú, Cassie? ¿Vincent? ¿Qué haces ahí en la oscuridad?

—Los plomos de mi casa han saltado y estaba tratando de volver a conectarlos —respondió Vincent a su prima, aquello por fin era una explicación.

—¿Sin linterna? —No pude evitar resaltar.

—Sí, Colombo, porque, verás, traté de buscarla, pero no di con ella por estar todo oscuro en casa.

—Dejad de pelearos vosotros dos. Cassie, préstale tu móvil para que pueda arreglar los plomos y regresar a su casa, nos estamos congelando.

Damien entonces se acercó a mí.

—Creo que voy a dejaros, ya se ha hecho tarde. ¿Nos vemos el lunes en el trabajo?

—¡Oh! Eh... Sí, claro, nos vemos el lunes.

Me decepcionó que me abandonara de ese modo y no esperara ni siquiera a que Vincent y Olivia volvieran a entrar en sus casas, para decirme adiós de forma más... ¡Más intensa, demonios! Me dio un suave beso en la mejilla, como lo habría hecho mi padre, y se alejó hacia su coche.

Vincent, que aún seguía agachado tratando de manipular quién sabe qué en el cuadro eléctrico, se levantó. Se acercó a mí para devolverme el móvil y, cuando lo tomé, me atrapó la mano. No entendiendo nada lo miré estupefacta.

—Gracias, Cassandra, y discúlpame por lo que acaba de ocurrir, sé que no he sido nada amable. Aunque eso no justifique mi comportamiento, debo decirte que he tenido un día de mierda y encontrarme en plena oscuridad ha sido la gota que ha colmado el vaso.

Entonces me soltó la mano. Yo me quedé anonadada, la última cosa que me esperaba de él era que se disculpara.

—No pasa nada, todos tenemos nuestros momentos —balbuceé.

—Bueno, Cassie, ¿entras o qué? ¡Vamos a morir de frío aquí fuera! —protestó Olivia.

—Buenas noches, Vincent —le dije antes de regresar a mi casa.

—Buenas noches, Cassandra —le escuché responder con voz suave.

Al día siguiente, decidí interrogar a Olivia.

—¿Por qué tu primo tiene la mecha tan corta conmigo?

—¿La mecha tan corta?

—Sí, es muy susceptible conmigo y no tiene demasiada paciencia.

—¡Ah! Ya entiendo. ¿Te refieres a Vincent?

—Sí, por supuesto, ¿acaso tienes algún otro primo por aquí? —respondí alzando los ojos al cielo.

—Bueno, de hecho, por parte de mi madre, tengo cuatro primos más y una prima. Livio es el mayor, después viene Mateo…

—¡Genial! ¡Otro día revisamos tu árbol genealógico! ¡Pero ahora centrémonos! ¿Qué le he hecho yo a Vincent para merecer sistemáticamente una mirada en lo más alto de la escala del fastidio y, sobre todo, por qué da siempre la impresión de que preferiría pasarse la noche escuchando *heavy metal* a dirigirme la palabra?

—A decir verdad, quizá le guste el *heavy metal*, escuchaba bastante rock duro en su juventud…

—¡Olivia! —La interrumpí un tanto exasperada—. A ver, si la metáfora te parece más adecuada y por dejártelo más claro, parece que Vincent preferiría hacerse arrancar las uñas una a una. Dudo que a alguien le guste eso.

—¡Ah, bueno! ¿Eso crees? Yo creo que él te tiene afecto —dijo encogiéndose de hombros.

—¿Qué me tiene afecto? No has escuchado nada de lo que te he dicho. Te juro que en mi opinión solo tiene un deseo, que es que me suba cuanto antes en un avión para volver a mi casa.

—Bueno, no creo que seas tú el problema.

—¡Ajá! Por fin admites que no es el tipo alegre que te empeñas en describirme desde hace dos meses.

Me lanzó una mirada asesina.

—Estos últimos años han sido un poco duros para él, pero te aseguro que no siempre ha sido así.

—¿Qué es lo que sucedió? —pregunté, curiosa por saber un poco más.

—Pues bien, para empezar, debes saber que Vincent no siempre ha sido mecánico. Dejó la región justo después del instituto, a los dieciocho años, y se marchó a París para estudiar en la escuela de ingeniería. Se esforzó muchísimo y una gran empresa norteamericana ubicada en la Défense lo contrató en cuanto terminó. Allí comenzó a subir algunos peldaños y fue entonces cuando conoció a Melissa. Era la hija de su jefe y trabajaba también en la misma compañía. Una noche salieron de copas con otros compañeros, flirtearon y ya puedes adivinar cómo terminó la velada. Coincidían en el trabajo, pero no volvieron a verse fuera de las oficinas. Unos dos meses y medio más tarde, ella le anunció que estaba embarazada. Inmediatamente Vincent asumió su responsabilidad y le dijo que no solo se haría cargo económicamente sino que también deseaba ejercer de padre. ¡Incluso le propuso casarse! Pero ella no quiso saber nada. Para Melissa era impensable casarse con el hijo de un mísero mecánico de provincias. Vincent no estaba mal para una noche, no, pero no lo quería a su lado para toda la vida, por eso nunca han vivido juntos. Y entonces nació Rose.

Al evocar a la niña una sonrisa asomó a su rostro y continuó.

—Para Vincent, el nacimiento de la pequeña fue toda una revelación. Como tú misma has podido constatar, está totalmente loco por ella y así fue desde el instante en que la tuvo entre sus brazos. Melissa, por su parte, nunca ha sentido instinto maternal alguno. Cuando aún vivían todos en París, Vincent se ocupaba un montón de la niña y decidió cambiar de empleo para poder dedicar más tiempo a su hija. Lamentablemente, poco después, mi tío cayó enfermo. Vincent tuvo que desplazarse desde París muchísimas veces para cuidar de su padre, cuya salud fue empeorando, y tratar de mantener a flote el taller familiar. Si lo hubieras visto en aquella época, estaba tan agotado que el enfermo parecía ser él. Rose aún no iba al colegio, así que solía traerla aquí. Fue por esas fechas cuando

73

Melissa conoció a un hombre y se casó. Luego se mudaron a la Costa Azul y allí descubrió las bondades de cuidar a un bebé y así recuperó a su hija. Mi tío murió y Vincent decidió instalarse aquí tanto para ayudar a Mireille como para reflotar el taller de su padre y estar más cerca de Rose. Desde entonces, Melissa lo chantajea con la pequeña. Una vez, le reprochó que le consintiera tantos caprichos y la vez siguiente no lo dejó llevársela. Ayer, creo que le anunció que quería que la niña la acompañara a no sé dónde en las próximas vacaciones, así que él no podría verla.

—¿Pero no hay algún derecho de custodia o algo parecido?

—Es complicado… Aun estando fijadas las condiciones de la custodia, Melissa es obstinada. Le reprocha haberla dejado embarazada y desde entonces se lo hace pagar. Y como es norteamericana, podría en cualquier momento decidir regresar a vivir a su país y alejar a Rose de su padre. Por eso él hace cualquier cosa por llevarse bien con ella, vela por el interés de su hija.

—Sí, comprendo que todo eso no sea nada agradable en el día a día. No tenía ni idea que la relación entre Vincent y la madre de Rose fuera tan complicada. Tampoco me creo tan importante, ¿pero no crees que me detesta porque soy norteamericana como Melissa?

—Es cierto que ella es rubia con ojos avellana como tú y norteamericana, pero, créeme, las comparaciones acaban ahí.

—¿Y después de tener a Rose, no ha conocido a nadie? —pregunté.

—¿Por qué, quieres postularte? Que yo sepa la vía está libre, no le conozco ninguna relación seria desde hace años.

—No, gracias, y te recuerdo que fue ayer mismo cuando tuve una cita con un hombre encantador.

—Sí, es cierto y, ahora que caigo, ¡aún no me has contado nada de tu velada!

Entonces me dispuse a relatarle con todo detalle mi salida con Damien.

Abril

A estas alturas, la primavera ya había arraigado. El campo cada día estaba más y más verde y los cerezos en flor aportaban una nota de romanticismo al ambiente. Los días se alargaron y todo parecía más brillante, más alegre. Aún no había conocido el Luberon en verano, pero ese principio de primavera hizo que me enamorara más de él.

En el trabajo, a pesar de algunas tensiones con determinados miembros del equipo, todo se desarrollaba como debía y especialmente con uno de mis compañeros la cosa iba muy bien: Damien Lombard.

Tras nuestra primera cita, que yo calificaría de un éxito incluso si terminó de manera tan precipitada, comenzamos a salir los fines de semana. Me llevaba a bonitos restaurantes y galerías de arte durante nuestras excursiones por los pueblecitos de la región y nos divertíamos como cualquier pareja que se está conociendo. En el hotel mantuvimos nuestra relación con discreción, pues no deseábamos convertirnos en el tema de las conversaciones que se entablan frente a la máquina de café.

Hacía ya un mes que salíamos, aunque aún no habíamos ido más allá de unos pocos besos. Pero por más que él besara de maravilla, yo estaba deseando llegar más lejos.

Tamara Balliana

Esa noche, Damien me había propuesto cenar en su casa y yo esperaba que nuestra relación se deslizara hacia algo un poco más... tórrido. Apreciaba enormemente su compañía y su delicadeza, pero otras partes de mi cuerpo reclamaban también su atención.

Por esa razón había decidido sacar toda la artillería pesada para seducirlo. Tomé prestado el vestido rojo vivo de Olivia y lo conjunté con unos zapatos de tacón del mismo color. Me puse medias y un liguero de cuya compra me había convencido mi compañera hacía unos días. Aunque tuviera que consultar las instrucciones para poder abrocharlo después de ejecutar nuestras piruetas, me dije que, ante la perspectiva de una noche excepcional, se requería un atuendo excepcional. Según Olivia, yo era una auténtica tentación: solo un santo o un homosexual habrían podido resistirse.

Desde el momento en que entré en su casa, pude constatar que Damien no era indiferente a mi apariencia. Su mirada se turbó y me sentí dichosa al ver que mis esfuerzos no le habían pasado desapercibidos. Me besó con ternura y, a continuación, me anunció precipitadamente:

—Debo dejarte, tengo la leche en el fuego.

Sí, Damien era un cocinillas.

Todo un cocinero.

Y la gente que cocina de verdad sabe que no se puede abandonar la leche en el fuego si no quiere arriesgarse a pasar cuatro horas tratando de limpiar la cocina. En fin, al menos eso era lo que Olivia me había explicado. Porque yo solía calentar la leche en el microondas para hacerme un chocolate caliente, eso era todo. Mi compañera me había comentado todo aquello a causa de una expresión francesa que yo no entendía bien del tipo: vigilar algo como la leche en el cazo. A menos que fuera ¿como la leche en el fuego?

—¿Necesitas que te ayude? —sugerí.

76

Damien no era tonto y a estas alturas sabía que la mayor ayuda que podía prestarle en la cocina era llenar el lavaplatos. Rechazó educadamente mi propuesta.

Me entretuve en servirnos una copa de vino a cada uno y lo observé mientras organizaba todo. Sus gestos eran precisos, parecía saber exactamente qué hacer y en qué orden. El espacio estaba inmaculado y, a pesar de los numerosos preparativos, cada objeto parecía en su lugar, sin que se advirtiera ninguna mancha ni ningún resto de comida. Olivia era también una buena cocinera, pero, por cada hora que pasaba cocinando, había que dedicar otra a ordenar y limpiar. Aquí, por el contrario, uno habría creído estar en un quirófano, en medio de una intervención de microcirugía. Pulcro, exacto, preciso, sin profusión de sangre.

Cuando metió en la nevera lo que parecía un postre, me dije que, después de haber trabajado tanto para preparar la cena, había llegado el momento de recompensarlo por todos sus esfuerzos. En ese momento, por mucho que a mi juicio aquello no fuera necesario, Damien estaba limpiando la encimera.

Abrazándolo por la cintura, me pegué a su espalda y, gracias a los centímetros que ganaba con los tacones, pude besarle suavemente la nuca.

Damien se dio la vuelta y posó sus labios sobre los míos. Me besó lentamente, degustándome con lascivia, mientras me acariciaba la parte baja de la espalda. Entonces alcé mis manos para tomar su rostro e intensificar así nuestro beso y al instante apreté mi cuerpo contra el suyo. Al contacto con su torso firme, mis pezones se irguieron en su corsé de encaje. En pocos segundos, a pesar de no haber tocado siquiera un centímetro de mi piel desnuda, me sentí como caramelo derretido. Impaciente, decidí acelerar el proceso y deslicé las manos a lo largo de sus costados. En el momento en que mis dedos se insinuaron hacia el lugar donde su camisa se hundía bajo la cinturilla, se oyó un estridente pitido.

Damien se soltó de mi abrazo y me dejó tambaleante sobre mis altos tacones. Aferró una manopla, detuvo la alarma del reloj del horno, lo abrió y, antes de sacar una fuente del interior, dijo:

—Espero que te guste el suflé de queso.

—Eh, sí, desde luego —balbuceé.

—¡Pues, entonces, a la mesa! ¡Esto no admite espera!

Todavía aturdida por nuestro achuchón, lo seguí hasta el comedor, donde había vestido la mesa para nosotros dos. Suflé de queso 1, Cassie 0.

Pero yo aún no había dicho mi última palabra y, a pesar de lo apetitoso de su crema de caramelo, estaba decidida a que él fuera mi postre.

Esperé pacientemente hasta el final de la cena y lo ayudé a recoger todo. Una vez terminada la tarea, estuve lista para abalanzarme sobre él. Me acerqué con paso sigiloso (había abandonado mis tacones bajo la mesa), tratando de mostrar una mirada que decía «Te deseo». Damien clavó su mirada, cargada con una chispa de malicia, en mis ojos. Cuando estaba a solo unos centímetros, levanté las manos dispuesta a hacerlas correr por su camisa, pero me atrapó los puños con firmeza. Le lancé una mirada divertida, si quería jugar a macho dominador, yo no tenía ningún inconveniente. Tan pronto me inmovilizara en una rápida maniobra contra la superficie plana de su elección: pared, sofá, mesa de comedor o incluso escritorio, me encontraría dispuesta.

—Tengo una sorpresa para ti —dijo con voz ligeramente ronca.

Ya está, había llegado el momento, por fin iba a tener la visión de Damien Lombard desnudo.

—Debo dejarte un segundo, está en la habitación. Acomódate en el sofá.

Me quedé sorprendida porque no me pidiera que lo siguiera hasta el dormitorio, pero, si prefería hacerlo en el sofá, tampoco veía ningún inconveniente. ¿Qué había ido a buscar? ¿Condones?

No, no habría dicho que tenía una sorpresa para mí. ¿Tal vez un juguete sexual? Eso podría resultar interesante. ¿Debía ir despojándome del vestido y adoptar una pose lasciva sobre el sofá? No, mejor no. ¿Acaso sería dominador? En ese caso, Damien no apreciaría que yo hiciera alguna cosa que él no me hubiera pedido. Y aun soñando con tocar el séptimo cielo con él, no me tentaba nada ni una azotaina en mis nalgas ni cosas semejantes. Por tanto, más me valía aguardar pacientemente su regreso.

Me senté en el mullido sofá cruzando las piernas y dejando que asomara unos centímetros el encaje que llevaba debajo. Provocativa pero no en exceso.

Damien regresó con un objeto oculto tras su espalda y una enorme sonrisa asomando a su rostro.

—¡Mira lo que he encontrado!

¡Y entonces exhibió un increíble… DVD de *La guerra de las galaxias, episodio 7*!

Mi desconcierto fue tal que Damien se apercibió al instante de que algo no iba bien y adoptó un gesto contrito.

—¿No querías verla? —preguntó confuso.

Efectivamente yo le había explicado durante uno de nuestros paseos dominicales que era una gran aficionada a la saga de *La guerra de las galaxias* y que no había podido ver en diciembre el estreno del episodio 7, «El despertar de la fuerza». Él había tenido el detalle de acordarse y, si mi memoria no me fallaba, el DVD acababa de salir esa misma semana.

—Oh, sí, lo siento, perdóname. Me he quedado tan sorprendida, no me lo esperaba —añadí posando una mano sobre mi corazón—. ¡Qué detalle de tu parte haberte acordado!

Su sonrisa de un blanco radiante reapareció y se inclinó para besarme.

—Entonces, me alegra haber conseguido sorprenderte —murmuró.

Y luego me abandonó para insertar el disco en el lector.

Según se leía en la carátula que había dejado en la mesita baja, tendría que esperar un mínimo de dos horas y cuarto antes de poder volver a intentar cualquier cosa. Me sentía frustrada sexualmente, pero no hasta el punto de perderme un solo segundo de la última entrega de *La guerra de las galaxias*.

El rótulo de Fin apareció al son de la célebre música de John Williams. Yo me sentía un poco grogui: la combinación del suflé de queso/crema de caramelo/sofá mullido/y buena película me había dejado un tanto aplatanada. Por no hablar del hecho de hallarme medio apoltronada sobre Damien con la cabeza sobre su hombro. Aun así, no había perdido de vista el objetivo de mi velada: Damien y yo, preferiblemente desnudos, y a ser posible con uno o varios orgasmos al final.

Me incorporé lentamente y comencé a besarlo con languidez. Él respondió a mis besos y sus dedos me acariciaron dulcemente la nuca. Con el fin de hacerle comprender lo más rápido posible mis intenciones, deslicé mis dedos por los botones de su camisa y empecé a desabrochar el primero. Damien cambió de posición en el sofá, poniendo así fin a mi tentativa de desvestirlo.

No me di por vencida. Si prefería permanecer vestido, podríamos perfectamente comenzar por mí. Atrapé entonces su mano y la posé delicadamente en mi muslo sin soltarla. Con un movimiento lento, dirigí nuestras dos palmas hacia el bajo de mi vestido y mis medias. Cuando entraron en contacto con el principio de mi muslo desnudo, Damien retiró precipitadamente la suya y dejó de besarme.

—Voy a llevarte a casa en mi coche, creo que te has excedido un poco con el vino —rezongó suavemente.

—¿Cómo dices? —exclamé a la vez asombrada y ofendida.

—No te lo tomes a mal, he sido yo quien ha sido muy generoso al servírtelo. Es solo que no quiero que tengas problemas en la carretera.

Se levantó y yo me dejé caer de espaldas contra el respaldo del sofá, resoplando.

—¿Pero qué te ocurre?

—¿Qué?

Me contempló parpadeando, sin entender al parecer mi cambio de humor. Decidí aclarar su mente:

—Desde el principio de la noche, he tratado de abalanzarme literalmente sobre ti. He pasado dos horas preparándome, me he achicharrado depilándome con cera, he tenido que soportar un liguero que me pica... y todo para nada. ¡Cualquier otro tío me habría violado nada más atravesar la puerta y tú me haces un suflé de queso y te pasas dos horas contemplando a los *jedis* pegado contra mí sin intentar nada! Y, ahora, ¡quieres acompañarme como el perfecto caballero que eres, porque piensas que he bebido demasiado!

—¿No querías ver *La guerra de las galaxias*?

Me encogí de hombros, contrariada.

—*La guerra de las galaxias* no es el problema —susurré.

Tratando de moderar mis palabras, pues debía reconocer que se había esmerado mucho en preparar esa velada, continué:

—Damien, llevamos saliendo más de un mes. Me encanta pasar tiempo contigo, hablar, verte cocinar, ir al cine contigo, pero no tengo catorce años. Cada vez que intento acercarme a ti y buscar algo más... físico, te alejas. ¿Acaso no te atraigo?

Se sentó a mi lado y tomó mi mano en la suya. Su rostro estaba hermético, las mandíbulas apretadas. Aquella imagen contrastaba enormemente con el aire encantador que mostraba casi permanentemente. A pesar de que solíamos expresarnos en francés la mayor parte del tiempo, me había dirigido a él en inglés. De golpe, comenzó a explicarse en mi lengua materna con ese ligero acento que tanto me gustaba.

—Cassie, me gustas mucho. El problema no es ese.

—¿Entonces cuál es el problema?

—Yo… Preferiría que nos tomáramos nuestro tiempo antes de… antes de tener relaciones sexuales —terminó por soltar.

—Oh.

Lo contemplé un tanto estupefacta. Y luego empecé a sentirme de golpe como una Eva pecadora que trataba de llevarlo por el camino de la perversión. Súbitamente, quizá a causa de la imagen bíblica, tuve una revelación.

—No has tenido nunca… —comencé.

—¡Sí! —me cortó—. Bueno, quiero decir que sí he tenido mis experiencias.

Sin poderlo evitar solté un suspiro de alivio. Sinceramente, no sé qué le habría respondido de haberme anunciado que era virgen.

Él se apresuró a añadir:

—No creas que no tengo ganas de franquear esa etapa contigo, pero he tenido algunas malas experiencias en el pasado y sé que el sexo lo complica todo. Por eso me gustaría tomarme mi tiempo antes de añadir ese nuevo dato a nuestra ecuación, ya de por sí complicada. ¿Puedes entenderlo?

Lo único que entendía en ese momento es que no había encontrado nada mejor que hablarme de matemáticas para calmar mis ardores. Empecé a desmenuzar sus palabras, y menos mal que estaba sentada, porque si no me habría caído de espaldas. No terminaba de ver qué era «tan complicado en nuestra ecuación» y, la verdad, nunca habría imaginado escuchar discurso semejante por parte de un hombre. Ese «tomémonos nuestro tiempo», y el «sexo lo complica todo», ¿no eran acaso argumentos generalmente femeninos? Los hombres a los que había conocido hasta entonces eran más bien dados al «cuanto antes mejor». Damien formaba parte de una especie visiblemente distinta. En ese momento no me atreví a preguntarle las razones de su decisión, en parte porque aún estaba bajo la conmoción de su revelación, pero también porque presentía que no tenía ganas de explicármelo esa noche. Solo me quedaba esperar que me lo confiara en los próximos días, de modo que, tras unos largos minutos de silencio, respondí:

—Lo entiendo.

A pesar de no estar nada segura de comprenderlo del todo.

Damien pareció aliviado por mi respuesta, pues lanzó un suspiro que parecía haber estado reteniendo durante toda aquella conversación. Me dio un beso en la cabeza, se levantó y me tendió la mano.

—¿Quieres que te acompañe?

Agarré su mano para levantarme y respondí:

—Estoy bien, puedo conducir. He dejado de beber mucho antes de empezar la película.

No añadí que prefería estar sola.

Olivia no conocía lo que significaba la carestía sexual. Al día siguiente de mi decepción con Damien, apareció con un joven inglés con aspecto de surfista. Su cabello rubio, a mi parecer demasiado largo, parecía decolorado y lucía un bronceado bastante pronunciado para esa época del año. En fin, todo eso lo descubrí esa mañana cuando me lo encontré cómodamente instalado en nuestra cocina, devorando mis últimos cereales, una escena que consiguió empeorar mi mal humor. Esa noche apenas había podido dormir. Al parecer, además de su aventajado físico, el nuevo juguete sexual de mi compañera debía de estar dotado de una resistencia ilimitada (no me sorprendía que necesitara reponer fuerzas tan temprano). Y, además, había descubierto otras muchas cosas durante la noche, más allá de nuestro gusto por el muesli…

En primer lugar, Olivia podía clasificarse en el grupo de aquellas que verbalizaban su placer.

En segundo lugar, las paredes del apartamento no eran tan gruesas como había supuesto.

Y, en tercero, la feliz conquista de una noche de mi compañera respondía al dulce nombre de John. Ese era también el nombre de mi padre. Un nombre que Olivia no había cesado de pronunciar a lo largo de sus embestidas, de muy diferentes formas: gritando, aullando, a veces en suspiros y, por supuesto, entre gemidos, lo que forzosamente hizo desfilar imágenes perturbadoras y de pesadilla por mi pequeño cerebro adormilado, de las que no me atrevo ni a hablar.

Y así me vi frente a frente con ese Kelly Slater[6] melenudo, pues, como cabía suponer, Olivia aún debía de estar durmiendo. Intenté buscar algunas galletas con que acompañar mi desayuno.

—¿Quieres café? —me preguntó indicándome que él mismo lo había preparado.

Tras vacilar durante un segundo si rechazarlo por principios, le dirigí una sonrisa crispada a guisa de agradecimiento.

—Por cierto, me llamo John.

Me tendió una mano que no estreché.

—Sí, ya lo sé —respondí con tono irritado, lo que hizo desaparecer su sonrisa.

Debía de haber adivinado cómo había aprendido su nombre.

Me levanté para no prolongar ese momento tan embarazoso y me dirigí al cuarto de baño. En ese instante, la puerta de Olivia se abrió y me precipité hacia ella, empujándola conmigo al interior de su habitación.

—¡Buenos días también a ti! —dijo mi compañera—. ¿Sigue aún aquí mi semental? —cuchicheó, aunque dudo que él pudiera escucharnos.

—Sí, John aún sigue aquí —respondí enfatizando su nombre.

—¿Cómo sabes su nombre…? ¡Oh! ¡Caramba! ¿Nos has escuchado? —preguntó avergonzada.

---

6   Surfista americano de cabeza rapada.

—Un poco...

Tampoco quería que se sintiera culpable. Aunque viviera de manera bastante desenfrenada, Olivia no solía aparecer con nadie en el apartamento. Y, después de todo, aquella era su casa.

—¿No podrías pedirle que se marche? —se atrevió a preguntar con el tono más serio del mundo.

—¿Por qué no puedes encargarte tú de eso? ¡No soy yo quien ha estado tirándoselo toda la noche! —exclamé atónita porque me hubiera pedido hacerle el trabajo sucio.

—Si voy yo, querrá que nos volvamos a ver...

—¿Y qué? Por lo que me ha parecido, os lo habéis pasado muy bien. ¿Acaso no te tienta volverlo a ver?

—No, gracias, es jugador de bádminton —replicó como si aquello fuera una respuesta lógica que lo justificara.

—¿Y? ¿Tienes miedo de los volantes?

—Para empezar, el bádminton no es nada sexi. Y, en segundo lugar, viste polos.

—¿Y qué tiene eso de malo? Mucha gente lleva polos. No veo cuál es el problema.

—Los polos me parecen anticuados. Los clientes del hotel llevan polos. No me gustan nada —añadió haciendo un gesto desdeñoso con la mano.

Y luego me contempló abriendo mucho los ojos.

—¡Oh! ¡Qué torpe soy! ¡A ti te chiflan los tíos con polo! ¡Damien es el típico tío de polo! Y estoy segura de que tu padre debe de llevarlos también, ¿no? ¿Acaso me equivoco? —preguntó divertida.

—Mi padre lleva polos y se llama John.

—¡Oh, mierda! —exclamó llevándose la mano a la boca para contener en lo posible la risa—. Bueno, ¿de verdad no quieres pedirle que se marche? Si lo haces, te prometo ir a buscar cruasanes. Estoy segura de que te mueres de hambre.

Y completó su proposición con la mirada suplicante de un cocker spaniel.

—¿Cómo puedes saberlo?

—Siempre estás de mal humor hasta que no has desayunado.

—Pues bien, como estoy de mal humor, voy a pedirte que mandes tu misma a tu John de vuelta a su morada y que, además, vayas a buscar los cruasanes por no haberme dejado dormir.

—¡Eh! ¡No ha sido solamente culpa mía! ¿Y, para empezar, qué hacías un sábado por la noche en casa sola? ¿No se supone que estabas con un tío?

—Tenía cosas que hacer —argumenté sin demasiada convicción—. Y, después de todo, ya nos vimos ayer.

—¿Cosas qué hacer? ¿Solo eso? ¿Y qué cosas pueden ser más importantes que estar con su novia terriblemente sexi? ¡No me digas que se ha ido a casa de su madre!

—Su madre vive en París —respondí con tono irritado—. Y, verás, eso no me concierne. Él tiene derecho a tener su vida y yo la mía.

—Ya —contestó con aire suspicaz.

Y acto seguido giró sobre sus talones para reencontrarse con su surfista en la cocina y seguramente darle las gracias por su explosiva actuación nocturna, a la vez que le informaba de que había llegado el momento de que se marchase.

Las vacaciones escolares de primavera llegaron. Para el hotel, las mismas significaban el anuncio del comienzo de la temporada alta, pero en la granja el acontecimiento era otro bien distinto: el regreso de Rose.

Toda la familia estaba muy excitada y, para darle la bienvenida, decidieron organizar una comida a la cual me invitaron. Se celebraría para la ocasión un almuerzo en el jardín. Nicole y Mireille habían dispuesto una gran mesa revestida con un colorido mantel provenzal. Auguste se encargó de montar las sombrillas y preparar la barbacoa. Mamée había elaborado *panisses*. Papet se había ofrecido para abastecernos del mismo pastís que llevaba degustando desde las once de la mañana, mientras contemplaba a todo su pequeño mundo muy atareado.

Vincent se había marchado muy temprano para recoger a Rose, pues ir y volver de Cannes le costaría unas cinco horas y supuse que estaría deseando reencontrarse con su hija.

Cuando su todoterreno atravesó la entrada de la propiedad, todo el mundo salvo Papet dejó momentáneamente sus ocupaciones para precipitarse hacia el lugar donde la familia aparcaba los coches. Por mi parte, contemplé la escena a unos pasos de distancia. Vincent aún no había apagado el motor cuando Mireille se apresuró a liberar a su nieta del cinturón de seguridad. Después de haber besado a su abuela y al resto del clan Allard, Rose advirtió mi presencia y corrió hacia mí. Se me abalanzó como un alero de la selección de *rugby* de Inglaterra en pleno placaje, enroscando sus pequeños brazos alrededor de mis piernas.

—¡Cassie!

Me agaché para poder quedarme a su altura.

—*Hello, Sweetheart*, ¿has tenido buen viaje?

Afirmó enérgicamente agitando de paso sus tirabuzones rubios, y luego se acercó a mi oreja y susurró:

—¿Has encontrado ya una novia para mi papá?

Yo no había olvidado mi promesa, pero contaba con que ella sí lo hubiera hecho. Al parecer, quienes creen que los niños de cinco años tienen memoria a corto plazo están muy equivocados. Tendría que haberle asegurado que mis dones como alcahueta estaban limitados.

—Pues… No me he cruzado con nadie que valga la pena —me disculpé.

—Qué pena —respondió decepcionada—. ¿Pero seguirás buscando, no?

—Sí, por supuesto —masculé, preguntándome qué excusa podría inventarme la próxima vez.

—¿Qué estáis tramando vosotras dos? —preguntó Olivia acercándose.

—Nada especial —me apresuré a responder mientras que Rose declaraba:

—¡Cassie va a ayudarme a encontrar una novia para papá!

Olivia arqueó una ceja y me dirigió una sonrisa sorprendida. Le advertí con la mirada que tratara en lo posible de no insistir en el tema.

—¿Tienes sed, Rose? Creo que Mamée ha comprado jarabe de granadina solo para ti —le informó.

La mención de la granadina resultó irresistible y la pequeña olvidó al instante la vida amorosa de su padre y yo pude escabullirme rápidamente en ayuda de Nicole para escapar de las preguntas de Olivia.

Un poco más tarde, Vincent comenzó a exponer a Rose el programa de la semana mientras la pequeña gritaba:

—¡Oh, no! ¡No quiero ir al médico con vosotros!

—Lo siento, cariño, pero he prometido a la abuela Mireille que la acompañaría. Nicole y Auguste no van a estar y Olivia trabaja. Sé que no es muy divertido para ti, pero trataremos de que sea lo más rápido posible para que no te aburras. ¿Y si tomamos un helado después? —la tentó Vincent.

—No, no —refunfuñó la niña—. No quiero ir con vosotros. ¡Me quedaré en la granja sola! ¡O, si no, iré al trabajo con Olivia y Cassie!

—Me encantaría poder llevarte, cariño, pero no es posible. No creo que a mi jefe le pareciera bien —le respondió Olivia poniendo una expresión desolada.

—¿Y tú, Cassie? ¿Puedes llevarme contigo?

Pillada de improviso, no supe qué responder. No quería contradecir la autoridad de Vincent, pero lo cierto es que ese día sí podría hacerme cargo de Rose. De hecho, se me había ocurrido una idea.

—¡No, Rose! Cassandra también tiene trabajo.

Vincent estaba sentado a mi derecha, de modo que posé mi mano sobre su brazo para hacerle comprender que tenía algo que proponerle. Desvió los ojos hacia mi mano, que me apresuré a retirar, y me lanzó una mirada penetrante.

—Rose podría serme muy útil en el trabajo ese día. Bueno, si no te molesta confiármela —añadí en voz baja para que la pequeña no nos oyera.

El asombro hizo que sus cejas casi desaparecieran de su frente, ocultas por el cabello.

—De hecho, acabamos de instalar una zona de juegos infantil en el hotel, aún está por estrenar y no sabemos qué equipamiento añadir. Intuyo que Rose probaría esos juegos mucho mejor que cualquier panda de cascarrabias trajeados. Y estoy segura de que también podría darnos su opinión sobre el sabor de los helados disponibles en el restaurante.

Vincent me contempló circunspecto.

—¿Estás segura de que no te molestará? Yo no estaré en toda la tarde y Rose no es una de esas niñas que se quedan jugando en un rincón y te dejan tranquila. Irá detrás de ti todo el tiempo y, créeme, trabajar así es complicadísimo.

—No te preocupes, estaré totalmente a su disposición. Necesito un niño que pruebe el circuito para ver si están bien dispuestos todos los elementos.

Vincent giró la cabeza hacia su hija. La pequeña no había perdido ripio de la conversación y nos miraba toda esperanzada.

—¿Te gustaría ir con Cassandra el jueves?

—¡Oh, sí, papá! ¡Di que sí!

—Pues que así sea.

Y posó brevemente su mano sobre la mía diciendo:

—Gracias.

Entonces, se levantó para ayudar a su madre a recoger.

—Señorita Harper, hay una niña llamada Rose en recepción que afirma tener una cita con usted.

Sonreí al adivinar por el tono forzado de Christelle al otro lado de la línea de teléfono que debía de estar mirando a la chiquilla como a una extraña especie, rezando para que no empezara a babear en su mostrador.

—Dígale que ahora mismo voy.

Apagué el ordenador y me dirigí rápidamente al vestíbulo del hotel. Como tenía por costumbre, Rose me premió con uno de sus afectuosos placajes. Vincent se mantuvo unos pasos por detrás mostrando una mirada de grado 7 en la escala del fastidio, pero por una vez no me estaba destinada. Christelle estaba tratando de desplegar sus encantos con él y la cosa no parecía funcionar.

Observé por unos instantes la maniobra y luego decidí que era el momento de liberar a mi amigo de las afiladas garras de Christelle.

—Buenos días, Vincent —dije acercándome a él.

Intercambiamos dos besos en la mejilla, una costumbre francesa a la que me había costado adaptarme, pero a la que ya me plegaba con gusto.

Cuando retrocedí, advertí que me estaba suplicando con la mirada. ¡El gran Vincent Bonifaci, aquel hombre que parecía no asustarse ante nadie, tenía miedo de verse devorado vivo por la recepcionista de la Bastida Richmond!

Lo agarré del brazo y le dije que me siguiera a mi despacho. Rose iba dando brincos alegremente a nuestro lado.

—¡Señorita Harper! —Me detuvo la voz estridente de Christelle—. El señor Lombard ha especificado que, a partir del

1 de abril, todos los visitantes que entren en el ala de los despachos deben llevar una chapa y rellenar una ficha de identidad en recepción.

Puse los ojos en blanco y me giré hacia ella para responder:

—Eso no será necesario, se trata de una visita privada.

—Sí, pero el señor Lombard…

—Yo me ocupo del señor Lombard —la corté un tanto irritada.

Dejé a Christelle con una mueca reprobadora y me concentré en mis dos invitados.

Al cabo de unos minutos Vincent se fue, no sin antes hacer numerosas recomendaciones. Le prometí vigilar a Rose como si fuera «la pupila de mis ojos» y él me contempló totalmente perdido, antes de corregirme. La expresión exacta era «la niña de mis ojos». Eso logró distender el ambiente y se marchó dando la impresión de haberse quitado una preocupación.

Y así Rose y yo nos dirigimos a probar la famosa área infantil. Rose era una niña infatigable. No podría decir cuántas veces se deslizó por el gran tobogán, pero seguro que podían contarse por centenas más que por decenas. Yo no tenía sobrinos, tampoco amigos cercanos que tuvieran hijos y, más allá de algunas experiencias como canguro durante mi adolescencia, los niños me resultaban unos extraños, pero cerca de Rose me sentía cómoda y la pequeña parecía apreciar mi compañía.

A la hora de merendar, le recordé que le había prometido un helado. Aunque, como era de esperar, no lo había olvidado. Le preparé, con la ayuda de un botones del servicio de habitaciones, una enorme copa de vainilla y fresa coronada de nata montada que adorné con una pequeña sombrilla rosa de papel. Nos instalamos al borde de la piscina para saborearlo. Rose devoró su helado en pocos minutos y quiso regresar a jugar. Tuve que insistir en que antes me dejara lavarle la cara.

Cuando bordeamos la piscina, Rose se detuvo y me señaló algo en el agua.

—¡Cassie! ¡Mira! ¡Una rana!

Me acerqué al borde y, efectivamente, ahí había un anfibio practicando sus largos en el lateral de la piscina del hotel.

—Creo que es un sapo —comenté.

—¡Hay que salvarlo, Cassie! ¡No podemos dejarlo en la piscina! ¡Tal vez se trate de un príncipe!

Tenía toda la razón, había que sacarlo de la piscina. La pobre bestia estaba prisionera, la única escapatoria que tenía eran las dos escalerillas por las que había sido incapaz de trepar. Si no hacíamos nada, tendría una muerte segura ya fuera por hambre o por agotamiento. Además, por poco frecuentada que estuviera la piscina en esa época del año, no quería ni pensar en los gritos de horror que emitiría una turista al encontrarse cara a cara con esa pequeña bestezuela.

Eché una ojeada a nuestro alrededor para comprobar si algún empleado de mantenimiento estaba por allí cerca. Lamentablemente, a excepción de un señor barrigudo que se había quedado traspuesto en una tumbona, un poco más lejos en el jardín, no había nadie.

—¡Cassie! ¡Cassie! ¡Hay que salvar al príncipe!

—No creo que se trate de un príncipe, *Sweetheart*, pero trataremos de sacarlo de ahí.

La niña me contempló con los ojos llenos de esperanza. No podía decepcionarla. Tendría que ocuparme yo misma del sapo, pero su sola imagen me aterrorizaba. Bastaba recordar el episodio de la babosa en la lechuga...

Me llevé a Rose conmigo en busca de un recogehojas. Con aquella herramienta, esperaba que el animal me facilitara la tarea y cooperase. Lo más molesto de aquella escena era que la pequeña parecía tener una enorme fe en mi capacidad para salvar a la bestia.

Me acerqué a la piscina, con Rose pegada a mis talones.

—*Sweetheart*, no te quedes detrás de mí y aléjate de la piscina, no debes caerte al agua.

El sapo había terminado la exploración de su nuevo entorno y se estaba acercando a uno de los bordes como si presintiera que era una buena idea. Estaba segura de que me miraba fijamente con sus pequeños globos oculares, mientras sus gruesas patas se agitaban para mantenerlo a flote y su papada se contraía y dilataba. Había leído en alguna parte que los sapos almacenaban ahí los insectos que atrapaban para masticarlos durante horas. Ese pensamiento me encogió el corazón. Calculé cuáles eran las probabilidades de que una vez dentro del recogehojas decidiera tomar impulso en la red y saltarme encima.

¿Sería peligroso el contacto con el sapo? Recordaba vagamente haber leído que podría ser alucinógeno. ¿Acaso el sapo provenzal era una especie peligrosa?

—¡Date prisa, Cassie! ¡Debe de estar cansado!

Armándome de valor, di un paso más y sumergí el recogehojas en el agua. Afortunadamente, el mango era bastante largo, lo que me permitió mantener la suficiente distancia con el anfibio. Este no opuso ninguna resistencia cuando sintió el objeto rescatándolo. Por mi parte, una vez estuve segura de que la bestia estaba dentro de la red, me dirigí a grandes pasos hacia el césped. En cuanto alcancé el punto que me había fijado para arrojarlo, volqué el recogehojas en la hierba, convencida de que el sapo sabría saltar y desenvolverse por su cuenta.

Mi corazón latía erráticamente, pero me sentí orgullosa de mí misma. ¡Había salvado al animal sin entrar en contacto con él! Rose se precipitó a su lado.

—No lo toques, cariño —le aconsejé.

—Sí, sí.

—¿Pero qué estás haciendo? —preguntó una voz masculina.

Me sobresalté a pesar de haber reconocido al propietario de la misma.

—Acabo de salvar a un sapo de morir ahogado —respondí orgullosa a Damien girándome hacia él.

Damien me contempló frunciendo el ceño. Tuve la impresión de que estaba contrariado y de que no era solamente a causa del sapo.

—¿Y qué estás haciendo tú aquí? —le pregunté.

—Christelle me ha informado de que habías recibido la visita de tu «novio». Digamos que me sentí un tanto sorprendido por la noticia… ¿Quién es la niña?

Comprendí entonces su aire sombrío y constaté una vez más que la recepcionista había metido las narices en lo que no le concernía.

—Se trataba de Vincent. Rose es su hija.

—¿Vincent?

—El primo de Olivia, ¿recuerdas que nos lo encontramos aquella vez que me acompañaste a casa después de nuestra primera cita? Estaba en medio de la oscuridad y yo me asusté.

Una parte de la tensión de su rostro pareció desaparecer.

Vi que Rose seguía al sapo que saltaba alegremente hacia la piscina.

—Rose, no te acerques a la piscina —le ordené.

—¿Y por qué ha pensado Christelle que se trataba de tu novio?

Observé a Damien, ¿acaso se disponía a montarme una escena de celos?

—¡Rose, ya te lo he dicho, no te acerques a la piscina! —repetí con tono más firme.

—Contéstame, Cassie, ¿por qué ha creído que se trataba de tu novio? —insistió molesto.

—No sé por qué lo habrá pensado —repliqué nerviosa—. ¿Quizá porque es la chismosa número uno del hotel? ¿Quizá porque intuye que hay algo entre nosotros y ha querido ponerte a prueba? ¿O quizá porque está encaprichada por ti y me detesta? ¡Qué sé yo!

—Deja de gritar, por favor, no hay por qué alarmar a todo el hotel. Habrá pensado que Vincent es tu novio porque tu actitud hacia él se presta a confusión.

—¿Perdón? ¿Qué es exactamente lo que estás insinuando? —estallé.

No tuvo tiempo de responderme, pues en ese momento escuchamos un fuerte «plof».

Tardé menos de un segundo en comprender lo que había sucedido.

—¡Rose!

Sentí la sangre corriendo acelerada por mis venas y salté inmediatamente al agua para salvar a la pequeña. Pese a estar climatizada, me noté atenazada por el frío. No me costó encontrar a Rose bajo el agua, la rodeé con mis brazos y nadé hacia la superficie. Una vez fuera, nos arrastramos hasta el borde. La maniobra no resultaba fácil porque la ropa me ralentizaba, pero por suerte soy buena nadadora. Con la ayuda de Damien, levanté a Rose hasta el bordillo y luego salí por la escalerilla.

—¡Ve a buscarnos unas toallas! ¡Rápido!

No tuvo tiempo de entrar en el pabellón de vestuarios porque Olivia ya se dirigía hacia nosotros corriendo desde el hotel con un paquete de toallas y albornoces en el brazo.

Los minutos que siguieron pasaron sin que yo fuera del todo consciente. Hubo mucha gente y mucho revuelo a nuestro alrededor, pero yo no conservo más que un solo recuerdo: la sonrisa de Rose, que no parecía percatarse de haberme dado el susto de mi vida, y se mostraba feliz por haberse «bañado con el príncipe».

De regreso a casa, Olivia y yo dejamos a Rose viendo los dibujos animados envuelta en el inmenso albornoz con las siglas del Richmond que habíamos tomado prestado.

Yo estaba sumergiendo mi móvil en un cuenco de arroz cuando la puerta se abrió. Desde donde me encontraba no podía ver la entrada, pero por el portazo, no tuve ninguna duda sobre la identidad del recién llegado. Sabía que Olivia le había informado de nuestro incidente.

—¡Rose, cariño! ¿Estás bien?

Vincent estaba arrodillado frente a su hija y la palpaba como si necesitase comprobar que estaba entera.

—¡Papá, ha sido genial! ¡He bajado por el tobogán, hemos jugado al escondite y de merienda me he comido un helado enorme! Luego me he caído al agua y Cassie ha tenido que saltar para salvarme. ¡Pero yo le he dicho que no valía la pena, que sé nadar sin burbuja ni manguitos!

Permanecí en el fondo del salón sin moverme. Cuando la mirada benévola de Vincent abandonó a su hija y se posó en mí, cambió completamente: el nivel en la escala del cabreo llegó lo suficientemente alto como para superar cualquier clasificación.

Dejó a Rose con los dibujos animados y me hizo una seña de que quería hablar conmigo en privado. Como la cocina estaba abierta al salón, no tuve otra opción que invitarlo a mi habitación, un lugar más apropiado a mi parecer que el cuarto de baño.

Vincent se pasó la mano por el pelo, parecía agotado, como si le hubieran caído diez años encima en las últimas horas.

—Me prometiste cuidar de ella.

A pesar de haber sido pronunciadas con la mayor calma del mundo, sus palabras sonaron tan cortantes como el filo de una navaja.

—Lo siento mucho, Vincent, le pedí que no se acercara al borde, me distraje un segundo y…

—¿Te distrajiste un segundo? ¡Uno no puede distraerse ni un segundo cuando está a cargo de un niño, Cassie! ¿Qué habría pasado de haber ocurrido en pleno invierno? ¿O si se hubiera golpeado la cabeza contra el bordillo?

Sus ojos verdes lanzaban rayos y sus fosas nasales temblaban. Y sin embargo no había levantado el tono. Su cólera sorda era aún más impresionante. Advertí que me había llamado Cassie por primera vez desde que nos conocíamos y eso me dolió. Como si llamarme Cassandra hubiese creado un vínculo especial entre nosotros y ahora este se hubiera roto.

Regresó al salón para recuperar a su hija y se marchó con ella sin decir palabra. Cuando la puerta se cerró tras ellos, noté la primera lágrima rodar por mi mejilla. La aparté con el dorso de mi mano, pero sentí una segunda y luego una tercera. Al cabo de pocos segundos, sollozaba como no lo había hecho desde hacía mucho tiempo.

Sin duda estallaba por la tensión y las emociones de aquel día, pero, sobre todo, lloraba por la pérdida de la confianza de Vincent. Y, en ese instante, comprendí que él era para mí más importante de lo que jamás habría imaginado.

Esa misma tarde recibí la visita de Damien. No venía jamás a casa: coincidir allí con Olivia, su empleada, lo habría incomodado bastante y, a decir verdad, yo nunca se lo había propuesto, de modo que me sorprendió mucho encontrarlo en la puerta con un ramo de rosas.

—¿Celebramos algo?

El sarcasmo en mi voz era palpable. De algún modo le reprochaba lo sucedido a primera hora de la tarde. Sí, yo era la única responsable de Rose, pero sus celos me habían impedido vigilar como debía a la pequeña.

Sin embargo, retrocedí y le invité a entrar.

—¿Olivia no está? —preguntó explorando el salón.

—No, esta noche salía.

Efectivamente tenía una cita con un tal Bastien o Sébastien, no recuerdo bien, que la había seducido (al menos por esa noche) a base de emoticonos.

Damien se plantó frente a mí y clavó su mirada color océano en la mía.

—Quería disculparme por lo de esta tarde, me he comportado como un imbécil. No tendría que haber dudado de ti y menos aún discutido contigo. Si no hubiera sido por mi comportamiento, Rose no se habría caído al agua. Perdóname, por favor.

¿Qué podría haber contestado a esa réplica perfecta digna de figurar en una película romántica acompañada por una sinfonía de violines? Es más, Damien parecía estar sinceramente arrepentido. Añádase a ello una mirada de perro apaleado, el ramo de flores, su aspecto involuntariamente sexi, y el olor de su loción de afeitado cosquilleándome las fosas nasales y se comprenderá que fuera incapaz de rechazar su perdón.

Me encaramé sobre las puntas de los pies y le di un beso en la mejilla.

—Estás perdonado.

Dejó escapar un suspiro de alivio.

—Pero no vuelvas a hacérmelo, Damien.

Su gesto serio decía que no se tomaba mi advertencia a la ligera. Y yo continué:

—En caso de que no lo hayas entendido, no salgo con ningún otro hombre. Cuando estoy con alguien, es de verdad. No puedo entender cómo has podido imaginar por un instante que tenía otro novio y que además era tan torpe como para hacerlo ir al hotel.

Súbitamente pareció encontrar un inusitado interés por la punta de sus zapatos.

—Sí, es estúpido, lo reconozco —admitió—. No tendría que haberle hecho caso a Christelle.

—Exacto, y, hablando de Christelle, desconfía de ella como de la peste. Y, la verdad, por el modo en que no te quita ojo, soy yo quien debería estar celosa.

—¿Ah, sí?

Alzó la cabeza hacia mí y lo vi un tanto sorprendido.

—¿No me digas que no te has dado cuenta?

—Pues no.

—¡Dios mío, Damien, esa chica se enamoró de ti a primera chispa!

Damien frunció el ceño un instante y luego se echó a reír. Yo no entendía qué podía ser tan divertido y de pronto me sentí ofendida. Damien se acercó y me tomó en sus brazos.

—Se dice a primera vista —susurró en mi oreja antes de besarme lánguidamente.

¡Y, en ese instante, un intempestivo rugido de su estómago nos interrumpió!

—Tienes hambre —constaté divertida.

—Estoy famélico —respondió un poco apurado.

—¿Quieres quedarte a cenar?

—Si no es mucha molestia.

—No, claro que no, me encantará —sonreí.

Pero en cuanto se lo sugerí, empecé a flagelarme por dentro. No tenía ni idea de qué podía ofrecerle de cenar. Ni siquiera era posible jugar la baza de la urbanita megaocupada que encarga comida asiática a domicilio: el restaurante chino más cercano se encontraba a unos veinte kilómetros y no parecía uno de esos locales de comida a domicilio con repartidor motorizado sino más bien un restaurante al que acudían las familias en las grandes ocasiones.

Lo invité a acomodarse en el salón y me precipité hacia la nevera. La abrí y observé todo su contenido como si un diploma culinario de Cordon Bleu pudiera estar oculto en alguna parte entre los huevos y la nata. Antes de que Damien apareciera, había pensado cenar patatas fritas de bolsa con sabor a vinagre y helado de vainilla, algo muy poco sofisticado para el rey del suflé de queso.

¿Por qué habría tenido que toparme con un tío que sabía hacer suflé de queso (sin un fallo, además)?

De pronto, al echar una mirada dubitativa a un pobre tomate solitario y al tarro de mayonesa, tuve una idea genial.

—Damien, salgo dos minutos.

Él asintió con la cabeza, demasiado ocupado en ese momento en doblar cuidadosamente su chaqueta para no arrugarla, un gesto que en ocasiones me resultaba exasperante, pero que entonces agradecí. Que se entretuviera ordenando cuanto quisiera jugaba a mi favor: así Damien estaría menos pendiente de mis manejos. Bajé de cuatro en cuatro los escalones que me separaban de la vivienda de Nicole y Auguste y llamé a su puerta. Al no oír ningún ruido, rogué para que no hubieran salido a una velada de bingo, cine o teatro organizado por el comité de fiestas local. Por fin, para mi alivio, la puerta se abrió.

—¿Cassie, qué te sucede, pequeña? ¡Pareces alterada!

No entendí bien su última frase, pero no tenía tiempo para un curso acelerado de vocabulario. Me hizo pasar.

—¡Nicole, tiene que salvarme la vida!

—Bueno, ¡me temo que tienes un gran sentido del drama!

—En serio, mi novio acaba de aparecer de improviso y tengo que darle de cenar…

—¿Y? —me preguntó la madre de Olivia sin entender qué podría haberme puesto en semejante estado.

—Nicole, ¡no sé cocinar!

—¡Ah! Espero que el joven no tenga demasiada hambre, porque si vienes para que te imparta un curso de cocina, podemos tardar horas…

—Nada de un curso de cocina —la corté—. Al menos, por el momento no… Sí, algún día tendré que ponerme en serio, pero, ahora, ¿no se le ocurre algo rápido y fácil de preparar? Bueno, con lo poco que hay en mi nevera…

La sonrisa de Nicole se ensanchó, parecía divertirle mi cara de pánico.

—Tengo algo mejor. Ven conmigo al sótano.

No entendía qué podía aportarme una excursión al sótano, pero, llegados al punto en el que me encontraba…

Fui pisándole los talones hasta aquella estancia pequeña y oscura, apenas iluminada por una tenue bombilla que colgaba del techo. El aspecto vetusto y austero de aquel lugar contrastaba con el enorme congelador que ocupaba la pared del fondo. Nicole se acercó y lo abrió.

—Aquí tienes, querida, no tienes más que hacer la compra.

Decenas de recipientes etiquetados se alineaban unos junto a otros. Había tanto para elegir que me sentí perdida.

—¿Ha cocinado usted todo esto?

—Sí, no me gusta cocinar todos los días, así que hago grandes cantidades y congelo el resto. Si prefieres, tengo también legumbres de nuestra huerta que puedes cocinar tú misma en un momento.

—Mejor descarto esa opción.

—Entonces escoge lo que más te apetezca.

Como los nombres de algunas etiquetas no me decían nada y, la verdad, necesitaba con urgencia saber qué plato era más fácil de descongelar y calentar, le hice muchas preguntas a Nicole. Finalmente elegí la blanqueta de ternera.

—Cuece también un poco de arroz para acompañarla.

—No sé si hay arroz en casa.

—Ven, yo tengo en la cocina.

Me tendió un paquete cuya caja giré para leer las instrucciones de cocción. Al no encontrar la información que buscaba, le pregunté:

—¿Cuánto tiempo tarda en el microondas?

Nicole me contempló como si en ese momento me hubiera salido una segunda cabeza.

—¿No me digas que no sabes cocer arroz en una cacerola con agua hirviendo?

—Ah, bueno, ahora ya sé —admití.

—Sigue al pie de la letra lo que viene escrito en el paquete, no puedes fallar.

Regresé a casa con el arroz y la blanqueta y me deslicé discretamente hacia la cocina. Damien parecía ocupado en apilar concienzudamente las revistas desperdigadas por la mesita baja y apenas alzó la mirada al oírme entrar.

Como Nicole me había aconsejado, saqué dos cacerolas y puse agua en una y el bloque congelado con la blanqueta en la otra. Me había explicado que no hacía falta ponerlo a fuego fuerte. ¿Pero qué querría decir fuego fuerte?

Observé atentamente las dos cacerolas, lista para reaccionar a la menor reacción sospechosa, y, al cabo de un rato advertí que estaba sudando copiosamente. Sacudí enérgicamente la blanqueta para que no se pegara, pero empezó a dolerme el brazo. En cuanto al arroz, una especie de espuma blanca apareció al cabo de varios minutos de cocción. Mandé un mensaje al móvil de Nicole para asegurarme de que aquello era normal y me contestó que sí, que aquello no era nada raro.

Le había pedido a Damien que pusiera la mesa, una táctica para que no anduviera por la cocina, no me veía capaz de asegurar los dos frentes al mismo tiempo. Él se tomó la tarea muy en serio y dispuso los cubiertos de forma tan simétrica y perfecta que parecía haberlo medido con un cordel.

Cuando todo pareció estar cocido y caliente, lo invité a sentarse a la mesa. Tenía la impresión de haber corrido una maratón. Toda sudada, con un mechón de pelo pegado a mi rostro, apenas podía tenerme en pie.

—¡Cassie, tu blanqueta está deliciosa!

—Gracias —sonreí.

No le había dicho que se trataba de blanqueta, pero él había reconocido el plato. Aquello era una buena señal.

—¿La tenías ya preparada, verdad?

—Eh, sí —farfullé.

—Disculpa, es una pregunta estúpida. Todo el mundo sabe que una buena blanqueta necesita muchas horas de cocción.

—Naturalmente —respondí con tono forzado—. De hecho la tenía congelada, por eso he tenido que salir, he ido a buscarla al sótano.

—¿Utilizas la nata entera o semi?

¿Pero qué eran todas esas preguntas?

Recordé entonces vagamente una discusión entre Mireille y Olivia respecto a los alimentos desnatados y me atreví a responder esperando no equivocarme demasiado:

—¡Entera! ¡Uno no come blanqueta para estar a régimen, sino más bien para disfrutarla desde el primer bocado!

—Tienes toda la razón.

Y acompañó la frase con un gesto de aprobación.

—Pues bien, querida, me sorprendes cada día. ¡Si hubiera sabido que cocinabas tan bien habría venido antes!

Me quedé tan sorprendida y feliz, reconozcámoslo, porque me hubiera llamado «querida» que no presté atención al resto de la frase. Y tuve que lamentarlo más tarde.

Como buen caballero, Damien se ofreció a fregar los platos. No quise quitarle el gusto, daba la impresión de que a ese hombre le encantaba ordenar y limpiar la cocina. Y, debo reconocer que la dejó más limpia de lo que la había encontrado.

Como me vio titubear un poco, con la excusa de tener que levantarse pronto al día siguiente, anunció que se despedía ya.

Recuperó la chaqueta, perfecta por su tan meticuloso plegado, y me besó antes de marcharse.

—¡No entiendo por qué no vienes con nosotros! —exclamó Olivia.

—Te lo he dicho, tengo cosas que hacer.

—¿Un domingo?

—Sí, un domingo, ¿acaso tenéis alguna ley que prohíba estar ocupada los domingos?

Me respondió encogiéndose de hombros y alzando la mirada al cielo.

—Bien, aclaradas las cosas, vete ya o harás que todo el mundo se retrase —le dije empujándola hacia la puerta.

—Si cambias de idea, llámame y vendré a buscarte.

Toda la familia de Olivia había organizado un gran pícnic porque Rose aún seguía en la granja y el tiempo, había que reconocerlo, era magnífico. Como de costumbre, habían contado conmigo, pero yo había declinado la invitación. No había vuelto a hablar con Vincent desde el incidente del jueves y no estaba segura de que él apreciara mi compañía.

De modo que me paseé por el apartamento tratando de ordenar aquel batiburrillo de prendas desperdigadas, principalmente, de Olivia. Comí restos de otros días y me acomodé en la cama con un buen libro, pero, al mirar una y otra vez por la ventana, me dije que era una pena quedarse allí encerrada con aquel buen tiempo.

Agarré mi libro, unas barritas de cereales y agua, y me enfundé un vaquero y un par de zapatillas deportivas, decidida a explorar un poco los alrededores.

Subí al coche y tomé la dirección de Apt y, luego, pasada la aldea, deseosa de conocer aquella zona, escogí la bifurcación hacia el norte. Dejé atrás algunos caseríos. Extensos campos rojos sembrados de viñedos y árboles frutales se sucedían a lo largo de la carretera. Al cabo de un rato, estacioné a un lado, agarré mi mochila y emprendí mi paseo por un estrecho sendero de tierra.

Me quedé maravillada ante el precioso contraste entre el azul intenso del cielo y el verde resplandeciente de las hojas de los árboles. La naturaleza era extraordinaria y en ese momento lamenté haber vivido tantos años en grandes ciudades. Al cabo de algunos minutos de marcha, encontré un lugar a la sombra con una bonita vista. Me senté al pie de un alcornoque y comencé mi lectura.

La novela me cautivó hasta tal punto que perdí toda noción del tiempo. Y no fue hasta que mi cuerpo se estremeció cuando advertí que estaba cayendo la tarde. Recogí mis enseres y retomé el camino hacia mi coche.

Me felicité por haber pensado en llevarme un jersey, ya que en cuanto el sol desapareció tras las colinas, el aire se hizo mucho más fresco.

Arranqué el vehículo y tomé la dirección hacia Gordes. Bueno, lo que yo pensaba que era la dirección hacia Gordes...

Perdida.

Tenía que rendirme a la evidencia, estaba totalmente perdida.

El entorno no me sonaba en absoluto y tampoco nada me daba pista alguna, pues nada destacaba en aquellos campos y bosques seguidos por más campos y más bosques. La noche se me echaría encima en breve y no tenía ni idea de dónde me encontraba. Por supuesto, la batería de mi teléfono se había agotado, aunque no creo que fuera posible encontrar cobertura por aquellos parajes y, en cuanto a algo parecido a una conexión a Internet para localizarme, mejor no soñar...

Llevaba un mapa de carreteras en mi guantera. Lo saqué y no tardé en darme cuenta de que su autor era un auténtico sádico que parecía haberlo escrito en antiguo egipcio, pues no veía más que jeroglíficos y signos ilegibles.

Suspiré molesta y cansada cuando volví a hallarme en el mismo cruce que creía haber atravesado hacía unos minutos. Me detuve en el arcén y apagué el motor. Empecé a escrutar los alrededores y súbitamente la naturaleza me resultó mucho menos bella y encantadora. ¡Al menos, en la ciudad había rótulos de señalización! Apoyé un instante el mentón en el volante, cerré los ojos y traté de rememorar el trayecto de ida. Un esfuerzo del todo inútil, pues no fui capaz de recordar ningún elemento importante que me ayudara a encontrar el camino.

Decidí que lo mejor sería continuar la marcha, allí quieta no daría con ninguna solución. Al final, terminaría por toparme con alguna aldea donde hubiera indicaciones. Giré la llave de contacto y el carraspeo que siguió a mi gesto desató una ola de pánico en mí. Volví a intentarlo una vez más. El coche respondió con algunos sobresaltos y ruidos que no supe interpretar, pero se negó a arrancar. Durante muchos minutos, me afané en tratar de sacar del motor su dulce ronroneo habitual, pero, desgraciadamente, este no llegó.

Estaba al borde de las lágrimas: perdida en medio de ninguna parte, con el coche averiado y sin ningún medio de contactar con nadie.

Solo me quedaba una opción: encontrar el famoso pueblo o aldea… a pie. La idea de caminar a lo largo de la carretera desierta cuando comenzaba a oscurecer no me atraía nada, pero, a menos que surgiera un tractor a la vuelta del camino, no me quedaba otra elección. Con un poco de suerte me cruzaría tarde o temprano con algún coche y podría hacerle una señal para que se detuviera.

De modo que me encaminé rumbo al sur o a lo que me parecía podía ser el sur. Me había fijado por dónde se había puesto el sol, pero mi fe en mis aptitudes orientativas había disminuido drásticamente aquella última hora.

Uno habría podido creer que caminaba en el más profundo silencio. Nada de eso. La naturaleza se mostraba de lo más bulliciosa.

Me sentía incapaz de decir qué animales emitían los diferentes ruidos que me rodeaban y eso tal vez fuera lo que más me angustiaba. Estaba segura de que algunos debían de ser simplemente los chirridos de insectos tipo grillos, pero, en otros momentos, cuando me acercaba a tramos de hierba alta, creí escuchar bestezuelas deslizándose por el suelo. Un poco asustada por todo aquello, mi espíritu comenzó a divagar y recordé todas esas historias que había visto en la televisión durante las noches de insomnio. En esos programas de títulos tan llamativos como *Las 100 desapariciones más inquietantes* o *Las 50 historias más angustiosas*, siempre había alguien que hablaba de una pobre chica que sufría una avería y se veía obligada a caminar de noche. Y aquello nunca terminaba bien. Si bien la probabilidad de terminar en el estómago de un animal me parecía pequeña en plena Provenza, la de cruzarme con un asesino en serie me resultaba mucho más plausible. Después de todo, ¿no solían preferir las carreteras secundarias desiertas? Apreté el paso.

Al cabo de lo que me pareció casi una hora de marcha (no tenía reloj), divisé con gran regocijo un grupo de casas. Muchas tenían las luces encendidas y la perspectiva de regresar a la civilización me hizo acelerar el paso.

Al llegar a la primera, aporreé la puerta con un poco más de violencia de lo que la cortesía exigía, pero me sentía exhausta tanto física como emocionalmente como para reparar en ello.

Un hombre de unos cincuenta años abrió bruscamente. Su aire sombrío y sus anchas e imponentes espaldas me hicieron dar un paso atrás. Si había algún asesino en serie por los alrededores, perfectamente podría haber sido él.

—¿Qué hay? —refunfuñó.

Balbuceé algunas palabras y luego me rehíce. Le expliqué que había sufrido una avería y que mi coche se encontraba un poco más lejos en la carretera. Le pregunté si podía utilizar su teléfono.

A guisa de respuesta se volvió hacia el interior de la casa y gritó:

—¡Marie, saca algo de beber, tenemos visita!

Marie, como descubrí un momento después, era su mujer y me invitó a sentarme a la mesa de su cocina. Su marido me hizo saber que llamaría a un mecánico.

—No se moleste, llamaré a mi novio para que venga a buscarme y ya me ocuparé del coche mañana. No quiero causarles molestias.

Farfulló una respuesta que me hizo comprender que nada de lo que yo dijera le haría cambiar de opinión, así que se dispuso a llamar a un mecánico. Dudé que pudiera dar con ninguno un domingo por la noche, pero, cuando se lo hice saber, su mujer me aseguró que conocían a uno.

Marie me hizo muchas preguntas y se mostró especialmente interesada por las razones por las que me había trasladado a la región. Me sirvió un gran vaso de agua y a su marido un pastís. El hombre también se había sentado y nos escuchaba en silencio. Al cabo de un momento, se oyeron unos golpes en la puerta mucho más discretos que los míos. El hombre se levantó y se fue a abrir.

—¡Mi querido Vincent! ¡Siempre tan servicial! —saludó al recién llegado.

Mi corazón se hizo un nudo en mi pecho y unos segundos más tarde tuve la confirmación de que se trataba del Vincent en el que estaba pensando. Y, por su mirada, acreedora de una buenísima puntuación en la escala del fastidio, no parecía muy contento de verme.

Vincent intercambió unas palabras con mis anfitriones, que se quedaron sorprendidos porque nos conociéramos. Marie repitió: «¡Qué pequeño es el mundo!» casi tantas veces como en la canción de Disney.[7] Les di las gracias efusivamente por su ayuda y seguí a Vincent hasta su camioneta.

---

7 «El pequeño mundo» es una atracción de los parques Disney en la cual los muñecos cantan «¡Qué pequeño es el mundo!» en diferentes idiomas.

Vincent solo me dirigió la palabra para preguntarme en qué dirección había aparcado el coche. El resto del trayecto, ciertamente mucho más corto que a pie, lo hicimos en un silencio total.

Cuando alcanzamos mi coche, levantó el capó y me pidió que le diera al contacto. No necesitó más de treinta segundos para dar su diagnóstico. En vista de su mirada grado 7 en la escala del fastidio, comprendí que pasaría un cuarto de hora difícil.

—¿No has escuchado un pequeño pitido estridente en algún momento de la tarde?

—Eh… No.

Ahora que lo pensaba, tanto a la ida como a la vuelta, había estado escuchando el álbum *HAARP* de Muse, subiendo ligeramente el volumen para no perderme los acordes del bajo de Christopher Wolstenholme.

Por no hablar del momento en el que había acompañado a Matt Bellamy cantando a voz en grito… Y, para ser totalmente sincera, Dominique Howard había tenido también un brillante homenaje mientras yo seguía el ritmo golpeando el volante. Es posible que entre «Hysteria» y «Supermassive Black Hole», hubiera sonado alguna cosa.

—¿Y tampoco has visto encenderse un piloto?

—Pues… no.

Entre la carretera, el paisaje y mi interpretación digna del festival de Glastonbury, no había tenido tiempo de mirar el salpicadero.

—Te has quedado sin gasolina —suspiró—. Voy a remolcar tu coche. Sube a la camioneta, fuera ya hace frío. Solo tardaré unos minutos.

Su tono seco me recordó, en el caso de que no lo hubiese adivinado ya, que se sentía bastante molesto por la situación, así que decidí obedecer sin rechistar.

Unos segundos más tarde, se sentó detrás del volante y, al arrancar, aún sentí más tensión en el ambiente. Debía decir alguna cosa, no podíamos continuar así, de modo que pronuncié las primeras palabras que me vinieron a la mente:

—Lo siento mucho.

Él soltó un gran suspiro, se pasó una mano por el rostro y pareció relajarse un poco. Habíamos llegado a un cruce y se detuvo ante la señal para arrancar inmediatamente después y volverse hacia mí.

—Cassandra…

Por su tono parecía agotado, pero advertí encantada que había vuelto a llamarme por mi nombre completo.

—Lo siento mucho —repetí—. Por esto y por lo que sucedió esta semana. No quería…

—Soy yo quien lo siente —me cortó—. El otro día reaccioné llevado por el miedo, también podría haberme sucedido a mí. Los niños son imprevisibles. No tenía derecho a tratarte como lo hice.

En un vano intento de fingir serenidad, bajé la mirada hacia mis manos inquietas. Su disculpa no solo me sorprendió sino que también me alegró muchísimo.

—Siento mucho lo de esta noche —añadí—. No quería molestarte y menos un domingo por la noche, pero insistieron en llamarte…

—Deberías sentirlo —me respondió.

Me sobresalté, no esperaba esa respuesta. Entonces alcé mi mirada hacia él, que precisó:

—Al anochecer y no verte regresar, todos nos preocupamos mucho. Olivia dejó decenas de mensajes de voz en tu contestador y estuvo a punto de llamar a la policía. Tuve que insistir para que se quedara en la granja con Rose y no viniera conmigo.

Y, otra vez, me sentí culpable. Había tenido que abandonar a su hija para venir en mi ayuda.

—Lo siento —balbuceé una vez más.

—Deja de decir eso y trata de no volver a hacerlo.

El guiño de ojo con que remató la frase me sorprendió y me confirmó que no estaba tan enojado conmigo.

Al cabo de algunos instantes, le pregunté:

—¿Cómo has sabido que se trataba de mí cuando te han llamado?

—Robert me dijo que la persona con la avería era una guapa norteamericana que se había perdido. Al instante supe que solo podía tratarse de ti.

Mayo

El mes de mayo llegó casi sin avisar. Descubrí que el calendario francés estaba plagado de días festivos que le permitían a uno disfrutar de largos fines de semana que aquí llamaban «puentes». El nivel de ocupación del hotel alcanzó porcentajes más que satisfactorios. Comenzaba la temporada alta.

Aquello dificultó mi trabajo. Los equipos andaban mucho más atareados y se mostraban menos receptivos a mis propuestas de cambio. Incluso si algunos reconocían sin reservas que mis decisiones empezaban a dar su fruto, otros no me concedían el menor crédito y hubo algún que otro encontronazo violento, por ejemplo, con el chef:

—¡Por encima de mi cadáver! —aulló al verme—. ¡Mientras yo viva, nunca serviremos tapas como cualquier vulgar bar de suburbio! ¡Soy el chef de un gran restaurante! ¡Y no de uno de esos Taco Bell[8] a los que ustedes los norteamericanos son tan aficionados!

No me rebajé hasta el extremo de explicarle que detestaba la cocina tex-mex y que estaba casi segura de que no ofrecían tapas en los Taco Bell.

—Chef, ya lo he discutido con los camareros que se ocupan del bar de la piscina. Con sus bebidas, los clientes piden algo de picar

---

8   Cadena norteamericana de comida rápida tex-mex.

más consistente que unas aceitunas. En verano, a los huéspedes les gusta estar al aire libre a la hora del aperitivo. Así se animarían a quedarse en el hotel cuando quisieran simplemente tomar algo. Por no hablar de que podríamos atraer a turistas de paso deseosos de disfrutar del entorno mientras picotean algún surtido frío y caliente.

—¡Y, ya puestos, por qué no servirles hamburguesas! —se indignó.

—¡Y por qué no! Servidas como minihamburguesas y presentadas con su salsa especial, por ejemplo, tendrían un color más local. Se trata de un concepto que funciona muy bien en otros hoteles de nuestra cadena.

—¡Sus otros hoteles están en los Estados Unidos, señorita sabelotodo! ¡Aquí, estamos en Francia! ¡Y, por tanto, nada de servir hamburguesas, tortitas ni otras cosas por el estilo!

Dio un golpe en la mesa para acentuar su descontento. No era un hombre demasiado corpulento y, a pesar de los pocos centímetros que ganaba llevando su sempiterno gorro de cocinero, seguro que lamentaba que su talla no resultara un poco más imponente.

—Chef, podríamos proponer especialidades regionales —lo intentó Damien.

—Como ya le he hecho saber, las especialidades regionales ya figuran en la carta. ¡Si se tomara la molestia de pasarse de vez en cuando por mi restaurante!

—Ahora estamos hablando de comida para picar —proseguí—. Estoy segura de que podríamos proponer platos a la vez exquisitos y…

—¡Comida para picar! —espetó—. ¡Se están burlando de mí! Señor Lombard, ¡podría explicarle a esta señoritinga mandona, enviada por esos caribús majaderos, que un reputado chef como yo no hace comida para picar!

—Está jugando con mis palabras —me irrité—. ¡Llámelo como quiera, canapés, servicio de cóctel, bocaditos, aperitivos!

—¡Oh, debo de estar soñando! ¡Solo por haber abierto un diccionario de francés, ella, la experta procedente de un país que ha inventado la mantequilla en espray, ya se cree con derecho a darme lecciones de cocina! ¡Estoy seguro de que ni siquiera es capaz de cocer un huevo!

Touché.

—Todavía sigo siendo el chef de este restaurante —continuó— y si los clientes quieren degustar mi cocina, vendrán a sentarse en mi sala o en la cafetería. ¡No querrán comer mis creaciones recostados en las tumbonas únicamente porque esos estúpidos camareros o una arribista norteamericana hayan decidido que podría resultar gracioso!

Y rápidamente se volvió hacia Damien.

—Quiero decirle que no soy el único aquí en pensar que nos apañábamos muy bien antes de la llegada de esta petarda decidida a revolucionarlo todo. Pero usted, por supuesto, está demasiado ocupado admirando su precioso culito para darse cuenta de que transformará nuestro hotel con encanto en una fábrica para turistas de poca monta.

—No le permito… —comenzó Damien.

—¡Con esas ideas de tres al cuarto, perderemos a nuestra clientela y me niego a pagar ese precio! —lo interrumpió—. Soy un chef con estrellas y pretendo mantenerlas. No voy a consentir que modifique mi carta porque una mocita haya decidido que eso ya no está de moda o cualquier otra estupidez por el estilo. ¡Prefiero largarme a tener que sufrir semejante afrenta!

No nos dio tiempo a replicar antes de que se marchara dando un portazo.

Por mi parte, estaba que echaba chispas y fue Damien quien pagó el pato.

—¡Al menos podrías haber salido en mi defensa! —me revolví en cuanto el chef Lafarge desapareció.

—¡Pero si te he defendido! —respondió indignado.

—¡Si para ti eso es haberme defendido! ¡Me ha llamado de todo y no has protestado!

—Ya sabes cómo es… Como todos los jefes de cocina habla de una manera un tanto florida…

—¡Si me ha llamado señoritinga mandona! ¡No sé exactamente qué es lo que quiere decir, pero no creo que sea muy adulador!

—Cierto, pero…

—¡No hay pero que valga! ¡Él es el chef de la cocina, pero tú sigues siendo el director del hotel y te ha tratado como si se estuviera dirigiendo a uno de sus pinches!

—¿Y no crees que, si hubiera intentado defenderte de forma más vehemente, se habría olido alguna cosa?

—Tiene derecho a no coincidir conmigo, ¡pero no a insultarme! Y, además, por el modo en que te ha hablado, creo que ya se huele algo.

Vi tensarse a Damien. Recuperó la chaqueta que había dejado cuidadosamente extendida en una silla vacía para que no se arrugara.

—¿Y habrías preferido que además pudiera reprocharte que yo te defiendo porque nos acostamos?

—No, claro que no, pero, si permites que te lo diga, no nos acostamos juntos.

Se lo solté de forma un tanto abrupta, como lanzándole un reproche, y advertí al instante que se hundía. Para ser sincera, aquello había sido un reproche disfrazado. En un primer momento, había cedido a la tentación que suponía Damien con la idea de divertirme y ahora me encontraba inmersa en una relación digna de dos colegiales. La única diferencia era que no tenía que pedir a mis padres autorización para salir.

—Eso no puede saberlo —respondió malhumorado.

¿Acaso él también estaba un poco frustrado por la falta de sexo?

—Bueno, ahora debo dejarte, tengo trabajo.

Traté de evitar la situación huyendo. Recogí mis informes y me giré hacia la puerta.

—Cassie, espera.

Su voz parecía dulcificada. Regresé lentamente sobre mis pasos.

Él se acercó y posó sus manos en mis hombros haciéndolas deslizar lentamente hacia la parte alta de mis brazos.

—Me gustaría que hiciéramos algo tú y yo el próximo fin de semana. Que nos fuéramos a algún lado.

—Con la temporada alta, creí que debías permanecer en el hotel todos los fines de semana. Además, es el puente del 8 de mayo.

—No te preocupes por el hotel, puede pasarse perfectamente sin mí dos días. Y, además, cierta consultora enviada por la central ha reorganizado tan bien algunos servicios que ya prácticamente no me llaman para que acuda a su rescate en mis días libres.

El comentario me arrancó una pequeña sonrisa de satisfacción a la que él respondió con una de las suyas, resplandeciente. Era su forma de reforzar mi ego que el chef acababa de hacer trizas.

—Me pregunto si no te apetecería dar una vuelta por París. ¿Qué me dices?

—¡A París! —exclamé—, ¿y ese honor?

—Me encantaría mostrarte la ciudad en la que nací y se dice que no hay destino más romántico que París, así que...

—¡Sí, sí, sí! —lo interrumpí—. ¡Sueño con ir a París!

En realidad, ya había visitado la ciudad siendo niña con mis padres y otra vez durante mis años de estudio en Suiza, pero me moría de ganas de regresar a la Ciudad de la Luz que tanto me había fascinado. Y del brazo de un hombre tan apuesto resultaba aún más apetecible.

Me abalancé entusiasmada a su cuello y, si bien pareció un poco sorprendido por mi actitud, al cabo de unos segundos se relajó.

Me dije que ese viaje sería la ocasión perfecta para intentar un acercamiento físico. ¡Nadie podía resistirse al embrujo de la ciudad de los enamorados! Seguramente compartiríamos habitación de hotel, habría sido ridículo hacer otra cosa. De hecho, empecé a sospechar que Damien, perfeccionista hasta la médula, lo tenía todo previsto, y había querido que nuestra primera vez fuera especial.

Me besó en la boca; la excitación de la noticia combinada con la fragancia de su loción de afeitado me desarmó, pero entonces se apartó y me dijo:

—¡Genial, avisaré a mamá para anunciarle nuestra llegada!

Estábamos en la zona de recogida de equipajes en Orly Sur. No se me escapaba lo irónico de la situación: yo viajaba con mi bolso y un sencillo equipaje de mano y Damien con una enorme maleta. Me pregunté qué le resultaría tan imprescindible para una estancia de dos días en la capital en casa de su madre.

No estaba bromeando cuando me anunció que la avisaría de nuestra llegada. La idea de conocer a sus padres me estresaba un poco, pero es que además íbamos a dormir en su casa. Lejos quedaba mi sueño de una noche romántica en un hotel.

No sabía bien qué esperar de los padres de Damien. Él me decía que yo les encantaría. Parecía muy próximo a su madre, de la que hablaba a menudo, y eso me tranquilizaba un poco. Por las anécdotas que contaba de ella, debía ser una madre muy cariñosa y atenta.

Salimos por fin del aeropuerto en busca de un taxi. En cuanto se abrieron las puertas, me estremecí. El aire era mucho más frío que en el sur y el cielo plomizo no anunciaba nada bueno. ¿Debería quizás haber cargado con más jerséis, algo que seguramente habría hecho Damien a juzgar por su enorme maleta?

Le dio al taxista una dirección del distrito séptimo de París, que supuse sería la de sus padres y, casi enseguida, nos vimos inmersos en los atascos del viernes por la tarde con el conductor echando pestes cada dos minutos contra los otros vehículos. Recordé mi trayecto de llegada a Provenza y aquella carretera tan bella, bajo el cielo invernal, pese a los árboles desprovistos de hojas, mientras que aquí en París todo parecía triste aun estando en plena primavera. Incluso el taxista era mucho más estirado que su homólogo marsellés de acento cantarín.

Sin embargo, al dejar atrás la periferia y entrar en el corazón de París, me sentí inmediatamente subyugada por la belleza de la Ciudad de la Luz. Las pequeñas *boutiques* llenas de encanto, los cafés, el Sena, no sabía dónde mirar. En el momento en que la torre Eiffel apareció ante mi vista, solo tuve ojos para ella. Acababa de caer la tarde y resplandecía con mil destellos. El espectáculo era mágico y lo devoré con mirada maravillada que no se le escapó a Damien. Tomó mi mano para llevársela tiernamente a los labios, divertido por verme tan excitada como una niña.

El taxi finalmente se detuvo y la realidad de la situación que me esperaba volvió de golpe. Iba a conocer a sus padres de un momento a otro.

El taxista sacó nuestro equipaje y Damien pagó la carrera mientras yo contemplaba la fachada. Se trataba de uno de esos inmuebles elegantes de los que no cuesta imaginar las cientos de historias vividas entre sus muros. Sin duda había sido un edificio singular transformado, unas decenas de años más tarde, en apartamentos cuyo lujo aumentaba planta a planta.

Damien se acercó al portalón y, tras anunciar nuestra llegada a través del interfono, empujó el pesado batiente para que pudiéramos entrar. Nos encontramos en un inmenso vestíbulo, dominado por una enorme araña, al fondo del cual se erigía una escalera de mármol. Frente a la escalera había un ascensor y Damien me invitó a montar. Únicamente había visto un modelo así en Europa: uno mismo debía cerrar la puerta de aquella cabina de madera por cuyos cristales emplomados se podía seguir la ascensión. Aunque sabía que el ascensor era el transporte colectivo más seguro del mundo, me puse nerviosa. Los pequeños chirridos y sacudidas, cada vez que pasábamos una planta, no tenían nada de tranquilizadores. Por eso fue para mí todo un alivio sentir que por fin se detenía.

En el rellano solo vi una puerta y deduje que el apartamento de los padres de Damien debía de ocupar toda la planta, concretamente la última a la que llegaba el ascensor, pues también advertí que había una escalera de peldaños de madera en un rincón que debía subir a las habitaciones del servicio.

Supuse que Damien me dedicaría una última palabra de ánimo antes de llamar al timbre, pero, como la puerta ya estaba entreabierta, se adentró en el interior sin comprobar si yo lo seguía.

—¡Querido, ya estás aquí! —exclamó una voz femenina de acento sofisticado que imaginé sería de la madre de Damien.

Crucé la puerta y la cerré delicadamente tras de mí, sin atreverme a avanzar. Damien besaba en la mejilla a una mujer morena de gran belleza. Cuando se apartó, pude constatar que era de ella de quien su hijo había heredado el color de ojos y sus delicados rasgos. Y, entonces, advertí, para ser sincera, que su piel parecía demasiado tersa y apenas tenía arrugas. Concluí que la juventud de su rostro era obra de un cirujano de gran reputación.

—Madre, déjeme que le presente a Cassandra.

Me quedé doblemente sorprendida por esa presentación. En primer lugar, Damien llamaba de usted a su madre, un tratamiento que yo creía desaparecido. Sabía que tratarla de usted era señal de respeto, pero, a excepción de los personajes de las novelas decimonónicas, nunca había conocido a miembros de una misma familia que lo hicieran. Y, además, aquello no encajaba con la imagen que me había forjado de su relación.

La segunda cosa que me llamó la atención fue que me hubiese llamado Cassandra. Era la primera vez que él pronunciaba mi nombre de bautismo. Hasta ese momento, el único que lo había hecho era Vincent. Y no tenía muy claro que me gustara que tantas personas me llamaran así.

Sin embargo, olvidé rápidamente mis reflexiones cuando advertí la mirada consternada de la señora Lombard sobre mí. Escrutó minuciosamente cada detalle de mi anatomía con una mueca contrita. Al parecer, el primer examen no le estaba agradando demasiado.

—Cómo está, señora Lombard, encantada de conocerla —me apresuré a declarar.

Ella me tendió una delicada mano con uñas de manicura perfecta en la que centelleaba una reluciente esmeralda de una talla impresionante.

Lamenté inmediatamente mi pantalón arrugado por el viaje, mi pelo recogido en una sencilla cola de caballo y mi ausencia de joyas. Me sentí un poco descuidada frente a tanta perfección. Había estado bromeando con Damián por vestir de traje para ir a casa de su madre, pero en ese momento comprendí la razón.

—Hola, Cassandra.

No me dedicó ni una palabra más. Ni «bienvenida» ni «encantada de conocerte».

—Damien, ¿puedes llevar el equipaje a vuestras habitaciones? A esta hora, Emerance ya se ha marchado.

Giró sobre sus talones y desapareció por otra habitación. Damien estaba recogiendo nuestro equipaje. Me pregunté qué me correspondía hacer: ¿seguirla a ella o acompañar a Damien? Me disponía a preguntárselo cuando apareció un hombre:

—¡Damien! —exclamó.

—¡Padre!

Se dieron un caluroso abrazo que no tenía nada que ver con aquel que se había dado con su madre hacía unos minutos. Su padre retrocedió y se volvió hacia mí.

—¿Y usted debe de ser Cassie?

Su sonrisa era muchísimo más natural que la de su mujer y, lo que más me llamó la atención, idéntica a la de su hijo. Que me llamara Cassie me hizo comprender que había oído hablar de mí y, al parecer, yo no le había decepcionado a primera vista. De manera algo absurda, aquello me tranquilizó un poco. Me invitó a seguirlo al salón mientras Damien se ocupaba de nuestras maletas. Aquel salón parecía un museo. Me senté al borde de un pequeño sillón de terciopelo por miedo a estropearlo. Ya no me sorprendía nada la falta de naturalidad de Damien, ¿cómo habría podido ser natural creciendo en semejante decorado?

El señor Lombard se mostró encantador. Me hizo un montón de preguntas a propósito de mi trabajo, de mi familia. Nada demasiado indiscreto, solo parecía querer conocerme un poco mejor. Viajaba mucho debido a su trabajo y conocía muy bien mi país y mi ciudad natal. Para mi sorpresa, compartimos algunas anécdotas sobre Chicago. Ya llevaba en Francia cuatro meses y hasta esa noche no me había dado cuenta de cuánto añoraba los Estados Unidos. Al hablar de ello con él, me sentí un poco nostálgica, pero feliz.

La señora Lombard se había retirado antes de nuestro intercambio de impresiones sobre el país del tío Sam, pretextando estar cansada. Supuse que nuestra conversación la aburría, pues no había dicho palabra. Por su parte, el señor Lombard se retiró un poco más tarde, no sin antes disculparse diciendo que tenía trabajo pendiente.

Damien me propuso enseñarme mi habitación. Desde que llegamos, me quedó claro que tendríamos habitaciones separadas. Después de todo, nunca habíamos compartido cama, y mucho menos para acostarnos, por lo que me dije que aquello tenía sentido.

—Tu habitación está justo después de la de mi madre —me indicó por el pasillo.

—¿De la de tu madre? ¿Y tu padre no duerme? —bromeé.

—Sí, en la que está al fondo del pasillo.

—¿Tus padres no duermen juntos? —me asombré.

—Desde hace unos años, no. Mi padre ronca —añadió encogiéndose de hombros.

Intuí que tampoco él se creía esa excusa, y pensé en mis padres. También mi padre roncaba y siempre terminaban bromeando por ello: cuando mi madre le reprochaba que llevaba sin poder dormir como Dios manda desde hacía treinta y cinco años, él respondía infatigable que sus ronquidos advertían a los potenciales ladrones de una presencia masculina en la casa. Según mi padre, aquel era un medio tan excelente y eficaz de disuasión que debía incitarla a dormir a pierna suelta. A pesar de sus protestas, mi madre nunca le habría pedido por nada del mundo a mi padre que abandonara el dormitorio conyugal.

Damien me hizo pasar a una gran habitación toda rosa. Desde la colcha a las cortinas, pasando por un diván dispuesto contra la pared, todo era de color rosa palo realzado por algunos encajes blancos. Incluso la pequeña Rose habría experimentado una sobredosis de rosa.

—Es la antigua habitación de Laura —me indicó Damien.

—¿Quién es Laura?

—Mi hermana. Tiene diecisiete años.

—¿Tu hermana? ¡No me habías dicho que tuvieras una hermana!

—Está en un internado —replicó como si aquello fuera una respuesta lógica a mi pregunta—. Tienes un cuarto de baño a tu izquierda.

De acuerdo, tema zanjado. Me dio un casto beso en la frente y se marchó.

Vale, por el momento, aquello distaba mucho de una estancia romántica en París. Damien parecía incómodo a mi lado tras la presentación a su madre y, definitivamente, su familia era rara. Casi sin pretenderlo recordé la acogida de la familia Allard-Bonifaci, mucho más sencilla y calurosa.

Tras asearme un poco, me deslicé entre las sábanas cuya suavidad confirmaba que debían valer una pequeña fortuna y contemplé a la luz de la lámpara de la mesilla la habitación que me rodeaba.

No era de sorprender que la hermana pequeña estuviera en un internado: ese despliegue de rosa te ponía enferma en menos de una hora. Y lo peor es que debía de ser obra de un decorador de interiores que sin duda trabajaba también para el universo *Barbie*.

Absorta en mis pensamientos, me sobresalté cuando la puerta se abrió con suavidad. Damien entró tímidamente, pidiéndome permiso con la mirada para comprobar si aceptaba su intrusión. Le sonreí y se acercó a la cama.

—¿Puedo? —dijo señalando el hueco a mi lado.

—Sí, por supuesto. ¿No estamos obligados a dormir en habitaciones separadas? —bromeé cuando se tumbó a mi lado.

—Sí, pero no voy a poder dormir sabiendo que estás tan cerca de mí.

Le sonreí, conmovida por su comentario, y entonces me fijé en su aspecto. Llevaba un pijama de franela azul cielo meticulosamente planchado. Nunca se me había pasado por la cabeza la idea de planchar un pijama, pero, al parecer, algunos sí lo hacían. En el bolsillo de la camisa estaban bordadas las iniciales «DL». No me había planteado qué podía llevar Damien para dormir, pero jamás habría imaginado que sus gustos en materia de prendas nocturnas se acercarían tanto a los de mi abuelo. Damien estaba elegante en cualquier circunstancia, con su estilo siempre clásico, pero ese atuendo era a mi juicio un poco arcaico para un hombre de su edad. Me pregunté si también vestiría una bata guateada por la mañana con unas cómodas zapatillas a juego…

Por más que su intención de compartir mi cama me alegrara, yo aún estaba lejos de bullir de deseo. Y mi pequeño camisón de satén, que prácticamente no dejaba lugar a la imaginación, me parecía casi impúdico en esas circunstancias.

Él se tumbó a mi lado, alzando cuidadosamente la colcha y manteniendo una prudente distancia de seguridad entre nosotros.

Una vez acomodado, posó sus labios en los míos y me besó tiernamente, con precaución, como si yo estuviera hecha de porcelana.

Comprendí entonces que debía tomar la iniciativa si quería que los próximos minutos respondieran a mis expectativas. Extendí la mano para deslizarla por su cintura y acercarme a él, tratando de pegarnos el uno contra el otro.

La maniobra no pareció molestarlo, así que me envalentoné y comencé a besarlo con más intensidad.

Mi lengua jugaba con la suya en un intercambio sensual, marcando el ritmo a nuestras manos que exploraban los dos cuerpos enlazados. Hice deslizar mis dedos por su camisa, palpando poco a poco los músculos de su espalda y luego sus abdominales.

El calor que irradiaba se difundió a través de mí y desató rápidamente una agradable reacción que surgió del centro de mi vientre para recorrerme acto seguido hasta la entrepierna.

A pesar de la tela siempre presente entre nosotros, pude sentir fácilmente su excitación crecer contra mi abdomen. Su mano se había posado en mi muslo y remontaba lentamente hacia el borde de mi camisón. Confié en que esta vez no se detuviera en el límite de mi ropa.

—¿Cassie?

—¿Sí?

—Creo que estoy listo para emprender el camino de la intimidad contigo.

El camino de la intimidad. Mi francés era un tanto pobre, especialmente en cuanto a las expresiones que no tenían equivalencia o el mismo sentido en inglés, pero estaba casi segura de que «camino de la intimidad» no era una expresión nada sexi y sentí ganas de trepar por las cortinas color rosa muñeca de la habitación o, al menos, ese fue el efecto que me produjo en ese momento. Me tensé un poco, lo que inquietó a Damien.

—Si no estás preparada, podemos esperar.

—¡No, no! —exclamé—. ¡Estoy totalmente preparada!

—¡Chist! —me ordenó—. Mi madre duerme justo al lado, las paredes son finas y tiene el sueño ligero.

Evalué la situación: después de haber tenido una relación de más de dos meses que me atrevería a calificar de platónica, me disponía a vivir mi «primera vez» con mi pareja en una habitación totalmente rosa, sin hacer ruido para no despertar a su madre. Súbitamente tuve la sensación de ser una jovencita de diecisiete años.

Damien debió de sentir que me había enfriado, pues se inclinó sobre mí y me dirigió una mirada en la que se mezclaba esperanza y temor. No tuve valor para rechazarlo y me convencí de que, una vez estuviéramos en el fragor de la acción, me olvidaría de aquel escenario. Solo debía procurar no ser demasiado ruidosa y eso, al fin y al cabo, podría ser muy excitante.

Lo atraje hacia mí rodeándole la nuca con mi mano y besándolo apasionadamente. Quise que ese beso fuera excepcional. Necesitaba que él sintiera que sí quería franquear esa etapa con él, ahora que estaba preparado, y adentrarme en el «camino de la intimidad» o como quisiera llamarlo. Le mordisqueé el labio y ese movimiento pareció enloquecerlo. Pegó su gran cuerpo caliente contra el mío y comenzó un dulce vaivén que me arrancó un gemido incontrolado.

—¡Chist! —me llamó al orden.

Ahogué una risa y me dispuse a quitarle su espantoso pijama.

Ataqué febrilmente los botones, echando pestes contra mi incapacidad para desabrocharlos con rapidez. Damien se incorporó y se sentó al borde de la cama, indicándome con un gesto que se ocuparía él mismo. Lo observé sacar uno a uno los pequeños círculos de nácar de la botonadura con una lentitud insoportable. Estuve a un tris de arrancarle la camisa sin más miramiento.

Finalmente fui recompensada por mi espera y pude contemplar su torso lampiño y perfecto y envié un mudo agradecimiento al grupo Richmond por autorizar al personal del hotel a utilizar la sala de gimnasio fuera de las horas de apertura al público. Sabía que Damien era asiduo a la misma y en ese momento frente a mis ojos tenía el más que satisfactorio resultado de ello.

El resto de nuestras prendas, mi camisón y mi braguita por mi parte, y el pantalón de su pijama por la suya, desaparecieron con desconcertante velocidad. Estábamos desnudos el uno frente al otro sin ninguna barrera entre nosotros. Sus manos rozaron de pasada mis senos sin detenerse un instante y esa caricia desató un escalofrío que recorrió mi columna vertebral de arriba abajo.

Luego se inclinó hacia la mesilla que tenía a sus espaldas para abrir el cajón y sacar un preservativo. Me pregunté por un instante si habría sido él quien lo había puesto allí o si estábamos robándole las reservas a su hermana de diecisiete años...

Sacudí la cabeza decidida a no pensar en ello. Necesitaba estar concentrada.

¿Desde cuándo debía concentrarme para hacer el amor?

¡Cassie, compórtate! ¡Deja de pensar!

El ruidito característico del envoltorio del preservativo al rasgarse me sacó de mis cavilaciones.

¿Cómo? ¡¿Ya?!

Me acerqué a Damien, que ya había empezado a colocárselo. Acaricié su torso haciendo recorrer mis dedos sobre su vientre. Mi lengua se entretuvo unos instantes en sus pectorales, dibujando arabescos para, a continuación, lamer sus tetillas. Con esa maniobra quería que comprendiera que para mí los preliminares aún no habían terminado.

Súbitamente, Damien me tendió sobre mi espalda. Ese movimiento me pilló por sorpresa, pero desató una dulce euforia en el seno de mi vientre. Siempre me habían gustado los hombres un poco dominadores en la cama. Si Damien entraba dentro de esa categoría, nuestro encuentro bajo la colcha sería soberbio. Entonces se situó entre mis piernas. Yo aún no estaba preparada para acogerlo en mi interior y levanté la cabeza para alcanzar su boca y besarlo. Desafortunadamente interpretó mi movimiento como una invitación de naturaleza totalmente distinta y se hundió en un solo y gran empellón entre los pliegues aún no lo suficientemente húmedos de mi anatomía. Sofoqué un grito a la vez de sorpresa y de dolor, reconozcámoslo.

—¿Va todo bien? —se preocupó.

Yo había contraído el cuerpo desde los dedos de los pies hasta la raíz del cabello, imposible que hubiese pasado por alto que no, que aquello no iba bien.

—Dame un segundo —suspiré.

Me dio un beso en el hombro.

—¿Está bien así?

Me atreví a esperar que me hiciera la pregunta para saber si podía comenzar a moverse y no para preguntarme si apreciaba esa intrusión a la fuerza.

Al cabo de unos instantes, mientras me escrutaba con sus ojos azules derretidos de deseo, asentí con la cabeza.

Damien emprendió algunas tímidas acometidas. Y poco a poco olvidé la sorpresa inicial empezando vagamente a apreciar aquello cuando, de pronto, aceleró el ritmo. En menos tiempo del que se tarda en decirlo, se transformó en un conejito Duracel e impuso una cadencia desenfrenada. Traté de captar su mirada para suplicarle que detuviera ese ritmo frenético, pero tenía los ojos cerrados y los músculos tensos.

Para mi suerte o para mi desgracia, al cabo de algunos segundos, soltó un gruñido y se dejó caer sobre mí, estrechándome entre sus brazos. El peso de su cuerpo sobre el mío no resultaba demasiado agradable y tuve la impresión de que una boa constrictor estaba aplastándome la tráquea. Su abrazo me comprimía los brazos, mi libertad de movimientos estaba un tanto reducida.

—¿Damien? —dije con voz ahogada.

127

Acompañé mi súplica de un leve retorcimiento para hacerle comprender que deseaba liberarme. Por fortuna su cerebro no estaba totalmente desconectado y captó el mensaje. Se desplomó lánguidamente a mi lado suspirando y yo recibí con placer el regreso de aire fresco a mi sistema pulmonar.

Clavé los ojos en una grieta del techo y, tratando de recuperar el aliento, me pregunté cómo debía reaccionar a continuación justo cuando él se apoyó sobre un codo y se giró hacia mí.

—¿Y bien, te ha gustado?

Parpadeé con fuerza. ¿En serio me lo estaba preguntando? ¿Acaso no se había dado cuenta de que yo no había sentido ningún placer? ¿Y que no había alcanzado ningún orgasmo?

Abrí la boca y dejé pasar un instante sin saber qué responder. La cruda verdad era demasiado dura de encajar y no quería hacerle daño.

¡Vamos, Cassie, di algo!

—Ha sido interesante —balbuceé.

¿Interesante? ¡Qué idiota! No se te ha ocurrido nada mejor.

Damien frunció el ceño.

—Hacía mucho tiempo —añadí en una tentativa desesperada por enmendar lo que acababa de decir.

Esa respuesta, que no era tal, pareció sin embargo satisfacerlo un mínimo. Me atrajo contra él y me besó el cabello. Luego cerró los ojos y, agotado seguramente por su esprint y su orgasmo, se durmió rápidamente.

Y fue entonces cuando descubrí que Damien roncaba.

A la mañana siguiente, cuando desperté, estaba sola. Ya lo sabía, me había pasado la primera parte de mi primera noche con Damien dando vueltas sin parar en la cama incapaz de dormir, en parte frustrada sexualmente, pero sobre todo con la cabeza plagada de preguntas. No podía dejar de cuestionarme si su pobre actuación de la noche habría sido algo excepcional, el desgraciado resultado de largos meses de abstinencia. Pero ¿ estaba realmente satisfecho con el papel que había interpretado? ¿Acaso por ese motivo había querido evitar las relaciones físicas hasta entonces? ¿Cómo podría hablar de ello con él sin ofender su virilidad? Todas esas preguntas rondaban por mi cabeza.

Damien se escabulló con las primeras luces del alba, para regresar a su habitación y ahorrarnos así el apuro de ser descubiertos por sus padres. Me reí para mis adentros pensando en eso. Aquella noche había sido nuestra primera vez y había resultado parecidísima a mi auténtica primera vez. Una habitación con la decoración casi infantil, el miedo a ser sorprendidos por sus padres, una pobre actuación sexual. Todo prácticamente igual (salvo por el pijama), pero, a mi edad, yo tenía otras aspiraciones.

Suspiré y me levanté para darme una ducha antes de reunirme con Damien para desayunar. Si tenía que volver a encontrarme con su madre, necesitaba tener el mejor aspecto posible para conseguir un mínimo de ventaja a mi favor.

Encontré a la pequeña familia sentada a la mesa. Charles, el padre de Damien, en la cabecera, sostenía en una mano las páginas rosas de *Le Figaro*, y en la otra una taza de café. Su mujer, enfrente, bebía a sorbitos lo que debía de ser una taza de té y escuchaba con una sonrisa en los labios a Damien que en ese momento hablaba con entusiasmo.

Hice notar mi presencia con un ligero carraspeo.

—Buenos días.

La sonrisa de la señora Lombard desapareció al instante y su marido me dedicó un pequeño gesto con la cabeza. Damien se levantó, dobló cuidadosamente su servilleta y me dio un besito en la mejilla antes de preguntarme:

—¿Has dormido bien, querida?

Entonces, apartó la silla que me correspondía y me invitó a sentarme.

La mesa estaba cubierta de una variedad y cantidad de comida descomunal. Y todo ello presentado en un servicio de delicada porcelana. Los cubiertos eran de plata. No había visto semejante nivel de refinamiento para un simple desayuno más que en los más grandes hoteles del mundo. Una mujer de mediana edad, vestida de uniforme, se adelantó para preguntarme si prefería té, café u otra cosa. Tuve la impresión de que si le hubiera pedido alguna rareza, no se habría atrevido a reconocerme que no disponía de ello y habría tratado a toda costa de satisfacerme.

Al instante me sirvió un cruasán caliente y me ofreció una gran variedad de panes y cereales. La colección de mermeladas dispuestas en preciosos recipientes de porcelana fina me hizo pensar en las elaboradas por Mireille y Nicole con los productos de su huerto. Las suyas estaban presentadas en sencillos tarros de cristal, a menudo reciclados, a los que pegaban etiquetas blancas en que escribían de forma un tanto ilegible el nombre de la fruta y el año de fabricación. En ese instante, habría dado cualquier cosa por poder desayunar en la granja, en el apartamento de Olivia, probando la mermelada de frambuesa de la misma cuchara, en vez de estar en París en ese ambiente glacial y sofisticado.

Desde que me había sentado a la mesa nadie había pronunciado una palabra. Tuve la sensación de que mi presencia suponía una intrusión en su pequeño retablo familiar, así que mordisqueé mi cruasán tratando de hacer el menor ruido posible para que no me reprocharan nada.

Finalmente fue la madre de Damien quien rompió el silencio al levantarse.

—Hoy comemos en Fouquet a las doce, sed puntuales.

Miré a Damien, con gesto interrogante. ¿Se estaba dirigiendo a nosotros o solamente a su marido?

—Tomo nota —le respondió Damien, en absoluto sorprendido. Intenté entonces interrogarlo con la mirada. ¿Por qué teníamos que comer con sus padres? Me había prometido que visitaríamos los dos París. Intenté hacerle comprender con mi mirada que no me apetecía nada en absoluto pasarme las horas sentada a la mesa con su familia. Solo íbamos a estar en la ciudad dos días, aquel debería ser nuestro fin de semana de enamorados, no una visita familiar.

Al parecer, mis dones de comunicación por telepatía eran nulos o Damien no tenía un buen descodificador, porque me contempló frunciendo el ceño como si yo hubiera perdido la razón, pero la señora Lombard sí comprendió mi gesto y, dirigiéndose a mí, declaró:

—Laura ha venido a París a pasar el fin de semana. Está deseando reunirse con su hermano y él también está impaciente por verla.

Por el tono de su voz comprendí que no habría sido bien recibido que yo hiciese algún comentario. La señora Lombard se volvió hacia su hijo, que le sonrió y dijo:

—Por supuesto, madre.

¡La famosa hermana pequeña! De la que me había hablado por primera vez hacía menos de veinticuatro horas y por la que ahora, de pronto, ¿se moría de impaciencia por estrecharla entre sus brazos?

Cuando terminó el desayuno, aproveché para encontrarme a solas con Damien y hablar con él. No quería parecer desagradable y entendía que tuviera ganas de pasar algo de tiempo con su familia, pero yo estaba deseando partir a la conquista de París ese día y, si era posible, sin carabinas.

—¿Estamos obligados a comer en Fouquet? Esperaba que pudiéramos acercarnos a Montmartre…

—No podemos dejar a mis padres solos —respondió como si mi idea fuese completamente disparatada.

Tuve la tentación de responderle que sus padres, por lo poco que había advertido, no daban la impresión de sentirse perdidos por

París. Y que vivían todo el año sin él y parecían arreglárselas muy bien.

—No estarán solos, estarán con tu hermana. Y, además, ¿cómo es posible que no me hayas hablado nunca de ella?

—Tiene diecisiete años.

—¿Y qué?

—Pues que aún es una niña, nos llevamos quince años —dijo encogiéndose de hombros—. ¿Qué quieres que te diga?

—No lo sé. Si yo tuviera una hermana, te habría hablado de ella en algún momento de estos dos últimos meses —respondí encogiéndome yo también de hombros.

Dejé pasar unos instantes y proseguí:

—Como no te veo demasiado entusiasmado por ver a tu hermana al mediodía, podríamos proponer verla… No sé, por la tarde, para tomar un té, por ejemplo.

—Mi madre se apenaría si no comiéramos con ellos, ¡tenía tantas ganas de conocerte!

Eso tal vez fuera antes de haberme visto por primera vez. Desde el día anterior apenas me había dirigido la palabra y no había demostrado ninguna curiosidad ni simpatía hacia mí.

Pero su tono parecía inapelable. Intuí que de insistir, terminaríamos discutiendo y me dije que en lugar de arruinar el día sería mejor pasar el tiempo que nos habían concedido disfrutando de París sin estar enfadados.

De paseo por los grandes bulevares la mañana se nos pasó volando. Remontamos los Campos Elíseos y atravesamos las puertas del célebre Fouquet a las doce en punto del mediodía.

Los padres de Damien ya estaban allí: una niña, que era igual que su madre pero en versión joven, tecleaba frenéticamente la pantalla de su móvil. Apenas apartó los ojos para saludarnos.

¿Era ella la que tanto ansiaba ver a su hermano?

Me invitaron a colocarme a la derecha del padre de Damien y, en cuanto me senté, la señora Lombard se dirigió a mí:

—Cassie, aquí no es de buen gusto alzar la voz.

La contemplé con ojos como platos sin entender a qué se refería. Había vuelto a hundir la nariz en la carta y no parecía dispuesta a darme más explicaciones. Interrogué a Damien con la mirada, pero él parecía tan sorprendido como yo.

—¿Madre? ¿Qué ha querido decir con eso?

La señora Lombard lo miró como si su hijo acabara de perder la razón.

—Ya sabes, Damien —se justificó ella levantando la mirada al techo—. Los norteamericanos tienen tendencia a hablar muy fuerte por todas partes donde van. Solo se los oye a ellos.

Cuando estaba a punto de replicar, Damien cortó mi impulso dándome un apretón en la mano y suplicándome con la mirada que no le respondiera. Tuvimos nuestra segunda conversación silenciosa del día y también esta vez fue un fracaso. En ese momento llegó el encargado para tomarnos nota y por un instante dejé a un lado mi contrariedad.

Desgraciadamente, la comida fue un auténtico calvario. La señora Lombard me asestó un impresionante número de puyas, disfrazadas, eso sí, bajo una educación ejemplar. Tuve el privilegio de recibir algunos comentarios plagados de tópicos sobre mi país de origen, como cuando se mostró asombrada al no verme comer las cantidades ingentes que solían comer mis compatriotas.

Empecé a lanzar miradas a Damien, en un primer momento desesperadas y luego asesinas, pero él no parecía darse cuenta de mi malestar. El señor Lombard, por su parte, demasiado ocupado en devorar su entrecot, en saludar a conocidos o en teclear en su teléfono, seguía la conversación distraído.

En cuanto a Laura, la jovencita continuó pegada a su iPhone de última generación, torturando con la punta de su tenedor una triste hoja de lechuga. Traté de entablar conversación con ella, pero a todas mis preguntas me respondió con tono aburrido, bastante peor que un grado 10 en la escala de Vincent (debería evaluar de nuevo las notas de mi escala). Solo me hizo una pregunta: quiso saber si yo había sido animadora en mi instituto. Como le respondí que no, perdí súbitamente todo interés a sus ojos.

El señor Lombard, requerido por un asunto urgente, se esfumó antes del postre. Su mujer y su hija se despidieron poco después, al parecer tenían la tarde igualmente ocupada.

Una vez en la calle, solté un suspiro de alivio. ¡Por fin había terminado la comida! Damien me tomó la mano.

—¿Qué te ha parecido la comida? Ha sido agradable, ¿no crees? —me preguntó.

Lo contemplé incrédula.

—¿Estás hablando de los platos, no? —repliqué atónita.

—Eh... No, me refería a que no te entusiasmaba comer con mis padres, pero ha resultado una comida muy agradable.

—¿Agradable? —me enfurecí—. ¿Te ha parecido eso agradable?

Intenté respirar hondo.

—Damien, ha sido todo menos agradable, tu madre me detesta y, además, parece detestar a todos los norteamericanos. No ha dejado de compararme con los peores tópicos de mi país, algunos de los cuales no son ciertos, y ha criticado todos y cada uno de mis gestos y comentarios. Perdóname si a mí no me ha parecido la comida agradable.

—Estás exagerando, no ha sido para tanto.

—¿Qué exagero dices? —me sulfuré—. ¿Cómo te lo habrías tomado tu si yo hubiera insinuado que deberías conocer mucho mejor los cotilleos sobre las estrellas de Hollywood que la política de tu país?

Algunos transeúntes se volvieron a mirarme y me dije que debía bajar la voz si no quería darle la razón a la señora Lombard hablando tan fuerte.

Como una norteamericana, me reí para mis adentros.

—No puedes quedarte solamente con lo negativo, mi padre y mi hermana no te han hecho nada.

¿Y acaso debía alegrarme por ello?

Fue entonces cuando sonó su móvil. Me hizo un signo para que aguardara y contestó la llamada.

Aproveché para apoyarme contra una farola, crucé los brazos sobre mi pecho y respiré hondo tratando de calmarme.

No, no podía culpar a Damien por tener una familia tan rara que no se parecía en nada a la imagen que me había hecho de ella, una verdadera familia, pero no pude evitar trazar un paralelismo con la mía o con la de Olivia. En mi casa, como también en la de mi amiga, nadie se habría permitido tratar a una invitada o a la novia de su hijo de esa manera, sin darle ninguna oportunidad para hacerse apreciar y juzgándola por tópicos retrógrados. ¿Y qué familia come sin conversar? Ese almuerzo no tenía de «comida familiar» más que el nombre.

Comprendí inmediatamente que no me había herido tanto que su familia se hubiera comportado de esa forma conmigo como que Damien no hubiera tratado ni una sola vez de salir en mi defensa.

Damien continuaba al teléfono y parecía agitado. Su ceño fruncido no auguraba nada bueno. Me acerqué un poco tratando de captar algunos retazos de su conversación.

—Bueno, bueno, haced lo que podáis, intentaré tomar un vuelo esta misma tarde.

Colgó y se volvió hacía mí:

—Ha habido un enorme escape de agua en el hotel y ha cundido el pánico. Estamos completos y debemos realojar a muchos clientes. Debo regresar a Gordes. Sintiéndolo mucho, debemos acortar nuestra estancia —añadió con una mueca.

—No hay problema, lo entiendo —sonreí.

—¿Estás segura? —se sorprendió.

—Sí, estoy segura —me irrité—. Trabajo contigo, Damien, comprendo la gravedad de semejante suceso. No soy una malvada norteamericana egoísta —añadí secamente.

A decir verdad, había ansiado tanto esa estancia en París que nunca habría imaginado sentir alivio al saber que había terminado.

Regresé encantada a nuestro pequeño apartamento, a mi coqueta habitación de sábanas que olían a lavanda y a la quietud del Luberon.

El domingo me permití levantarme tarde. Olivia apareció en mi habitación y empezó a zarandearme hacia las once para informarme de que los Allard-Bonifaci estaban organizando una gran barbacoa familiar a mediodía. Como ya no estaba en París y había faltado al anterior pícnic, contaban con mi presencia.

Me di una ducha rápida y, en vista de la hora, me salté la casilla del desayuno para acercarme al jardín y echar una mano con los preparativos.

Después de besar a Nicole y a Mireille, las vi dar el toque final a las deliciosas ensaladas que habían preparado con las primeras verduras de verano de su huerto. Todo ello bajo la experta supervisión de Mamée que no dejó de comentar ni uno solo de sus movimientos. Olivia estaba poniendo la mesa y me llamó para que acudiera en su ayuda. Le indiqué con la mano que enseguida me reuniría con ella, antes quería terminar de saludar a toda la familia.

Encontré a Auguste y a Vincent junto a la barbacoa discutiendo sobre la mejor forma de obtener unas buenas brasas. Sonreí pensando que la barbacoa, ya fuera en Francia o en los Estados Unidos, era siempre coto vedado de los hombres. ¿Cuál es la mejor forma de hacerlos partícipes de la preparación de una comida? Pedirles que se ocupen del fuego. Una costumbre heredada sin duda de los tiempos de los Cromañón.

—¡Cassie! —exclamó Auguste al verme—. ¿Los parisinos te han decepcionado tanto que has decidido regresar?

En cierto modo.

Me abrazó con fuerza.

—¡Tienes toda la razón! —continuó—. ¡Por allí son todos unos chiflados! Se está mucho mejor aquí. Hay que estar loco para vivir en la capital.

El acento cantarín con el que se expresaba era en sí mismo una tarjeta postal.

—No olvides, Auguste, que yo he vivido muchos años en París —le recordó Vincent.

—¡Precisamente, por eso lo digo! ¡Has dejado de hacer el tonto y has entrado en razón!

Vincent y yo intercambiamos una mirada cómplice, sonriendo ante aquel tosco hombre mayor. Después de haber vivido unos meses en Provenza, ya sabía que «chiflado» o «tonto» no solo no eran insultos tan graves como había creído hasta entonces sino que incluso podían ser cariñosos y más viniendo de la boca de Auguste.

Terminé mi ronda de saludos con Papet, que bebía a sorbitos su pastís debajo de una gran higuera. Sospeché que se había instalado allí tanto para disfrutar de la sombra como para escapar de la mirada inquisitiva de Mamée.

—¿No le traerías otro anisete a este viejo? —me preguntó.

Me pregunté si era razonable acceder a su petición, pero puso tal gesto de desamparo que no pude evitar echarme a reír y ceder.

Nos sentamos todos a la mesa de muy buen humor. Me interrogaron por el sábado que había pasado en París y les conté una versión muy civilizada de mi estancia: solo mencioné los atractivos turísticos y no dije ni una palabra del encuentro con la familia de Damien.

Cuando llegó la bandeja con la carne a la mesa, Mireille sacó un frasco de kétchup y me dijo:

—Creo que en los Estados Unidos tenéis más costumbre que nosotros de poner kétchup a la carne. Cuando lo vi en el supermercado, me acordé de ti y me dije que tal vez te apeteciera, pensé que te recordaría a tu país.

Sonreí agradecida por su detalle. Aquello era también un tópico sobre mi país y nuestros hábitos alimenticios, pero me quedé sobre todo con que lo había hecho llevada por su amabilidad y deseosa de complacerme. Y, además, reconozcámoslo: a mí me encanta el kétchup.

Terminada la comida, Olivia y yo nos separamos del grupo para tomar un café solas.

Y yo que pensaba que los norteamericanos bebíamos mucho café, estaba lejos de imaginar que nuestro consumo resultaba irrisorio frente a los franceses. Cualquier ocasión era un buen pretexto para beber una taza del oro negro: en el desayuno, en una pausa en el trabajo, después de comer, al reunirse con los amigos por la tarde… Por mi parte, no había conseguido beber café solo como hacía Olivia ¡y menos aún sin azúcar!

—Y, bien, ¿qué tal te fue el sábado por París?

—Bien, como ya os he contado, es una ciudad preciosa.

—A mí no me vengas con esas, Cassie —me cortó con gesto cansado—. Cuéntame la versión no edulcorada. Esa en la que ibas a pasar el fin de semana con tu novio. ¡Por favor! ¡Dime que por fin habéis echado un polvo!

—Pues sí —farfullé haciendo un gesto de interesarme súbitamente por mi manicura.

—¿Pues sí? ¡Qué respuesta es esa! ¡Vamos, cuéntamelo todo! ¿Ha cumplido Damien?

Suspiré exageradamente.

—¡Oh! ¡Mierda! —exclamó llevándose una mano a la boca—. ¡Desembucha!

—Digamos que no hay mucha química…

Y me dispuse a contarle mi única experiencia sexual con Damien. Al principio me sentí un tanto incómoda por tener que revelarle detalles tan íntimos, pero al momento advertí que aquello me liberaba de un peso que llevaba arrastrando los dos últimos días.

Una cosa llevó a la otra y acabé contándole también el encuentro con su familia.

—Vaya, ¡y yo que creía que salías con él para divertirte, después de haberte aconsejado yo que siguieras el camino de la perversión! ¡Y, mírate, ahora te encuentras con una suegra desabrida y con una penosa pareja sexual! Mi pobre Cassie…

—¡Oye, espera un poco! ¡Solo ha sido una vez! —me sulfuré—. Tal vez vaya mejor la próxima —añadí sin creérmelo del todo.

Olivia me dirigió una mirada dubitativa.

—Permíteme que lo dude. Veamos, ¿tú qué opinas, Vincent?

Me sobresalté cuando escuché el nombre de su primo, cuya presencia no había advertido hasta ese instante.

—¿Tú crees que un tío con el que te acuestas por primera vez, que corre más que su propia sombra y no tiene en cuenta el placer de su pareja, puede mejorar la segunda vez?

—¡Olivia! —la corté roja como un tomate.

—Pues… No tengo intención de comentar contigo tu vida sexual, Olivia. Te recuerdo que somos primos y que resulta un poco raro hablar de ese tema —respondió Vincent apurado por la situación.

—No te preocupes, no es de mí de quien estamos hablando. Se trata de Cassie, su chico por fin se ha decidido a visitar el interior de sus braguitas y según parece no ha tenido mucho éxito.

—¡Olivia! —me enfurecí.

Superado el rojo tomate, mis mejillas alcanzaron en ese instante un matiz más próximo al color de la remolacha.

Me costaba entender la desconcertante facilidad que tenía Olivia para hablar de sexo. Yo no era de las que se cortaba, pero tampoco podía presumir de ser tan desinhibida como ella. Una cosa era hablar entre nosotras y otra totalmente distinta sumar a Vincent en la conversación. Este tuvo la decencia de tratar de esquivar el tema, pero su prima no estaba dispuesta dejarlo pasar.

—¿Puedes creer que él ha esperado dos meses antes de abalanzarse sobre ella? Tú, que eres un tío, si salieras con Cassie y te hiciera saber que esta dispuesta a hacer de todo bajo la colcha contigo, ¿la harías esperar dos meses?

—Yo no soy... —comenzó ya casi tan apurado como yo.

—Sinceramente, Vincent, podrías responder a la pregunta. ¿Habrías esperado dos meses?

Sabiendo que Olivia no iba a dejarlo en paz, respondió:

—No.

Me lanzó una mirada furtiva, casi excusándose, que me hizo desear que me tragara la tierra.

—¡Ah, lo ves! —exclamó Olivia como si él acabara de proporcionarle la solución a la paz mundial—. Yo tenía razón, hay algo que no cuadra en ese tipo. Y, además, viste polos...

—Prometí a Rose que la llamaría esta tarde —se excusó Vincent.

Se alejó rápidamente, sin duda temeroso de tener que responder a más preguntas embarazosas.

La estancia en París marcó nuestro final como pareja y día tras día la relación fue languideciendo poco a poco.

Algunas de sus manías y costumbres recién descubiertas comenzaron a molestarme muchísimo.

Era maniático. Demasiado maniático. Su despacho estaba siempre perfectamente ordenado, la cocina impoluta nada más terminar de preparar la comida. Colocaba cuidadosamente su chaqueta en la silla cuando se la quitaba y tenía la sensación de que no estar colgada en una percha le suponía un grave problema. En fin, me fui dando cuenta de que cada vez que yo entraba en su espacio vital, era presa de un irresistible impulso de desordenarlo todo.

Todo aquello que me había parecido encantador en él comenzó a disgustarme: que jamás tuviera una palabra más alta que otra, que fuera siempre tan educado, tan atento. De hecho, lo encontraba demasiado plano. Me costaba perdonarle que nunca hubiera salido en mi defensa, ya fuera frente al personal del hotel o con su madre. Al fin y al cabo, una bonita sonrisa y una estética irreprochable no eran más que pura fachada.

Decidí que había llegado el momento de poner fin a nuestra relación y una tarde, antes de salir del trabajo, fui a hablar con él.

—Sabía que el sexo lo complicaría todo —suspiró una vez que le expuse mi deseo de romper.

—¿El sexo? ¡Nada de eso! ¡Esto no tiene nada que ver con el sexo!

No estaba siendo honesta al cien por cien. Es cierto que nuestra sola y única experiencia sexual no había sido un éxito. Por otra parte, después de aquello, él no había intentado nada y tal vez ese sí fuera el problema. Me había adentrado en esta relación para divertirme, no buscaba nada serio, y, de pronto, me encontraba con un hombre que tenía la libido de un panda, y que, por si fuera poco, me había presentado a sus padres, un paso que siempre parecía mucho más serio.

—Sí, siempre es el sexo. Cada vez que me acuesto con una chica, todo se complica.

Guardé silencio un instante y reflexioné sobre lo que acababa de decir. ¿Sería posible que no fuera la única que hubiese vivido una experiencia mediocre entre sus brazos?

—¿Y te dijeron ellas que era por culpa del sexo por lo que te dejaban? ¿Que no habían sentido placer?

Me contempló con el ceño fruncido.

—¿No, por qué?

—Eh, no sé…

Tal vez había hablado de más.

—¿A ti te decepcionó? —me preguntó mirándome directamente a los ojos.

—Pues… Yo no diría eso —comencé.

Estaba muy avergonzada, pero solo podía culparme a mí misma. Había metido la pata hasta el fondo, yo solita. Sin embargo me dije que no debía revelarle la cruda verdad, sino intentar ayudarlo a encontrar el camino.

—No sentí un vínculo especial —sugerí—. Yo…

Damien me miró y lo vi perdido, como si de pronto le estuviera hablando en chino. Me dio un poco de pena y así, en un arrebato de culpabilidad, le solté de golpe:

—Para ser sincera, no sentí demasiado placer.

Se puso blanco como una sábana, creo que es así la expresión francesa.

—¿No tuviste un orgasmo?

—Pues no —admití.

—¿Entonces por qué lo fingiste?

—¡Yo no fingí nada! —protesté.

Era peor de lo que pensaba. ¿Con quién se habría acostado antes que yo para pensar que había fingido esa noche un orgasmo?

—Gemiste muchas veces —dijo con aplomo.

—Sí, porque a pesar de todo hubo algunos instantes agradables.

—¿Instantes?

—Sí, instantes —me enervé—. En fin, Damien, ¿eres consciente de que apenas hubo preliminares? ¿Cómo querías que aquello funcionara tan rápido?

Parecía tan abatido que se me partió el corazón y lamenté inmediatamente mis palabras.

—Lo siento, no me di cuenta —se excusó—. ¿Crees que podríamos repetir la experiencia? Podrías decirme lo que te gusta, guiarme.

Me sentí fatal, acababa de pisotear la virilidad de ese hombre y él se arrastraba a mis pies para salvar nuestra relación.

Me acerqué a él agarrando su mano y le dije suavemente:

—No creo ser yo lo que necesitas, Damien. No buscamos la misma cosa. Yo solo quería una aventura para divertirme y tú estás buscando a la mujer de tu vida, ¿no es así?

Parpadeó varias veces y luego asintió con la cabeza.

—El día en que la encuentres, no necesitarás que ella te dé un cursillo de educación sexual. Por supuesto tendrás que estar pendiente de ella, pero tú querrás hacerle sentir placer y las cosas surgirán de forma natural.

Me contempló con aire de perrillo apaleado y yo decidí reconfortarlo: acepté tomar una pizza con él para demostrarle que no quería que el final de nuestra relación pudiera suponer incomodidad alguna entre nosotros. Teníamos que trabajar juntos durante casi un año y esperaba que quedáramos como amigos.

Junio

Al llegar el mes de junio tuve la impresión de estar viviendo en una postal. La región recibió las primeras cigarras, la floración de la lavanda y el calor estival. Todo aquello atraía a los turistas en masa.

El hotel alcanzó una ocupación récord. Me cruzaba con Olivia por los pasillos con mucha más frecuencia que en casa. Las dos nos sentíamos desbordadas. Cuando coincidió nuestro día de descanso, decidimos hacer algo más trepidante que arrastrarnos en pijama frente al televisor.

Olivia me propuso ir a refrescarnos con algunos amigos a un pequeño lago cercano a casa. Invitó también a Vincent a venir con nosotros.

Yo, procedente de una región de lagos tan grandes como algunos mares, al descubrir la extensión de agua donde íbamos a pasar el día, tuve la impresión de tener frente a mí un gran charco, pero eso no enturbió mi buen humor.

Los amigos de Olivia, Stéphanie, Claire y Alexandre, a quienes había ido conociendo durante mi estancia en la región, formaban parte de la partida.

Extendimos nuestras toallas en la pequeña playa de arena. Stéphanie desplegó una enorme sombrilla para proteger su sensible piel de pelirroja y no correr el riesgo de terminar como un cangrejo. Alexandre, su pareja, se acomodó rápidamente a su lado. Las conversaciones eran muy animadas. Los amigos de Olivia intentaban incluirme en la mayor parte de ellas, a pesar de no siempre conocer yo las personas o los lugares mencionados. Me reí mucho con las historias que contaba Alexandre, dotado de gran talento novelesco, y así aprendí nuevas expresiones francesas. ¡Nunca habría imaginado que pudiesen existir tantas! Es más, por lo que pude descubrir, había muchas que eran propias del sur de Francia.

El único que parecía estar de un humor algo sombrío era Vincent. Y rápidamente entendí por qué. Claire no era indiferente a los encantos del guapo moreno de ojos verdes, pero la joven tenía una forma muy poco delicada de demostrarlo.

Había ocupado la mitad de la toalla de Vincent diciendo que la suya era demasiado pequeña y luego no había dejado de acapararlo contando todo lo que, en mi opinión, se le pasaba por la cabeza. Él se limitaba a asentir y, a pesar de exhibir una expresión grado 8 en la escala del fastidio, Claire no parecía darse cuenta de que su cháchara no le interesaba nada.

Entonces buscó todos los pretextos imaginables para tratar de tocarlo: se mostró extasiada por la dureza de sus bíceps y se ofreció a ponerle crema solar en la espalda. Él la despachó diciéndole con tono áspero que aún llevaba puesta la camiseta y que de todas formas nunca se quemaba con el sol.

Aun así, Claire no se dio por vencida. Cual leona hambrienta que acabara de descubrir un trozo de carne fresca, se negó a soltar a su presa. Si él no quería echarse crema, ella necesitaba que alguien se la pusiera y decidió desprenderse de la parte de arriba de su bikini para evitar toda marca indeseada en su bronceado.

Yo no sabía si debía tomarme a risa la situación y el apuro del pobre Vincent o sentirme incómoda por ella al verla desplegar tantas estratagemas en vano.

Olivia propuso dar una vuelta en kayak por el lago. En ese instante, Vincent se mostró tan aliviado por tener un pretexto para escapar de las garras de Claire que creí iba a besar los pies de su prima en agradecimiento.

Él mismo se encargó de ir a alquilar las embarcaciones a la caseta, situada a apenas unos metros de distancia. Cuando regresó, nos anunció:

—He alquilado tres barcas. Cassandra, tú vienes conmigo.

Convencida de que habría preferido elegir a Olivia de acompañante, me sorprendió mucho su elección, pero no tanto como Claire, que me destinó una mirada malévola.

Fingí no darme cuenta y me dirigí hacia el kayak naranja que Vincent había elegido para nosotros. Se acercó a mí con un chaleco salvavidas y, en lugar de tendérmelo para que yo misma me lo ajustara, lo deslizó por mis hombros como si yo fuera una elegante dama a la que él ayudara a ponerse el abrigo. A continuación, se colocó frente a mí y abrochó una a una las correas que mantendrían el chaleco cerrado.

—Puedo hacerlo sola—le indiqué.

—Lo sé.

Arqueé una ceja ante su sucinta respuesta, a la espera de una aclaración que nunca llegó. A punto estuve de bromear por verlo tan temeroso de que pudiera ahogarme, pero luego cambié de idea, recordando justo a tiempo que su hija recientemente había caído al agua estando a mi cargo. Tal vez no fuera el mejor tema para relajar el ambiente.

Nos acomodamos en aquella frágil embarcación, yo delante y él detrás. Claire y Olivia ocuparon la segunda y en la última iban Stéphanie y Alexandre.

Casi de inmediato Olivia nos propuso hacer una carrera. Alineamos nuestras canoas y, en cuanto mi compañera de apartamento lanzó el grito de salida, todos nos pusimos a remar lo más rápidamente posible. Una suave brisa agitaba el agua haciendo que la navegación fuera más difícil cuando teníamos el viento de cara, pero yo tenía la suerte de formar equipo con el fortachón del grupo, lo que a mi juicio resultó decisivo. Ganamos de calle a pesar de los intentos de hacer trampas de Olivia y Claire. Trataron varias veces de acercarse a nuestro kayak y hacernos volcar o atacarnos con sus remos. Sus técnicas de intimidación fueron en vano, pero nos hicieron reír a carcajadas. Cruzamos la imaginaria línea de llegada con más de un largo de ventaja.

Para festejar nuestra victoria, me volví hacia mi compañero de equipo para chocar su mano. Vincent me dedicó una sonrisa encantadora, que se esfumó casi al instante, para volver a su expresión de preocupación. Continuamos navegando unos minutos sin intercambiar palabra.

De regreso a la orilla, lo seguí para devolver los chalecos salvavidas y decidí romper el hielo.

—¿He hecho o dicho alguna cosa que no debía? —tanteé.

Me contempló asombrado sin entender de qué estaba hablándole.

—No, ¿por qué?

—Porque tengo la impresión de que estás enfadado conmigo —expliqué.

—No todo gira en torno a ti, Cassandra —replicó molesto.

—Entonces estás enfadado con el mundo entero, así que es aún peor de lo que pensaba.

Y lo dejé ahí, no deseaba continuar la conversación. Él me agarró del brazo.

—Perdóname, estoy preocupado, yo… No quería tomarla contigo.

Bajó la mirada, sus excusas parecían sinceras y lamenté al instante haber sido un poco seca con él.

—Deja tus problemas, cualesquiera que sean, de lado. Hoy estamos aquí para divertirnos entre amigos y, sinceramente, no tengo la impresión de que lo estés divirtiendo.

Lanzó un largo suspiro que me confirmó que sí estaba preocupado.

—Digamos que me está costando mucho no pensar.

Me planté frente a él con los brazos cruzados, esperando que se explicara.

—¿Vas a hablarme de ello o voy a tener que sacártelo con pinzas?

—Como bien has dicho, estamos aquí para divertirnos, no para que te caliente las orejas con mis problemas.

—Sí, y, como ya te he dicho, estamos entre amigos. Al menos yo te considero mi amigo. Y, ya sabes, los amigos se cuentan las cosas cuando tienen problemas, de modo que, si quieres, aquí me tienes, dispuesta a escuchar. A menos, claro está, que no me consideres tu amiga.

—Pues claro que eres mi amiga, Cassandra.

Esa declaración asociada al uso de mi nombre, que en su boca tenía siempre un sabor particular, me llenó de alegría. De alguna forma, que él me considera su amiga, era muy importante para mí, tan importante como contar con todos los miembros de su familia.

—Ven, sentémonos bajo esos árboles de allí.

Nos instalamos en el suelo. Yo a la turca y Vincent con las piernas extendidas en dirección al lago.

Su mirada estaba fija en lo que tenía delante, pero sus gafas de sol me impedían escrutar sus ojos, cuya mirada, de todas formas, era muy difícil de descifrar en la mayoría de las ocasiones. Vincent era un maestro en el arte de no dejar traslucir sus sentimientos, una cualidad que a veces le envidiaba, yo que, por el contrario, era como un libro abierto.

—Melissa ha decidido irse a vivir a los Estados Unidos —soltó de golpe.

Inmediatamente comprendí la verdadera fuente de preocupación que no era tanto porque su exmujer quisiese mudarse al otro lado del Atlántico, sino por las consecuencias de esa decisión y decidí preguntárselo:

—¿Y quiere llevarse a Rose?

Asintió silenciosamente con la cabeza. Nos quedamos unos instantes sin hablar. Él arrancó algunas hierbas que asomaban entre sus piernas.

—¿Desde cuándo lo sabes?

—Desde ayer por la noche.

Podía entender que no estuviese de humor para fiestas.

—¿No vas a pedirle la custodia de Rose?

—Me gustaría —titubeó—, pero está por ver que acepte.

—Entonces, hazlo. Si no lo intentas, después lo lamentarás. ¿Y quién sabe? No la conozco, pero tal vez Melissa acepte. Como soléis decir aquí: «Quien nada intenta, nada tiene». Tu hija te adora, Rose será feliz viviendo contigo. Si, por supuesto, tú quieres hacerlo.

—¡Por supuesto que quiero! Si solo dependiera de mí, estaría viviendo con ella desde hace mucho tiempo, pero una niña pequeña necesita a su mamá, ¿no?

—Sí y también a su papá. Pero, sobre todo, necesita sentirse rodeada de gente que la quiera. Y aquí en la granja, entre tu madre, tus abuelos, tu tío, tu tía y Olivia, eso no le faltaría.

—Y tú también.

—Y yo también—admití—, pero lamentablemente dentro de un año ya no estaré aquí.

Esa idea me atenazó el corazón. Me había encariñado de la familia Allard-Bonifaci mucho más de lo que había imaginado. Con la mía tan lejos, ellos se habían convertido en mi familia francesa. Y en ese instante me dije que marcharme sería mucho más difícil de lo previsto.

—¿Cuándo piensa marcharse Melissa? —le pregunté intentando encauzar la conversación al tema principal y olvidar mi pasajero arrebato de nostalgia.

—En verano.

—Tienes que hablar con ella lo más rápido posible. Si quieres que Rose se quede a vivir contigo, tendrás que arreglar un montón de cosas y más valdría que tuvieses organizada su vuelta al colegio en Gordes para septiembre.

—Tienes razón.

—¡Vamos! —dije poniéndome en pie—. Disfruta del día y diviértete. ¡Todo saldrá bien y podréis ser tan felices juntos como un par de almejas con marea alta!

Vincent me contempló divertido.

—¿Almejas?

—¿No decís eso en Francia?

—No, no lo había oído nunca. ¿Por qué almejas? No parece que la de la almeja sea una vida apasionante, ¿no?

—Creo que es porque tienen la forma de una sonrisa. ¿Cómo lo decís entonces vosotros?

—¿Como pez en el agua?

—De hecho, la expresión sigue siendo muy acuática. Entonces tal vez debamos bañarnos. ¡Al parecer, el agua es fuente de alegría!

Unos días más tarde, Vincent llamó a nuestra puerta. Lo invité a pasar y advertí inmediatamente un cambio evidente en su rostro: sonreía.

Pero no ese atisbo de sonrisa tan suyo. No, toda una sonrisa franca y luminosa recorría su rostro.

—¿Qué ha sucedido? Pareces un niño en una tienda de caramelos. Para quien te conoce, verte así resulta bastante chocante.

Se rio de mi comentario, lo que me sorprendió aún más o, mejor dicho, me inquietó. ¿Estaría bajo el efecto de alguna sustancia euforizante?

—Ve a prepararte, vamos a salir, tenemos algo que celebrar.

Eché un ojo a mi aspecto, llevaba unos pantalones de chándal que, aun estando en bastante buen estado por apenas hacer deporte, no eran el *summum* del glamur. Los había conjuntado con una sudadera gris del mismo tono. Un atuendo perfecto para quedarme en casa.

Advertí que Vincent iba mucho más arreglado. Llevaba un pantalón vaquero que realzaba su cintura y su culo —*¿Desde cuándo me fijo en su culo?*— con una camiseta negra pegada al cuerpo. Lucía una incipiente barba de varios días y esa sonrisa… que se reflejaba incluso en sus ojos de color verde profundo. ¡Eso era lo que había cambiado! La sonrisa iluminaba su rostro y lo hacía aún más seductor.

—¿Y qué celebramos? —pregunté mientras me dirigía a mi habitación.

—¡Melissa ha aceptado darme la custodia de Rose!

Me detuve de golpe y me di la vuelta.

—¡No es cierto! —grité.

—¡Sí!

Su sonrisa se ensanchó al máximo.

—*Oh, my God! I'm so happy for you!*[9] —grité histérica precipitándome hacia él sin advertir que la euforia me había hecho pasar a mi lengua materna.

Antes de que pudiera comprender lo que se le venía encima, salté en sus brazos haciendo que los dos nos tambaleáramos peligrosamente y estuviéramos a punto de caer al suelo. Por suerte, Vincent era bastante fuerte y salvó nuestro precario equilibrio. Le di un enorme *hug*,[10] tal vez demasiado exagerado, me dije cuando él se aclaró la garganta. Entonces reculé, desconcertada por haberme

---

9   ¡Oh, Dios mío! Me alegro mucho por ti.
10 Abrazo cariñoso. Los norteamericanos son muy dados a los abrazos incluso con personas a las que apenas conocen. No son tan dados a darse besos.

dejado llevar de ese modo, y farfullé algo mientras me miraba fijamente los pies:

—Más vale que me cambie.

Y, sin saber si él estaba al tanto, añadí:

—Olivia no está aquí esta tarde.

—Lo sé, pero podemos ir a tomar algo los dos, ¿no? Somos amigos, ¿no?

Me alegró ver que recordaba mis palabras de hacía unas semanas y más que las enfatizara con un guiño de ojo.

—Sí, somos amigos —sonreí.

—Venga, ponte un pantalón y lleva una chaqueta.

Poco después comprendí la razón por la que me había dicho que vistiera pantalón y chaqueta. ¡Vincent había decidido salir en moto!

—¿Quieres que monte en esa cosa?

Contemplé la máquina, sabía que era una moto muy bonita, pero dudaba de mi capacidad para sentarme detrás y no caerme.

Vincent no me respondió y se contentó con subirse con paso firme en ese monstruo y tenderme un casco.

—¿No se supone que eres un apasionado de los coches?

—La mecánica es mi pasión. Motos, coches, me gusta todo lo que va a motor. Y quiero aprovecharme, con Rose no podré salir a menudo en esta pequeña maravilla.

—¿Tractores? ¿Cortadoras de césped?

—¿Por qué no? —Se rio—. Vamos sube, Cassandra, por favor.

Me monté detrás de él, contenta de haber superado ese primer paso sin humillarme, y comencé a preguntarme qué debía hacer para no acabar en el suelo, sentada sobre mi trasero, al primer acelerón.

—Rodéame la cintura.

Seguí su consigna, un poco tensa ante la idea de tocarle de una forma que me parecía casi íntima. A pesar de la chaqueta de cuero que se había puesto, pude sentir su abdomen contraerse ante mi roce. Un abdomen que parecía tan sólido como un muro de ladrillo, lo que me hizo divagar durante algunos segundos, justo hasta que puso el motor en marcha y arrancamos en tromba haciendo que la grava del patio saliera despedida por todos lados. Ceñí mis brazos a su cintura, aún bastante intranquila.

A medida que fuimos tomando curvas, empecé a relajarme y a disfrutar del paisaje a pesar de tener prácticamente el rostro pegado a su espalda.

Había algo embriagador y liberador en aquella posición y me gustó apoyarme en él. El viento me revolvía el pelo que sobresalía del casco. A pesar del rugido del motor, podía escuchar el canto de las cigarras y, aunque recorríamos caminos familiares, tuve la impresión de estar descubriéndolos por primera vez.

Fuimos a tomar algo a un bar de moda en el que había estado ya con Olivia y su pandilla. Su amigo Alexandre era el gerente. Sin embargo, esa era la primera vez que iba allí con Vincent y su elección me sorprendió. Aprovechando la suave temperatura de la tarde, nos sentamos en la terraza. La conversación estuvo marcada por algunos momentos de silencio, pero no fueron nada incómodos. Me resultaron naturales.

Vincent me contó que en pocos días Rose viviría en su casa. Su entusiasmo era digno de ver, plagado de proyectos para su pequeña. No tenía la menor duda de que la niña sería muy feliz con él en Gordes.

—Quería darte las gracias, Cassandra —dijo tomando mi mano por encima de la mesa.

—¿Por qué?

—Fuiste tú quien me convenció para intentarlo.

—¿Yo? Si solo dije en voz alta las cosas que tú ya sabías.

Me encogí de hombros para mostrarle que no debía darle importancia.

—Gracias.

Apretó mi mano un poco más fuerte para recalcar que para él sí había sido importante.

Se oyó un ligero carraspeo y levanté la mirada hacia el recién llegado convencida de que se trataría del camarero.

—¿Damien? —me sorprendí.

Y luego me rehíce.

—Buenas tardes, ¿qué haces tú por aquí?

Retiré la mano de la de Vincent y el movimiento no escapó a la mirada de Damien.

—He venido a tomar algo con una amiga.

Una respuesta que tenía todo el sentido dado el lugar en el que nos encontrábamos. Sin embargo, no recordaba que me hubiera presentado a ninguna amiga cuando habíamos salido.

—Como yo. Bueno un amigo, no una amiga —balbuceé—. ¿Te acuerdas de Vincent?

Miré a Vincent por el rabillo del ojo y advertí que estaba contemplando a Damien con una mirada de al menos un 8 en mi famosa escala del fastidio.

—Sí, el vecino —dijo Damien con un tono de voz ligeramente suspicaz.

Me quedé atónita. ¿Acaso estaba celoso de Vincent? Recordé la historia del «novio» el día en el que Rose cayó a la piscina. Los dos hombres se desafiaron con la mirada. Algo totalmente absurdo, puesto que uno era simplemente mi amigo y el otro no era más que mi ex.

—Bueno, nos alegramos mucho de verte —dije sin pensar para dejar claro que no tenía ningún interés porque se demorara más.

En realidad, no sentía ningunas ganas de asistir a una pelea de gallos.

Damien, perspicaz y bien educado, captó mi mensaje.

—Voy a esperar a mi amiga, os deseo una buena velada —se excusó.

Y se acomodó en una mesa libre bastante alejada de la nuestra. Vincent dio un sorbo a su cerveza y me preguntó:

—¿Por qué rompisteis vosotros dos?

Medité un instante cuál sería la mejor respuesta a esa pregunta.

—Porque creo que no teníamos nada que hacer juntos.

Él mostró su media sonrisa.

—Sinceramente, no teníais nada en común —afirmó.

Aun siendo un comentario muy parecido al que yo acababa de pronunciar, me indigné:

—¡Cómo puedes decir eso, si no lo conoces!

—Está más claro que el agua. Él siempre va vestido como si fuera a misa o a un tribunal. Da la impresión de ser más aburrido que una ostra y él lo sabe. Su forma de intentar parecer interesante es demostrando que tiene dinero. No resulta espontáneo y estoy seguro de que es egoísta. Más aún, es un maniático hasta el punto de resultar obsesivo. Fíjate cómo dobla su chaqueta: la gente normal coloca sus chaquetas en el respaldo de la silla. Él, en cambio, hace un origami y ocupa toda una silla para colocarla.

Su visión de la personalidad de Damien no iba muy desencaminada. Y, en cuanto a la chaqueta, no podía estar más de acuerdo, pero aun así quise protestar que al menos tenía un lado bueno, que cocinaba divinamente, por ejemplo, cuando añadió:

—A ti, por el contrario, no te importan nada las apariencias, te tomas el helado directamente de la tarrina vestida con un chándal. Eres espontánea, capaz de decidir en un arrebato irte a pasear al campo sin echar gasolina. Aceptas montar en la moto de tu amigo aunque no lo hayas hecho nunca y cuidas de su hija sin tener ninguna obligación de hacerlo. Tienes corazón. En fin, has atravesado la mitad del globo para perseguir tu sueño dejando todo detrás y eso poca gente es capaz de hacerlo.

—Pero eso no explica por qué no teníamos nada que hacer juntos.

—Sí, tú eres demasiado buena para él.

Sentí el rubor asomar a mis mejillas. Vincent acababa de hacerme el mayor cumplido que nadie me había hecho jamás. Me disponía a decir alguna cosa, cuando de pronto advertí quién era la famosa amiga que esperaba Damien... ¡Se trataba de Christelle!

Julio

A comienzos del mes de julio descubrí que había un acontecimiento que desataba pasiones tanto en la región como en una buena
parte del país: el Tour de Francia.

Había advertido que el número de ciclistas que recorrían las
pequeñas carreteras del Luberon se había triplicado súbitamente,
pero lo había achacado al comienzo de las vacaciones escolares y a la
creciente oleada de turistas que desembarcaban en la región.

Todos los domingos por la mañana Papet y yo seguíamos un
ritual que se había ido estableciendo semana tras semana. Yo pasaba
a buscarlo a su casa y lo llevaba en mi cochecito al pueblo, donde
él compraba su periódico y yo una *baguete* para Mamée. En una
ocasión le pregunté por qué no se hacía enviar el periódico y él me
respondió refunfuñando alguna cosa incomprensible, pero un poco
más adelante pude entender la razón: esa salida suponía una oportunidad de encontrarse con la gente y charlar con los compañeros
alrededor de una taza de café y, de ese modo, desde que empezó el
buen tiempo, después de comprar el periódico, solíamos sentarnos
juntos en una terraza para degustar un café solo y comentar la actualidad local con sus amigos.

Esa mañana, sin embargo, Papet cambió un poco su rutina. En
lugar de contentarse con el periódico *La Provence*, compró también

L'Équipe. Cuando le pregunté por qué había comprado ese segundo periódico, levantó la mirada al cielo y respondió:

—Hoy comienza el Tour de Francia.

Para mí la bicicleta era un mero medio de transporte o, peor aún, un instrumento de tortura. Podía entender un paseo por el campo en bicicleta, pero no escalar una escarpada carretera, pues, concentrado en el asfalto y el esfuerzo, uno perdía todo interés por el paisaje de alrededor. De hecho, las carreras ciclistas eran para mí un deporte propio de sádicos, generalmente en grupo, que detestaban a los siempre apresurados automovilistas. Los ciclistas parecían ocupar intencionadamente el centro de la calzada para retrasarte sin que pudieses adelantarlos y correr el riesgo de mandar a uno a la cuneta, algo que me había sucedido en varias ocasiones aquellas últimas semanas. ¡Ojo, me refiero a quedarme bloqueada detrás, no a enviarlos a la cuneta!

Papet me explicó a grandes rasgos en qué consistía su famoso «Tour de Francia». Incluso me enteré de que un norteamericano lo había ganado siete veces, pero que más tarde se descubrió que se había dopado y le retiraron los títulos. Me contó que seguir el Tour por televisión era una forma fantástica de descubrir Francia y sus variados paisajes y dejó para el final una última información, que parecía llenarlo de orgullo: este año el Tour pasaría en unos días por ahí, por Gordes, a apenas unos cientos de metros de la casa.

No tuve tiempo de seguir la carrera por televisión como me había aconsejado Papet. Como se desarrollaba durante mi jornada laboral, siempre que se retransmitía me pillaba en el trabajo. Olivia se rio cuando se lo comenté y me dijo que para ella la retransmisión del Tour de Francia era la manera más rápida de dormirse frente al televisor. A menos que se fuera un apasionado de los castillos, pues, según ella, había tantos en Francia que las cámaras mostraban uno prácticamente cada cinco minutos. Y añadió:

—Es más, no es nada interesante contemplar a los ciclistas. Esos tíos llevan el atuendo más anticuado de la tierra, hasta sus cascos son horribles. Tienen un bronceado con la marca de su inmundo pantaloncito corto de licra y su maillot y se depilan las piernas. ¡Por no hablar del famoso tercer testículo del ciclista! ¡En resumen, yo prefiero el *rugby*!

Obviamente, su amor por el balón ovalado provenía del calendario de los «dioses del estadio», no de las técnicas de juego del equipo de Francia.

En cualquier caso, el día que la etapa pasaba por Gordes, Olivia tuvo que quedarse trabajando en el hotel. Algunos aficionados se habían alojado allí para la ocasión, deseosos de ver a los corredores pasar justo por la carretera de delante. Damien me había aconsejado que no fuera a trabajar, ya que el trayecto estaría cortado una buena parte del día. Vincent había cerrado el taller y también se había instalado en el camino que recorrerían los ciclistas. Me había propuesto que me apostara, acompañada del resto de la familia, en el borde de la carretera para animar a los «reyes del pedal», como los apodaba Auguste.

Y así hice dos descubrimientos sobre el Tour de Francia. Primero, uno no puede asistir sin haber hecho los preparativos necesarios. Vincent y Auguste sacaron unas pequeñas sillas plegables del taller y una sombrilla y Nicole dispuso una neverita con bebidas frescas. Y, segundo, antes del paso de los corredores, estaba el de la «caravana». Y para muchos aquello era casi más importante que la carrera. ¡Vi desfilar una procesión de coches con las coloridas marcas de supermercados, agua embotellada, bancos, bombones e incluso salchichón! ¡Y descubrí atónita como la gente se precipitaba a la carretera, ignorando las normas de seguridad más elementales, para tratar de atrapar al vuelo un bolígrafo, un imán y hasta una magdalena!

Vincent nos consiguió algunas fruslerías. Sin abandonar ese aire distante y superior de quien piensa «No voy a rebajarme a pelear por un llavero», parecía haberse divertido bastante participando en la caza de regalos. Con una sonrisa seductora, me encasquetó una inmunda gorra amarilla en la cabeza y sus ojos verde bosque centellearon de malicia.

—¡Quítame este horror! —protesté—. ¡Detesto el amarillo!

—¡Ah! ¡Pero es el color del Tour, ya sabes!

Y me explicó el significado del maillot amarillo.

—Eso no impide que no vaya con mi tono de piel, odio el amarillo.

Me contempló divertido y admitió:

—Tienes razón, estás horrible con esa gorra.

Le solté un codazo en las costillas para defenderme del comentario y se rio. Me alegraba verlo de tan buen humor. La inminente llegada de Rose debía de ser la causa de su estado de ánimo.

El momento en el que los corredores iban a pasar a nuestra altura llegó… y terminó casi igual de pronto. Apenas en dos minutos todos los participantes desfilaron por delante de nosotros como cohetes lanzados a toda velocidad.

—¡Toda esta espera para ver dos minutos de carrera! —exclamé—. ¡Y pensar que me he tomado el día libre!

—Pues sí —suspiró él—. Es como con el sexo. Dedicas una tarde a la organización: el restaurante, el cine, soportar las charlas inútiles, ser galante… y todo para acceder a la recompensa última: unos minutos entre las sábanas que pasan demasiado rápido.

Lo contemplé parpadeando incrédula y él se sorprendió de mi asombro.

—No sé qué me choca más: que intentes ser gracioso, que hables de sexo o que te muestres tan cínico a propósito de ese tema. ¿Qué has hecho con mi amigo Vincent? Ese hombre tan taciturno.

—A veces puedo ser bromista —se indignó.

—Eso parece, pero yo soy un poco como santo Tomás, no lo creo hasta que lo veo y, por el momento, las pruebas no son concluyentes.

Fingió sentirse ofendido.

Le di un empujoncito en el hombro para hacerlo sonreír, que pareció surtir efecto.

—Bueno, ¿y qué hacemos ahora? Te propondría preparar un aperitivo y degustar esas minisalchichas que hemos ganado, pero creo que es un poco pronto.

—Papet te diría que no hay hora para tomar un pastís —sugirió.

—Y mi madre le respondería que una chica borracha a primera hora de la tarde es el colmo de la vulgaridad.

—Estamos hablando de un pastís, no de diez.

—Yo no resisto muy bien el alcohol —reconocí un poco avergonzada.

—Anotaré esa información en un rincón de mi mente —se burló—. Podría serme útil algún día. Bien, como las actividades alcohólicas están proscritas por el momento, tengo otra idea. Sígueme.

—¡Pintar! ¡Tú no estás bien de la cabeza! ¿Acaso tengo aspecto de saber pintar?

Vincent acababa de anunciarme que tenía la intención de aprovechar su tarde libre para dar una mano de pintura a la habitación de Rose antes de su llegada.

—Espera, ¡no sabes cocinar, no puedes ser también nula para el bricolaje! —bromeó.

Crucé los brazos sobre mi pecho disgustada.

—Es un comentario muy ruin. Para empezar, no es que no sepa cocinar, es que vosotros, los franceses, tenéis unas expectativas culinarias bastante extravagantes.

—¿Expectativas extravagantes? ¿Solo eso?

Me dieron ganas de borrarle de golpe esa sonrisa de soslayo suya.

—Pues sí. No sois capaces de preparar alguna cosa rápidamente solo para responder a la necesidad primaria de alimentarse. Para vosotros, cada comida debe ser una ocasión para excitar las papilas, un cosquilleo para los sentidos —afirmé adoptando un tono teatral y haciendo grandes gestos.

—Muy bonito lo que dices, aunque un poco tópico. ¿Acaso eso te ha supuesto realmente un problema? Porque no he advertido que fueras la última en servirte cuando Nicole o mi madre cocinan.

—¿No estarás tratando de insinuar que soy una especie de glotona?

—Glotona no, golosa sí. Los golosos suelen espabilarse y aprenden a cubrir sus necesidades cocinando, pero tú no. Por suerte, uno de tus compatriotas inventó el microondas.

Y me dirigió un guiño dejándome con la boca abierta, indignada.

—Eso es feo, incluso viniendo de ti.

—Ah, ¿o sea que además de no ser gracioso, soy mezquino?

—Sí, y me pregunto que estoy haciendo aún aquí.

Hice amago de marcharme, pero Vincent me retuvo antes de haber dado dos pasos.

—Vas a aprender a pintar y, de paso, me ayudarás.

Agarré una brocha y apunté hacia él.

—Lo hago por Rose, desde luego, no por ti.

—Y, como puedes ver, yo estoy encantado.

Agarró otra brocha que hundió en el bote de pintura y se preparó para extenderla por la pared que estaba justo a mi lado.

—¿Encantado de que no lo haga por ti?

—Sí, tampoco hace falta que me aprecies.

—¿Por qué? —pregunté, sin saber bien si estaba de broma.

—Porque te encanta odiarme —cuchicheó en mi oreja dando un golpe de brocha en mi mejilla y dejando un rastro malva a su paso.

—No juegues a eso conmigo —lo amenacé entornando los ojos.

—¿A qué?

—Yo también tengo mis armas —repliqué empapando mi brocha para impregnarla.

—No me das miedo.

—¿Ah, no? —pregunté arqueando una ceja.

Súbitamente salté sobre él y aproveché el efecto sorpresa para hacerle perder el equilibrio. Se encontró sentado en el suelo con mis piernas rodeándolo para tratar de acceder más fácilmente a su rostro. Pretendía hacerle una pintura de guerra en la frente y las mejillas.

Vincent me había agarrado las muñecas, impidiéndome así todo movimiento de los brazos. Era mucho más fuerte que yo y no pude avanzar ni un solo centímetro. Decidí que era necesario pasar a una táctica más sutil. Relajé mi cuerpo fingiendo capitular.

Vincent me soltó las muñecas y apoyó la espalda en el suelo resoplando. Le di unos segundos de respiro y súbitamente volví al ataque colocándome sobre su vientre para mantenerlo inmovilizado contra el suelo.

Había logrado hacerle un primer trazo en la mejilla izquierda cuando una voz femenina nos interrumpió:

—¿Pero qué estáis haciendo?

Levanté la cara hacia la puerta y Vincent giró la suya para ver a la recién llegada: Olivia.

—¡Estamos pintando! —respondimos a coro.

Su mirada iba de la pared aún virgen a la posición comprometida en la que nos encontrábamos.

—Ya veo.

163

No me gustó nada la sonrisita sádica que me dedicó y que prometía que me haría pasar un cuarto de hora difícil un poco más tarde.

Me levanté y así liberé a Vincent.

—Podrías ayudarnos —propuso él rascándose la nuca.

—¡Ni hablar! Veo que os las arregláis muy bien sin mí —se rio.

Y, girando sobre sus talones, nos dejó a los dos con nuestras brochas.

—Será mejor que acabemos antes de que se nos haga de noche.

Mi comentario era estúpido, pues no eran más de las cinco y aún faltaba mucho para que anocheciera, pero eso fue lo primero que me vino a la cabeza en esa embarazosa situación.

—Tienes razón —admitió él.

Unas horas más tarde, Olivia apenas me dejó cruzar la puerta del apartamento antes de acribillarme a preguntas.

—Y, entonces, ya está, Vincent y tú…

—Hemos pintado la habitación de Rose —concluí.

—Sí, eso ya lo he podido constatar —se burló—. Y por esa razón llevas su camiseta.

—Una de sus viejas camisetas. Me la ha prestado para que no me manchara la ropa —precisé.

Se despegó del sofá y cruzó los brazos adoptando el aire de quien dice «No me tomes por idiota».

—Claro, porque como no vives cerca y no tienes un armario lleno de camisetas viejas…

Levanté la mirada al cielo.

—Pero, bueno, ¿qué quieres? ¿Qué te confiese que hemos echado un polvo y que en el fragor del momento él ha desgarrado mi camiseta y que por eso ha tenido que prestarme una suya para no regresar en sujetador?

—Sí, algo parecido —contestó divertida.

—Bien.

De pronto, cambió de actitud y pareció dudar.

—Espera, ¿lo dices en serio?

—¡Por supuesto que no! ¡Vamos, Olivia! Vincent es mi amigo. Ya sabes, alguien con quien paso buenos momentos sin tener que acostarme con él. Eso es un amigo.

—Sí, como Damien, por ejemplo. También pasabas buenos momentos con él, sin acostaros.

Agarré un cojín para lanzárselo a la cara.

—¡Eres imposible! Voy a ducharme, te dejo con tu imaginación calenturienta.

—Solo la verdad duele —me gritó desde el salón mientras yo cerraba la puerta del cuarto de baño.

La fiesta nacional francesa se celebra el 14 de Julio, es decir, diez días después de la nuestra. Aquí, como en casa, era un día festivo donde se lanzaban fuegos artificiales.

La familia de Claire, la amiga de Olivia, poseía una villa en Ramatuelle, no muy lejos de Saint-Tropez. Claire nos propuso ir a pasar allí el fin de semana del 14 de Julio. Olivia cambió los turnos para librar esos días y enfilamos la carretera para ir a esa famosa península.

¡Aprendí por propia experiencia que si sobre un mapa Gordes y Saint-Tropez parecían estar cerca, se tardaban cinco horas en llegar hasta allí! Según Claire, ¡para ser julio aquello ya era toda una hazaña! Una vez que salimos de la autopista, tuvimos que seguir la carretera flanqueada de alcornoques y pinos que serpenteaba hasta alcanzar el destino vacacional de las estrellas. Atrapadas entre una caravana holandesa y un monovolumen alemán y avanzando a velocidad de caracol, tuve tiempo de sobra para escuchar a Olivia masacrar una vez más las letras de mis canciones favoritas.

Por fin llegamos a una alta verja metálica cuya puerta daba paso a una espléndida villa. Al entrar, me quedé boquiabierta.

—*Welcome to Saint-Tropez!* —exclamó Olivia lanzando los brazos al aire.

Claire y ella se echaron a reír y me hicieron una señal para que las siguiera al interior.

—Mis padres deben de estar en la piscina —indicó Claire.

Atravesamos un salón magnífico con muebles modernos y elegantes. Enormes puertas francesas se abrían a una terraza en cuyo extremo ocupaba un lugar privilegiado una piscina rebosante.

—¡Guau! —No pude evitar exclamar cuando advertí la vista de ciento ochenta grados sobre las viñas y la bahía de Pampelonne.

Claire nos presentó sin mucho formalismo a sus padres que nos acogieron calurosamente y nos rogaron que nos sintiéramos como en casa.

Algunas horas más tarde, después de habernos relajado al borde de la piscina, nos preparamos para salir por Saint-Tropez.

—Si queremos aparcar, será mejor que no salgamos demasiado tarde —comentó Claire.

—¿Qué quiere decir no demasiado tarde? —preguntó Olivia.

—Las siete de la mañana... —se rio ante nuestros rostros descompuestos—, pero como ya nos hemos retrasado unas diez horas, será mejor que escojáis un par de zapatos con los cuales podáis caminar más de doscientos metros.

Efectivamente tuvimos que andar un buen trecho y, de haber sido yo quien hubiera tenido que aparcar el coche, aún habríamos caminado más. Claire le había echado el ojo a una plaza que no era realmente tal y aparcó el coche medio subido sobre la acera y dejando el espacio justo para que pudieran circular otros vehículos. Advertí que el estacionamiento anárquico era bastante popular por esos lares. De camino al centro de la ciudad, nos cruzamos con un montón de gente muy rara o que se comportaba de forma extraña y aquello se convirtió en un verdadero espectáculo.

—¿Por qué la gente se saca fotos frente a una comisaría que además parece cerrada?

—¡Por *El gendarme de Saint-Tropez*! ¿No la conoces? —añadió al ver mi cara dubitativa.

—No, ¿debería?

—Es la primera de una serie de seis películas en las que aparecía, como su nombre indica, un gendarme de Saint-Tropez. Se rodaron aquí en los años sesenta y su actor principal, Louis de Funès, se hizo muy popular por aquella época —indicó Claire.

—No te preocupes, si quieres profundizar en la cultura popular francesa, podrás verlas muy pronto. No hay verano en que alguna cadena de televisión no reponga toda la serie.

Nos instalamos en la terraza del famoso «Sénéquier». Las tarifas reflejadas en la carta distaban mucho de las del pequeño bar de Papet, pero supuse que ese sería el precio que había que pagar por intentar vislumbrar algún famoso o contemplar a los ricos en sus yates.

Observé la actitud de la gente que llegaba al café. No era muy diferente de aquella que había podido estudiar en otros lugares de Francia que había visitado, pero allí todo era más exagerado.

Cada nuevo cliente debía hacer una entrada triunfal. La moto rutilante o el descapotable deportivo rugiendo eran la norma en ese rincón bendecido por los dioses del espectáculo. ¿Dónde conseguían aparcar sus vehículos? Misterio.

Si te presentabas a pie, parecía de buen tono llegar, si eras un hombre, acompañado por una rubia con pechos de silicona y sonrisa vacía de modelo (está bien, las modelos famosas no sonríen, pero se entiende lo que quiero decir). Y, si eras una mujer, con un efebo (a ser posible una decena de años más joven) de cabello engominado y con una camiseta cuyo escote dejase adivinar los pectorales depilados. Y, sí, en Saint-Tropez todo el mundo era guapo (no digo inteligente).

Era absolutamente necesario llevar gafas de sol para evitar ofrecer al mundo ese momento de intensa soledad en el que tus ojos escanean desesperadamente la terraza en busca de amigos con los que has quedado o a los que pegarte o del camarero que, al reconocerte como un cliente habitual, esquiva a una pareja de abuelitos allí sentados desde hace un buen rato.

Una vez avistado el amigo de turno, uno levantaba las gafas de sol y toda la terraza quedaba informada de la exagerada alegría que habías sentido al encontrarlo (incluso si lo habías visto en la comida). Además, era de buen tono hacer que algunas personas tuvieran que moverse para acceder a la mesa de tu amigo quien, por supuesto, no se levantaba cuando ibas a saludarlo. Esa maniobra tenía sin duda como objetivo ofrecer, si eras una mujer, una vista profunda de tu escote o de tu trasero, dependiendo del lado en el que te encontrases.

Y, finalmente, una vez sentado, había que volverse a poner las gafas de sol para no mostrar al resto de la terraza que todo el interés en sentarse allí residía en la oportunidad de espiar a tus vecinos a través de los cristales tintados.

¡Lo que no me privé de hacer!

—¡*Papagayo*, aquí estamos! —se desgañitó Claire al atravesar las puertas de la célebre discoteca del puerto de Saint-Tropez.

Afortunadamente, para nuestra dignidad, la música estaba tan alta que nadie le prestó atención. Ascendimos los pocos escalones que llevaban a la sala principal. El local era de menor tamaño de lo que había imaginado o quizá el hecho de que estuviese atestado lo hiciera más pequeño y sofocante. A mí no me gustaban mucho las discotecas, pero Claire y Olivia habían terminado convenciéndome. Según ellas, eso formaba parte de «la experiencia Saint-Tropez».

Un poco achispada por el delicioso vino rosado del que habíamos abusado en la cena, me dejé arrastrar por mis dos acólitas a la pista de baile. Nos meneamos al ritmo de la música y poco a poco fui olvidando mi estudio antropológico de los juerguistas *saint-tro-pecinos*. El local rebosaba de guapos especímenes: los hijos de papá alineando sus mágnum de champán bajo los ojos de muñequitas de tacones vertiginosos valían por sí solos la visita.

Si bien nuestras faldas eran un poco más largas de lo que parecía ser la regla general allí, atrajimos rápidamente a algunos machos en busca de presas fáciles. Y fue con consternación y, debo reconocer, con un pellizco de envidia, cómo vi a Olivia unos minutos más tarde explorar las amígdalas de un gran rubio fortachón. Claire no le iba a la zaga. Bailaba frotando su trasero de forma bastante sospechosa contra la entrepierna de un afortunado que la mantenía pegada contra él agarrándola por la cintura con su musculoso bíceps.

Tras haber rechazado amablemente los avances de algunos bailarines, la mayor parte de ellos beodos, atisbé a un encantador moreno acercarse hacía mí. La iluminación estaba tamizada, pero cuando su mirada se clavó en mí pude ver el brillo de sus ojos de un color verde esmeralda. Subyugada por su similitud con los de otro moreno que conocía, lo dejé arrimarse a pocos centímetros de mí y durante unos instantes bailamos juntos. Al advertir claramente que aceptaba su presencia, se envalentonó y posó sus manos en mis caderas. Unas manos grandes que, pese a la fina tela de mi vestido, noté un poco callosas, como las de un trabajador manual. Cerré los ojos y dejé que mi espíritu, empañado por el alcohol, divagara. ¿Acaso el moreno que yo conocía de iris verdes tan parecidos tenía también manos tan cálidas y firmes? Lo dejé deslizar las suyas por la parte baja de mi espalda desnuda. La sensación era deliciosa. Fue entonces cuando se inclinó sobre mí y me susurró:

—Me llamo Vincent. ¿Y tú, cómo te llamas?

La pregunta me causó el efecto de una ducha fría. El destino se reía de mí. Me enviaba un espécimen de ojos verdes con nombre idéntico al de mi hosco vecino (bueno, ya no era tan hosco), pero esta versión tenía el aliento cargado de alcohol y tabaco y despedía un fuerte olor a sudor.

Di un paso atrás y, tras soltarme de su abrazo, lo observé de cerca. Después de todo, sus ojos no eran tan chispeantes, sino más bien vidriosos. Era más bajo que Vincent y su sonrisa resultaba bobalicona. Sacudí la cabeza como para despejarme y también en una tentativa desesperada de hacerle entender que no pensaba responder a su pregunta. Él posó su mano en mi hombro y repitió:

—Y, bien, ¿cuál es tu nombre, muñeca?

Si hay algo que odiaba con todas mis fuerzas era que me llamaran muñeca. Farfullé una vaga excusa y me esfumé a los lavabos. Como no tenía nada que hacer allí y la cola para acceder era más larga que la de una librería el día de la presentación de una nueva entrega de Harry Potter, di media vuelta y me dirigí hacia la barra. Pedí un *gin-tonic*, no tanto por costumbre o porque me gustara esa bebida, como por ser la primera cosa que me vino a la cabeza. No solía beber licores fuertes.

Mientras el barman preparaba mi copa, busqué a Olivia con la mirada. La encontré comiéndole la boca a su gran rubio con un fervor impresionante. El joven estaba sentado en un taburete y ella literalmente se había encaramado sobre él. Su falda levantada apenas ocultaba sus partes íntimas. No pude distinguir a Claire. Conociéndola, debía de haber arrastrado a su bailarín hasta algún rincón oscuro para mostrarle que no solo París Hilton salía a la calle sin braguitas.

Bebí mi primera copa rápidamente y pedí otra. Permanecí sorda a las tentativas de algunos hombres que trataron de dirigirme la palabra. Cuando llegó la segunda copa, la fui bebiendo a sorbitos, tomándome mi tiempo. La leve euforia que me había provocado el vino de la cena fue rápidamente reemplazada por un estado más algodonoso. A mí el alcohol no me volvía más animada ni más alegre, sino más bien nostálgica, pero también un poco más intrépida.

Decidí que me vendría bien tomar el aire unos minutos. Después de todo, Olivia y Claire estaban demasiado ocupadas como para advertir mi desaparición.

Uno de los gorilas del local me ayudó a empujar la pesada puerta que daba a la calle y me encontré tambaleándome sobre mis tacones en medio de un grupo de fumadores concentrados allí para absorber su dosis de nicotina. Di unos cuantos pasos para apartarme de ellos y me dejé caer rápidamente sobre un murete, dando gracias para mis adentros a quienquiera que hubiera tenido la buena idea de construirlo. Permanecí un momento mirando al vacío y respirando el húmedo aire de la noche. Hacía calor y la contaminación lumínica impedía distinguir con claridad las estrellas.

Hundí mi mano en el bolsito que había recuperado antes de salir y saqué el móvil para consultar la hora. Eran las dos de la madrugada, las chicas todavía tardarían en salir un buen rato.

Hice desfilar maquinalmente mi agenda de teléfonos. Por un instante me dieron ganas de llamar a mis padres. Al fin y al cabo, en Chicago no eran más que las ocho de la tarde. Pero aún estaba lo suficientemente lúcida como para comprender que, en mi estado, aquello no era una buena idea. La última cosa que necesitaba era que mi madre se preocupara al saber que su hija estaba trompa en la otra punta del mundo. Sí, con mis padres fui razonable, pero después perdí la cordura.

Antes de darme cuenta de lo que hacía, ya estaba marcando el número de Vincent y llevándome el aparato a la oreja.

—¿Sí? —me respondió una voz adormecida.

—Soy yo —dije como si yo fuera la única que pudiese llamarle en mitad de la noche.

—¿Cassandra? ¿Va todo bien?

La preocupación asomaba a su voz.

—Sí, eso creo. Estoy en Saint-Tropez.

—¿Estás sola?

—Olivia está reforzando las relaciones franco-suecas y Claire ha desaparecido, sin duda para hacer un poco de ejercicio con los músculos de su lengua. ¿Sabías que hacen falta quince músculos para hacer funcionar la lengua?

—Pues no.

Advertí un matiz de diversión en su tono.

—Y tú, Cassandra, ¿qué haces? ¿Por qué me llamas de madrugada?

—¿Por qué ahora eres tan amable conmigo cuando antes me detestabas?

—¡No te he detestado nunca! —se justificó inmediatamente.

—Sí, antes me contemplabas siempre con una mirada enfurecida, ya sabes, en lo más alto de la escala del fastidio.

—¿La escala del fastidio?

No respondí a su pregunta y continué soltando todo lo que se pasaba por mi pequeño cerebro enturbiado por el alcohol.

—Pero ahora creo que te gusto. ¿Te gusto, no? Tú a mí me gustas y por eso espero gustarte yo también.

—Sí, por supuesto que me gustas...

No lo dejé continuar y añadí rápidamente:

—Yo... Creo que te echo de menos.

No tuve más respuesta que un silencio estrepitoso. Y entonces me preguntó:

—¿Cuántas copas te has tomado?

—¿Antes de ir a la discoteca o después?

—Cassie, ya sabes que no te sienta bien el alcohol.

Ahora parecía nervioso. Lo imaginé incorporándose en la cama, el cuerpo solamente cubierto por una sábana de algodón, mientras se pasaba la mano por el rostro con sus cabellos totalmente revueltos.

—El día en que te lo dije, debería haberme callado. ¿Y por qué me llamas Cassie? No me gusta que me llames Cassie. Solo lo haces cuando estás enfadado conmigo. Me gusta más cuando me llamas Cassandra —terminé por reconocer en un suspiro.

—¿Cassandra?

Sonreí tontamente ante el sonido de su voz pronunciando mi nombre.

—¿Sí?

—¿Quieres que te llame a un taxi?

—No, todo irá bien. Tengo que regresar a la discoteca y dar con Claire y Olivia. Y tú tienes que dormir.

—Eso es lo que estaba haciendo antes de que mi vecina me llamara.

No conseguí descifrar por el tono de su voz si estaba enfadado.

—Envíame un mensaje cuando estés de vuelta en la villa.

—¿Quieres que te despierte por segunda vez?

—Con un poco de suerte, a la hora en que lo envíes, Rose ya se habrá encargado de hacerlo.

Había olvidado completamente que había recuperado a la pequeña ese día. Me sentí embargada por la culpabilidad de haber estado privándolo de unos preciosos minutos de sueño.

—Buenas noches, Vincent.

—Buenas noches, Cassandra.

El lunes por la mañana, tras el fin de semana del 14 de Julio, observé el patio de la granja a través de las cortinas de la entrada, tratando de ser lo más discreta posible.

—¿Se puede saber qué estás haciendo? —me preguntó Olivia.

Me sobresalté, no esperaba verla aparecer detrás de mí. Estaba convencida de que aún seguía en el cuarto de baño.

—¡Olivia, estás loca! ¡Me has asustado! ¿Me estás espiando o qué?

—Yo, ¿espiarte? ¡Eres tú la que parece un agente de estupefacientes en plena misión de vigilancia! ¿Qué haces detrás de esta cortina? Si mi abuelo te molesta, basta con ponerlo en su sitio. ¡Ladra pero no muerde!

—No es a tu abuelo a quien trato de evitar.

Me di cuenta de que había hablado de más.

—¿Y entonces a quién estás tratando de evitar?

De pronto parecía muy interesada y una sonrisilla maliciosa asomó a sus labios. Habría jurado que sabía la respuesta de antemano.

Suspiré.

—No quiero cruzarme con Vincent. Espero que se marche a trabajar para poder salir.

—¿Y tratas de evitar a mi primo porque…?

—Porque… creo que mantuve una conversación bastante embarazosa con él —solté de un tirón.

—¿Le has confesado que tienes un herpes genital?

—¡Pues claro que no! —me irrité dándole un empujón en el hombro antes de retomar mi puesto de observación.

—¿Bueno, entonces, que es eso tan embarazoso?

Cruzó los brazos sobre su pecho indicándome así que no pensaba moverse de allí hasta que no soltara prenda.

—La otra noche, cuando estábamos en la discoteca en Saint-Tropez, lo llamé.

—¿Y?

—Eran las dos de la madrugada.

—¿Y?

—Hummm, estaba durmiendo.

—¡Guau, qué revelación! ¿Pero, bueno, qué le dijiste? ¿Voy a tener que torturarte para que me lo digas?

—¡Le dije que me gustaba y que lo echaba de menos!

—¿Y?

—¿Y? Eso es todo. ¿No te parece suficiente?

—Pues, perdona, a ver si lo he entendido. ¿Evitas a Vincent porque le has confesado a las dos de la madrugada, cuando estabas bebida, que lo echabas de menos y que te gustaba? —repitió haciendo un gesto de comillas—. ¿No te parece un poco tonto?

—Bueno, dicho así…

—¿Acaso no te había pasado eso nunca? ¿Llamar a un amigo cuando estás borracha y decirle cosas embarazosas?

Entorné los ojos.

—Pues… No.

—¡En ese caso, considéralo como una cosa menos que hacer en tu vida de adulta! Y, para tu información, yo he confesado por teléfono cosas mucho más embarazosas que esa.

—Ya, ¿pero qué voy a decirle cuando lo vea?

—Yo que sé, algo como: «¡Hola Vincent! ¿Cómo te va esta mañana? Hace un día muy bonito, ¿verdad?».

Eché una ojeada por la ventana para ver si su coche se había movido.

—Y te informo de que se ha tomado una semana de vacaciones, así que ya puedes esperar sentada.

Se dio la vuelta y se alejó hacia la cocina.

Con el bolso en bandolera y haciendo acopio de valor, me encaminé hacia mi coche.

Traté de ser lo más discreta posible, caminando sigilosamente por la grava para evitar que esta crujiera con demasiado estrépito. Como si eso pudiera cambiar algo. Prácticamente había alcanzado la puerta del coche cuando una vocecita gritó detrás de mí.

—¡Cassie!

Un tornado de rizos rubios apareció en mi campo de visión y en menos tiempo del que se tarda en decirlo, dos pequeños brazos rodearon mis piernas, haciendo que casi me tambaleara. Yo le revolví cariñosamente el pelo y me arrodillé a su altura.

—Rose, *Sweetheart*, ¿cómo estás?

—¡Superbien! ¿Sabes que voy a vivir aquí para siempre? Papá me ha dicho que fuiste tú quien lo ayudó a pintar mi habitación. ¿Has visto qué bonita ha quedado? Papá me ha dicho que vamos a comprar un escritorio, porque cuando vuelva al cole iré con los mayores. ¡Empiezo el curso preparatorio!

Yo no sabía lo que significaba el curso preparatorio, pero supuse que debía ser equivalente a la primaria de mi país.

Me levanté dispuesta a hacerle algunas preguntas, pero para ello necesitaba que dejase de hablar. Se la veía sobreexcitada y no dejaba de soltar información de toda clase. Era demasiado temprano para que pudiera retener ni siquiera la mitad de la misma.

Sentí una sombra detrás de mí y eché una ojeada por encima del hombro. Vincent avanzaba hacia nosotros. Me di la vuelta para mirarlo a la cara después de respirar hondo.

Llevaba un pantalón vaquero y una sencilla camiseta, pero los rayos de sol matinales formaban una aureola de luz que realzaba sus rasgos viriles. Una ligera barba ensombrecía su rostro en el que resaltaba la sonrisa que lucía aquellos últimos días.

—Buenos días, Cassandra.

No pude, una vez más, reprimir el escalofrío que me provocaba escuchar mi nombre en su boca.

—Buenos días —respondí en un murmullo.

—Papá, ¿crees que Cassie podría acompañarnos a elegir mi escritorio?

En un primer instante, me alegró que la pequeña nos distrajera, pero cuando comprendí lo que implicaba su petición, intenté buscar una excusa. Vincent me pilló por sorpresa respondiendo:

—Sí, por supuesto, cariño, iremos un día, después de su trabajo, si ella está de acuerdo.

Respondí con una sonrisa educada, no quería disgustar a Rose.

—¡Estupendo! —exclamó la pequeña.

—Rose, ¿te importaría ir a jugar al columpio? Tengo que hablar unos minutos con Cassandra.

Rose se alejó sin rechistar. En cuanto a mí, noté que mi corazón se detenía por un segundo. Ahí estábamos, tendría que justificarme. Explicarle que no estaba en plena posesión de mis facultades cuando lo llamé por teléfono. Podía apelar a una locura pasajera debida al alcohol. Y, después de todo, Olivia había querido mostrarme que la cosa no era tan grave. Sí, uno puede decir a sus amigos que los echa de menos, ¿no? Demonios, el otro día precisamente, le había dicho a mi amigo Jerry de Chicago que lo añoraba. ¡Y ni siquiera había bebido! Esas cosas se hacen entre amigos. ¿Acaso era normal fijarse en que esos amigos tenían unos ojos preciosos? ¿Acaso podemos clavar la mirada en los labios de esos amigos y preguntarnos si serán tan dulces como parecen? ¡Caramba, y se mueven!

—Cassandra, ¿me estás escuchando?

—Ay, perdón, estaba en otra parte, ¿qué decías? —me disculpé.

—Te decía que el cumpleaños de Olivia es en dos semanas.

Tenía un ligero aire molesto, pero de grado 2 como mucho.

—Sí.

—He pensado que podríamos organizarle una sorpresa. No quería hablarlo delante de Rose para que no descubra el pastel.

Una sorpresa. Una sorpresa por el cumpleaños de Olivia. Eso era de lo que deseaba hablarme en privado. Y no de mi llamada de madrugada para decirle que lo echaba de menos.

Sentí que me quitaban un peso de encima.

—¡Una sorpresa para Olivia! ¡Es una buenísima idea! Estoy segura de que le encantará —me entusiasmé.

—¿Podrías ayudarme a organizarlo? Tal vez haya algunas personas del hotel a las que le gustaría ver ese día. Y me sería muy útil si te la llevaras de aquí un rato para que podamos preparar todo.

—Sí, por supuesto.

Dedicamos todavía unos instantes más al tema y luego me marché a trabajar sin que abordáramos ninguno de los dos la forma en que lo había despertado hacía dos días.

En el hotel, mientras atravesaba el vestíbulo para dirigirme del restaurante a mi despacho, unas risas ahogadas atrajeron mi atención.

Acodado en el mostrador de recepción Damien mostraba su mejor sonrisa Colgate y la feliz destinataria que lanzaba grititos de pavo (sí, el animal que gluglutea) no era otra que Christelle. Anoté esa pequeña escena en un rincón de mi mente y decidí empezar con mi investigación más tarde. Sin duda alguna, Olivia estaba influyendo en mí.

Mientras repasaba después de comer el nivel de ocupación del mes de agosto con Damien, aproveché para invitarlo al cumpleaños de Olivia. Aunque lo nuestro no hubiese funcionado, manteníamos una relación cordial. Y supuse que Olivia se alegraría de verlo. Mi compañera sostenía que «cuantos más seamos, mejor lo pasaremos».

—Estoy organizando una pequeña fiesta de cumpleaños para Olivia dentro de dos semanas, ¿te apetecería unirte a nosotros?

Damien me contempló como si acabara de confesarle estar en posesión de la prueba de que Elvis Presley aún seguía vivo.

—Habrá bastante gente, lo celebraremos en casa de Vincent, ya sabes, su primo.

—Pero…

Entonces comprendí lo que creía que le estaba pidiendo.

—¡No se trata de un *date*! ¡Bueno, de una cita, como decís vosotros!

Damien soltó un suspiro de alivio sincero que me molestó un poco.

—¡Oye! ¡Encantada de ver tu reacción! —exclamé dándole un codazo.

—Lo siento. Por un instante creí…

—Sí, ya me he dado cuenta de lo que pensabas. Y, bien, ¿cómo va lo tuyo con Christelle? —lancé sin mayor miramiento.

Su expresión cambió y pareció apurado.

—¿Qué? Qué te ha hecho pensar que… —balbuceó.

—La estabas haciendo gluglutear en el vestíbulo.

—¿Gluglutear? ¡Ella no glugluteaba! —protestó.

—Sí, glugluteaba. Y, créeme, cuando una mujer gluglutea frente a un hombre que le gusta, es que está bajo su hechizo y no puede controlarse. Si no, por lo general, tratamos de evitar hacer el ridículo de ese modo.

—¿Y cómo sabes que yo le gusto?

Levanté la mirada al cielo.

—¡Oh, Dios mío! No me digas que eres tan poco observador. ¡Además, ya te hablé de ello cuando salíamos!

—Creí que solamente estabas celosa —respondió encogiéndose de hombros.

—Sí, celosa porque ella estaba interesada en ti.

¡Qué ciegos podían estar a veces los hombres!

—¿Pero entonces dime qué hacías en el bar con ella el otro día? ¿No fuiste tú quien la invitó?

—No —confesó un poco molesto—. Quería hablarme de un problema del hotel y, la verdad, no entendí muy bien por qué era necesario que nos viéramos en el pueblo.

—¡Lo ves! ¡Se inventa cualquier excusa para pasar tiempo contigo! Bueno, escucha, si ella te gusta, adelante, corre. Es pan comido.

—Está bien —dijo un poco despistado—. Nunca habría imaginado recibir consejos de seducción de tu parte.

—Considéralo un regalo de ruptura. ¡Y qué demonios, vente con ella al cumpleaños de Olivia!

Él se levantó para regresar a su despacho con aire de conquistador.

—¡Gracias, Cassie!

—De nada.

Olivia iba a matarme. Invitar a Christelle a su cumpleaños... ¡Menuda idea! Pero, después de todo, cuántos más, mejor, ¿no?

Y, pensándolo bien, ¿de qué problemas querría hablarle ella? ¿No debería estar yo al corriente?

Agosto

—¿Cómo que no sabes qué carne escoger?

—No, hay un montón de bandejas en esta sección y no sé cuáles escoger —respondí dándole la vuelta a una por si ofrecía alguna información detrás. Desgraciadamente para mí, el polietileno blanco estaba virgen.

Había descartado las lonchas de carpacho, al considerar que no eran adecuadas para una barbacoa, pero, en cuanto al resto, el nombre de las piezas de carne me decía tan poco como la lista de platos de un restaurante asiático.

—Eres norteamericana, ¿no se supone que sois los reyes de la barbacoa?

—Si has crecido en un rancho en Texas, desde luego que sí, pero no si te han criado en un apartamento sin terraza en el *downtown*[11] de Chicago.

Vincent soltó un largo suspiro de fastidio. Lo imaginé en su pequeño despacho, pasándose la mano por el cabello y luciendo una expresión clasificada al menos con un 7. Se suponía que debíamos hacer la compra juntos para el cumpleaños sorpresa de Olivia, pero lamentablemente algo lo había retenido en el trabajo. Yo me había ofrecido amablemente a ir sola... y ahora lo estaba lamentando,

---

11   En el centro de la ciudad.

pero, la verdad, tampoco teníamos otra salida, ya que, llevados por nuestra dejadez, habíamos esperado hasta el último día para ocuparnos de la compra.

—No olvides también ingredientes para las ensaladas.

—¿A qué te refieres? —pregunté.

—Pues, yo que sé, a tomates, por ejemplo.

—¿Eso es todo?

Dudaba que solo los tomates pudieran alimentar a una veintena de convidados.

—Por supuesto que no, ¡coge todo lo que hace falta para acompañarlos!

Su tono no auguraba nada bueno.

—¡No sé lo que se necesita para acompañarlos! —me lamenté.

—¡Pero, bueno, Cassie! ¿Qué haces tú normalmente?

Ahora parecía realmente enfadado.

—¡Es Olivia quien decide qué se debe comprar! Yo me conformo con cargar con lo que ella me pide. Y hoy, por razones evidentes, no puedo pedirle que me haga una lista.

—Está bien. Ya lo entiendo, tú no cocinas —continuó más tranquilo—. ¿Pero te gusta comer, no? ¿Sabes lo que te gusta comer? ¡Pues bien! ¡Compra lo que te gustaría comer!

—¿Helado?

Vale, no tendría que haber intentado hacerme la graciosa sabiendo que él estaba al límite.

—¡Cassie! —protestó.

—¡Oh! ¡Está bien, don aguafiestas! Pero permíteme que te recuerde que me has dejado totalmente sola para hacer la compra, así que luego no me recrimines que no haya comprado lo necesario, sobre todo si no me das ninguna indicación. Y más te vale intentar ser simpático conmigo esta noche, porque dejarme gestionar sola las compras del Carrefour un sábado de agosto por la tarde, en plena zona turística, equivale a las peores torturas que puedan existir en vuestra vieja Europa medieval.

—¿No crees que estás exagerando un poco?

—¡Vincent, he visto a dos clientes pelearse por un melón! Cada uno pretendiendo haberlo visto primero cuando aún quedaban un centenar en el expositor.

No pude hacerle comprender mi estado de angustia y de agorafobia creciente, pero tuve al menos el privilegio de hacerlo reír.

—Escucha, estoy seguro de que conseguirás sobrevivir a eso. Debo dejarte, tengo gente en el taller. Nos vemos en un rato.

Y colgó.

Así que me quedé sola, en ese templo del consumo donde un carrito lleno era el rey. No temía los supermercados, después de todo, en mi país los había de un tamaño diez veces mayor a ese. Lo que me aterrorizaba era tener que enfrentarme a la exigencia culinaria francesa. Sabía que no se trataba más que de una barbacoa, organizada para celebrar una fiesta informal, pero el sustento era algo que los franceses no se tomaban en absoluto a la ligera. Había prometido a Vincent ayudarlo y debía estar a la altura de mi misión.

Inspiré profundamente y luego recurrí a mi amigo Google. Con un par de clics en mi *smartphone*, conseguí una lista bastante completa de los ingredientes fundamentales de una perfecta barbacoa francesa y seguí las instrucciones al pie de la letra, a excepción del embutido típico de la zona. El aspecto poco apetecible del producto no me tentó demasiado y, cuando después de una pequeña búsqueda en Wikipedia me enteré de lo que estaba compuesto, decidí que ese embutido no estaría convidado a esa barbacoa ni a las que yo pudiera organizar en el futuro.

Para el resto de compras seguí el consejo de Vincent. Compré lo necesario para preparar los platos que más me gustaba comer. Y, en cuanto a los ingredientes principales, fue muy fácil. Eché mano de una llamada a Nicole para comprobar juntas cuáles había olvidado y calcular las cantidades necesarias para todos los invitados. Nicole me explicó, por ejemplo, que, por más que yo tuviera la impresión de que en el sur de Francia el aceite de oliva era la base de su alimentación, no era necesario comprar tres litros para veinte personas.

Una hora más tarde, salí victoriosa del supermercado con la sensación de haber superado otro examen más de cultura francesa.

—¿No has comprado la tarta?

Vincent se pasó las manos por el pelo para despeinárselo un poco, acababa de ducharse y se le había quedado demasiado peinado.

—¡No me dijiste nada de la tarta! —me justifiqué.

Estaba hecha polvo, había pasado toda la tarde haciendo la compra y preparando todo y Vincent había llegado apenas hacía una hora para ayudarme.

—¿Acaso has visto alguna vez un cumpleaños sin tarta?

—¡No he dicho eso! ¡Creí que tal vez te ocuparías tú de eso! ¡No sé, que te pasarías por la pastelería al volver del trabajo! Solo me dijiste: trae lo necesario para la barbacoa. ¡No para el postre!

—¡Si hubiera sido así, te habría dicho ocúpate de todo menos de la tarta! ¡Joder! ¡Hasta has pensado en comprar una botella de pastís para Papet y te olvidas de lo esencial!

—Sabía que sin la botella Papet no pondría nunca los pies en la fiesta de Olivia —refunfuñé.

Para ser sincera, la idea de la tarta ni se me había pasado por la cabeza. Había estado tan centrada en la barbacoa y las ensaladas que debíamos preparar que no había pensado en nada más. Bueno, sí, en la botella de pastís de Papet.

Vincent se pellizcó el puente de la nariz y cerró los ojos un instante. Al menos, no me lanzó una de esas miradas suyas cuyo nivel de fastidio yo me preciaba de calcular y que parecían perforar el techo.

—Bien, hay que pensar una solución. Todos los invitados están ya aquí, Olivia no tardará en llegar. Ahora ya es impensable que salgamos a comprarla y, de todas formas, son casi las ocho y las tiendas estarán a punto de cerrar.

—Podríamos hacer una —sugerí.

Vincent me contempló medio dubitativo medio divertido.

—¿Quieres que Olivia termine haciendo una excursión a urgencias el día de su cumpleaños?

Le respondí con un golpe en el brazo y una mirada asesina.

—¿Se te ocurre quizá una solución mejor?

Dejó pasar algunos segundos y luego admitió:

—Creo que no.

—Bien, pues entonces vete a ocuparte de los invitados, intentaré ver qué puedo hacer.

—Eh, Cassandra… —dijo con el tono de quien intenta decir las cosas sin ofender.

—¿Sí?

—¿Crees ser la persona más cualificada para hacer una tarta?

—¿Acaso tú sabes hacer tartas? —repuse frunciendo el ceño.

Se rascó la nuca y, mirando la punta de sus zapatos, me confesó:

—No he hecho una en toda mi vida.

—¡Ajá! El señor sabelotodo. ¡Te permites criticar y no eres mejor que yo! Al menos yo he preparado sola una ensalada de tomate y *mozzarella*.

—Haces bien en decírmelo, así me abalanzaré sobre la ensalada de pasta.

—¡Sal de la cocina! —le grité blandiendo una cuchara y dirigiéndome hacia la puerta.

Acababa de echarlo de su propia casa, pero se lo había buscado. Tenía razón: era una pésima cocinera y la idea de hacer yo una tarta resultaba ridícula. Además, me sentía furiosa contra él porque creyera que no sería capaz de salvar aquella situación. Le demostraría de qué madera estaba hecha.

Saqué mi *smartphone* y busqué una página de recetas de cocina. Al mismo tiempo fui abriendo los armarios para ver qué contenían y cuáles eran mis posibilidades. Siempre tenía la opción de atravesar el patio y pedirle a Nicole que me ayudara, pero la pobre se había pasado una buena parte de la tarde dándome instrucciones y quería que disfrutara de esa velada.

Conseguí encontrar los ingredientes necesarios para elaborar una tarta de chocolate. A mi compañera de apartamento le apasionaba todo aquello que contuviera cacao, así que me dije que sería una buena idea. Había seleccionado una receta que solo mostraba una cacerola como medida de dificultad, un símbolo que, según los criterios de la página, correspondía a «muy fácil».

Pesé cuidadosamente cada ingrediente y los fui repartiendo en pequeños cuencos. Así era como lo hacían en los programas de cocina de la televisión. Bueno, los pocos que yo había visto.

Leí la receta. Tamizar la harina. ¡Porras! ¿Qué podría significar aquello? ¿No se supone que era una receta para principiantes?

—¡Aquí es donde te escondes!

Di tal respingo que solté el huevo y estalló contra el suelo salpicando mis piernas y manchando mi pantalón blanco.

—*Shit!* —susurré atrapando un rollo de papel para limpiar aquel desastre.

—¡Oh! Perdóname, no quería asustarte.

Quien acababa de sorprenderme tratando de hacer de pastelera no era otro que Damien.

—No pasa nada —indiqué incorporándome—. ¿Cómo estás?

—Bien, pero tú, no pareces estar en tu elemento. ¿Va todo bien?

Le expliqué en pocas palabras que no había tarta de cumpleaños y que debía preparar una con mis propias manos.

—¡Si te sale tan buena como la blanqueta nos va a encantar! —comentó alegremente.

Me mordí el labio avergonzada. Ahí tenía la razón por la que de pequeños nos explican que mentir está mal, porque luego uno se encuentra en una posición muy delicada al tener que confesar a su ex que en realidad no sabe absolutamente nada de cocina, pero, como Mamée no dejaba de repetir que una «falta confesada está medio perdonada», canté de plano y le conté a Damien que la blanqueta no había sido cosa mía... Al verlo aparecer, se me había ocurrido una idea.

—¿Quieres que prepare yo la tarta? —propuso sin tener que pedírselo.

—¡Oh! ¡Damien, qué amable! —respondí dando palmaditas como Rose cuando estaba sobreexcitada.

Me dedicó una de sus sonrisas de blancura irreprochable marca de la casa y preguntó:

—¿Podrías hacer venir a Christelle? Es una superpastelera y me será muy útil.

Christelle. Me había olvidado de ella. Pero, ojo, no es que estuviera celosa porque hubiese ocupado mi lugar junto a Damien (o al menos eso suponía por haber acudido con él), es que la recepcionista del Bastida Richmond no era santo de mi devoción.

En cuanto di con ella y la saludé, Christelle se apresuró a acudir en ayuda de Damien. Aproveché para escabullirme a mi apartamento y cambiarme. Toda la semana había estado pensando en mi atuendo para esa noche y, lamentablemente, no tenía previsto un plan B (como tampoco había previsto cocinar). Revolví en mi armario y acabé decidiéndome por un vestidito de verano azul claro. Después de todo, para una barbacoa muy informal, era una buena opción. Tomé prestadas un par de sandalias de plataforma de Olivia y salí rápidamente de casa. No quería perderme la llegada de la reina de la fiesta.

De regreso a la terraza de Vincent, me crucé con él y vi que una vez más tenía aspecto de estar enfadado conmigo.

—¿Dónde estabas, Cassie? Olivia ya no puede tardar, la empleada del hotel a la que pediste que nos avisara ha llamado hace diez minutos para decir que ya había salido del trabajo.

—¡Me he manchado y he tenido que cambiarme! —me justifiqué, molesta por tener que darle explicaciones.

Pero Vincent no me estaba escuchando, sus ojos verde bosque escaneaban lentamente mi atuendo demorándose un buen rato en mis piernas. Vincent Bonifaci estaba simple y llanamente disfrutando de la vista. Y no de forma muy discreta.

—¿Te gusta mi vestido? —No pude evitar ironizar.

—Tienes unas piernas preciosas.

Abrí la boca, desarmada por su respuesta, a pesar de habérmela buscado de algún modo. No se me ocurrió ninguna réplica, pero, por suerte, en ese momento los invitados estallaron en aclamaciones.

—¡Ya llega!

Nos agrupamos todos y, cuando Olivia entró en el jardín de su primo, la acogimos con un grito al unísono:

—¡Sorpresa!

La fiesta estaba en todo su apogeo. La familia de Olivia se unió para brindar con nosotros en el aperitivo y luego se esfumó para dejarnos «entre jóvenes», aunque a mis treinta años aquello pudiera sonar un tanto ridículo. Alexandre, el amigo de Olivia, tenía un gran talento, más bien un don diría yo, para preparar mojitos. De hecho, era gerente de un bar. Olivia atacó ansiosamente el famoso cóctel compuesto de ron y de menta desde el comienzo de la velada, y lo menos que se podía decir es que mi compañera de apartamento ingería el alcohol de forma muy alegre. Se contoneaba en la pista de baile improvisada soltando gritos de alegría y tratando de animar a todo el mundo a seguirla. Por mi parte, permanecí totalmente sobria. Y no porque tuviera que controlarme pensando en el camino de vuelta a casa, sino más bien por el recuerdo de mi última cogorza en Saint-Tropez. Mi ánimo estaba tan despejado como el de un presidente de la Liga Antialcohólica.

—¿Crees que le ha gustado su sorpresa?

Vincent se había acercado a mí sin que me diera cuenta.

—Sí —admití.

—El señor *Don Limpio* aparentemente ha terminado la tarta.

—De quien estás… —entonces comprendí de quien hablaba—. ¡Oye! ¡No lo llames así!

—¿Acaso no has visto el estado de la cocina? ¡Está más limpia que antes!

—¿Y qué? Deberías estar encantado y darle las gracias en lugar de ponerle un mote ridículo.

—¿Prefieres que le llame señor TOC?

Arqueó una ceja divertido ante su propio comentario.

—¿Qué quiere decir señor TOC? ¿Otra referencia a alguna película francesa que no conozco?

—Trastorno obsesivo compulsivo. No me digas que no has notado que está lleno de manías.

—Bueno… Un poco —reconocí.

No podía negarlo. Efectivamente había advertido que los actos de Damien estaban marcados por pequeñas rutinas, a veces muy molestas.

—¿Un poco? Limpia cualquier mancha diminuta, pliega sistemáticamente cada trozo de tela que le pasa por las manos. Si quieres mi opinión, resulta un tanto espeluznante. No me extrañaría que algún día descubriéramos que es un asesino en serie.

Había entornado los ojos para acompañar su comentario, como si quisiera poner una expresión inquietante para darme miedo.

—¡Creo que ves demasiada televisión! No es tan raro como dices. Es un poco maniático, eso es todo.

—Sí, se puede decir así, pero, mientras tanto, has hecho bien en alejarte de él. Bueno tengo que dejarte, voy a encender las velas, no me apetece comprobar si también es un pirómano.

Lo observé alejarse intrigada. Vincent no hablaba en serio, ¿verdad? ¿Estaba bromeando?

Una vez sopladas las velas de rigor, degustamos la tarta de Damien y Christelle. No era precisamente la receta que yo había elegido. ¡Esta tarta era una auténtica delicia! No había alcanzado con Damien ningún orgasmo, pero al menos me había llevado al éxtasis gustativo. Me fustigué por tener esas ideas, aunque, después de todo, esa era la triste verdad. Como también lo era que no había tenido un auténtico orgasmo con un hombre desde… no quería ni pensarlo.

—¡Cassie! ¡Esta tarta está de muerte! ¿Dónde la has comprado?

—¿Por qué crees que la he comprado? ¡Podría perfectamente haberla hecho yo solita! —protesté lanzando una mirada de soslayo a Olivia.

Puse cara de sentirme ofendida.

—¡Ajá! ¡Pues está buenísima! ¿A quién debo entonces esta pequeña maravilla?

—A Damien y Christelle —admití de mala gana.

—¡El señor *Don Limpio* y la señorita reprimida! ¡Quién lo habría imaginado!

No tuve claro si se estaba refiriendo a la tarta o a la pareja. ¿Estarían realmente juntos? No parecían demasiado cercanos el uno del otro, pero nadie mejor que yo para saber que Damien no era de los que demuestran esas cosas y menos en público.

Vi que Olivia se acercaba hacia la supuesta pareja y decidí seguirla. Una Olivia alcoholizada podía ser más peligrosa que una granada de mano activada. Llegué justo cuando Christelle y Damien le deseaban un feliz cumpleaños.

—¡Muchas gracias por la tarta! Estaba deliciosa, me han dado ganas de lamer el plato, pero pensé que sería demasiado... —dijo pretendiendo usar un tono confidencial salvo que en su estado era incapaz de hablar en voz baja.

—De nada —farfulló Damien—. ¿Queréis que os traiga una copa del bar? —nos preguntó antes de alejarse.

—¡Un mojito! —gritó Olivia.

Yo decliné con un movimiento de cabeza y Christelle pidió un zumo de naranja.

—Y, bien, Christelle, ¿siempre cocinas así? —se interesó Olivia.

—Sí, no me las apaño mal —respondió con aire teñido de falsa modestia.

—¡Y tanto! Pues, bien, al menos Damien y tú tenéis una pasión en común. A falta de otra cosa, eso os entretendrá en las largas noches de invierno.

En cuanto capté su indirecta, le lancé una mirada asesina.

—Sí, bueno, no hace mucho que Damien y yo salimos —balbuceó Christelle, sonrojada por la vergüenza.

—Ya imagino, no hace tanto tiempo que está soltero.

Todo color que hubiese existido hasta ese momento en el rostro de Christelle desapareció.

Vi el desastre cerniéndose sobre nosotros a cámara lenta, como un tren de mercancías incapaz de frenar ante la catástrofe. En ese instante comprendí que Christelle nunca se había olido mi relación con Damien y que él no había juzgado oportuno informarla de la misma. Lamentablemente, antes incluso de que tuviese tiempo de distraerla, Olivia añadió:

—¡Lo que está claro es que no era con Cassie con quien podía hablar de peroles!

—¡Olivia!

—¿Has salido con Damien? —preguntó desgañitándose Christelle.

—No te preocupes, no llegaron a consumar o casi no... Mientras no haya orgasmo de por medio, se puede considerar que...

La corté poniéndole una mano sobre su boca y tratando de apartarla de Christelle para evitar que le diera más detalles. Ese fue por supuesto el momento elegido por Damien para regresar con las copas. Nuestra maniobra no le pasó inadvertida.

Christelle lo fusiló con la mirada antes de preguntarle:

—¿Has salido con ella?

Y me señaló desdeñosamente con el dedo confirmando que, a pesar de su actitud educada hacia mí desde el principio de la velada, no me apreciaba en absoluto.

Damien abrió la boca para responder, pero yo lo detuve en su impulso. Me mortificaba que Olivia hubiera soltado detalles de nuestra vida sexual y, sin duda, él iba a odiarme por ello, pero al menos debía echarle una mano.

—Sí, salimos juntos, pero eso ya es agua pasada, Christelle. No estábamos hechos el uno para el otro y no hay nada más que añadir. Hemos continuado siendo amigos y espero sinceramente que vuestra relación funcione.

Me crucé con la mirada de Vincent, que parecía no haber perdido ripio de la escena, y le hice una seña para que se ocupara de su prima a fin de que no echara más leña al fuego.

Arrastré a Damien y a Christelle al interior. No necesitábamos oídos curiosos a nuestro alrededor. La joven parecía anonadada.

—¡Hace años que voy detrás de ti sin que respondas a mis avances y llega ella, con su acento a lo Jean-Claude Van Damme y su rubio californiano, y le saltas al cuello en pocas semanas!

Tuve ganas de rebatirle que mi rubio no tenía nada de californiano, que era más bien un legado de mi trastatarabuela noruega, pero advertí que aquel no era el momento de hacer semejantes precisiones.

—¿Y yo qué soy? ¿Me elegiste por defecto después de que ella te largara? ¿Pero qué tiene ella mejor que yo? —preguntó.

Está bien, la señorita tenía un gran sentido del drama, y una voz demasiado estridente para mis tímpanos. Resistí las ganas de responderle que esperaba tener muchas más cualidades que ella, a quien encontraba insípida.

—Nada de especial —balbuceó Damien.

—¡Cómo que nada de especial! —me revolví.

Vale, ya no estábamos juntos y había sido yo quien había puesto fin a nuestra relación, ¡pero decir que no tenía nada de especial…! ¡Y delante de esa marisabidilla de Christelle!

Damien parecía aterrorizado por tener que lidiar con dos mujeres furiosas.

—No quería decir eso —se excusó, pero Christelle le lanzó una mirada furibunda que no debía de ser muy diferente de la mía—. Fue un cúmulo de circunstancias, había nevado… ¡Y Cassie se me abalanzó!

¡Un cúmulo de circunstancias! ¡Decía que yo no había sido más que el resultado de un desafortunado malentendido, lo que hay que oír! ¡Que había sido yo quien lo había atacado!

—¡Así que te pavoneas diciendo que salté sobre ti! ¡Que yo sepa tú consentiste! ¡Y no fui yo quien te invitó a salir después!

—¿Pero cuánto tiempo habéis salido juntos? —preguntó Christelle, después de deducir por nuestras palabras que no estábamos hablando solamente de unos cuantos besos intercambiados en una noche de confusión.

Antes de seguir escuchando necedades por el estilo, decidí dejar que se las apañaran ellos solos y regresé a la terraza. Me dirigí hacia el bar y me serví una copa. Bebí el primer sorbo de un trago, apreciando el ardor del alcohol en mi garganta. Entonces una mano grande se apoderó de mi copa apartándola de mí.

—¡Eh! —protesté—. ¿Con qué derecho me quitas la copa?

—Tú y yo sabemos que no te sienta bien el alcohol —me respondió la voz de mi vecino y amigo.

—Quizá tenga ganas de emborracharme —aduje encogiéndome de hombros.

Vincent pasó su brazo por mis hombros y me atrajo hacia él. Su contacto me sorprendió y me hizo estremecer. Era la primera vez que se permitía un gesto tan íntimo y aquello no me disgustó. Es más, noté de paso que su olor me resultaba sorprendentemente agradable.

—Ningún tipo merece que se emborrachen por él.

Me reí ante su afirmación.

—No creas que bebo por su causa. Bueno, sí, en parte, pero no por lo que crees. No pretendo emborracharme porque lo eche de menos o porque piense que he cometido un error al dejarlo. Estoy triste porque voy a tener que soportar las iras de una de mis compañeras de trabajo, que ya me ha estado fastidiando bastante, y todo por un tío que cree que ha salido conmigo por un terrible «cúmulo de circunstancias». ¡Aparentemente no tengo nada especial! Y eso siempre es un placer escucharlo. Además, tengo la sensación de que se me va a caer el mundo encima, pues Olivia ha informado a la mitad de los invitados, y de paso a algunos de sus empleados, ¡de que él apenas me tocó en casi tres meses! ¡Va a ser muy agradable el ambiente del hotel el lunes!

—No es culpa tuya que sea un cretino. Ya te lo he dicho, te mereces alguien mejor.

Su brazo me rodeó con más fuerza y me besó la frente. Una nube de mariposas despegó inmediatamente en mi vientre, pero él me soltó demasiado rápido para mi gusto.

—Ven, volvamos con los demás y vigilemos un poco a Olivia antes de que provoque más desastres.

Un ligero ruido de una puerta cerrándose me sacó de mi sueño. A través de mis párpados aún cerrados pude adivinar que ya se había hecho de día. Me estiré, el contacto con las sedosas sábanas casi me hizo gemir de placer. Unas sábanas que olían divinamente. Pero no a esa fragancia familiar del suavizante a lavanda que utilizábamos Olivia y yo. No, se trataba de un olor más almizclado, más viril, más masculino, de hecho.

¿Masculino?

Me incorporé de golpe y observé rápidamente la habitación. ¡No era la mía! Las sábanas tan suaves eran negras, la decoración no tenía nada de femenina. ¿Pero dónde estaba? Un rápido vistazo a mi vestuario me advirtió que estaba en ropa interior. La buena noticia es que me encontraba sola en la cama. ¿Qué hacía en la habitación de un desconocido en paños menores? Evoqué la noche pasada, estaba segura de no haber bebido tanto como para eso. Incluso recordaba haber ayudado a Vincent a recoger…

Y haberme sentido muy cansada…

¿Me había quedado dormida en el sofá?

Salté de la cama y me acerqué a la ventana para descorrer la cortina y examinar el entorno. Pude confirmar que me encontraba en casa de Vincent, desde cuya ventana distinguí la de mi propia habitación al otro lado del patio, lo que reforzaba mis dudas: ¿qué estaba haciendo en la habitación de Vincent en ropa interior?

Dos suaves golpes sonaron en la puerta.

—¡Un segundo, por favor! —chillé por miedo a que entrara y me encontrara prácticamente como Dios me trajo al mundo.

Busqué con la mirada mi vestido, pero no encontré rastro de él. Solo me quedaba la opción de husmear en su armario y ponerme lo primero que encontrara, pero no tenía tiempo. Me enrosqué en la sábana negra y la arranqué de la cama, no sin dificultad, pues el colchón era terriblemente pesado. Me envolví en ella, improvisando así un traje que caía hasta el suelo con una larga cola.

—Ya puedes entrar —anuncié.

Vincent abrió la puerta y de pronto me costó respirar. Llevaba puesto un sencillo pantalón vaquero raído que se asentaba seductoramente en sus caderas y del que asomaba el elástico de lo que debía ser un calzoncillo negro. Y tenía el torso desnudo. Sus cabellos alborotados y su tatuaje sobre el pectoral izquierdo le daban aspecto de chico malo.

—Bonita toga —se divirtió señalando mi atuendo con un gesto del mentón.

—Gracias. Siempre he sentido debilidad por las tradiciones de la Grecia antigua —ironicé consciente de mi ridículo aspecto.

Me tendió una taza de café y apreté un extremo de la sábana bajo mi brazo para poder asirla, un gesto que le hizo sonreír de forma encantadora.

—Vincent, ¿podrías explicarme por qué estoy en tu habitación, con un atuendo… digamos ligero?

—¿No te acuerdas de nada? —me preguntó acercándose.

Retrocedí instintivamente, pero mis piernas se toparon con el borde de la cama.

—Bueno… Me acuerdo de haberte ayudado a recoger.

—¿Y?

Avanzó acercándose todavía más.

Demasiado cerca.

—Me senté en el sofá.

—¿Y?

Sentí su aliento en la piel desnuda de mis hombros.

—¿No habremos…?

—¿No habremos qué, Cassandra?

Su sonrisa se ensanchó, de forma casi diabólica, como la del gato de Cheshire.

—Quiero decir que tú y yo, ¿no habremos hecho…?

—¿Sabes una cosa, Cassandra? Si tú y yo hubiéramos hecho algo más que dormir en esta cama, te acordarías.

—Estás muy seguro de ti mismo.

—Me lo tomaré como un cumplido.

Retrocedió ligeramente y sentí que me invadían sentimientos contradictorios. Cierto, por un lado, estaba apenada por la pérdida de esa proximidad, si bien esa pérdida me permitía, o eso me pareció, reflexionar sin tanta dificultad.

—¡Pero eso no explica cómo he acabado en tu cama!

—Te quedaste dormida como un tronco en el sofá. No tuve valor para despertarte y por eso te traje a mi cama.

—¿Quién me desvistió?

—Yo. Por cierto, muy bonita tu ropa interior, si me permites decírtelo.

La sonrisa guasona que me dedicó al contestar me dio ganas de lanzarle mi taza de café a la cara, pero estaba demasiado angustiada como para encadenar el gesto a mi pensamiento. Y más aún cuando para hacerlo habría tenido que soltar mi improvisada toga.

—Para tu información, es la primera vez que desvisto a una mujer que ni siquiera se digna despertarse.

—Lamento haber ofendido tu ego.

—Mi orgullo se recuperará. Ahora sé que no solo los niños son capaces de semejante proeza.

—¡Eh! ¡Yo no soy una chiquilla!

—Estas lejos de ser una chiquilla, Cassandra —afirmó—. Y no he necesitado desvestirte para darme cuenta.

Con esa simple frase, la tensión latente unos minutos antes reapareció. Sus ojos adquirieron un matiz verde profundo. Redujo la distancia entre nosotros. Mi mirada se posó en el tatuaje de tinta negra que se extendía sobre su pectoral. Ya lo había visto durante la excursión al lago, pero no con tanta claridad ni tan de cerca. Sentí ganas de seguir su contorno con la yema de mis dedos.

—Una rosa sin espinas —observé.

—Créeme, la representación está idealizada, imagino que será peor cuando crezca.

—No hay que pensar que las rosas tienen espinas, sino más bien que son los matorrales de espinas los que están coronados de rosas.

—Desde luego. Conozco a una bella Rose que no está precisamente desprovista de espinas…

Una clara alusión a mi segundo nombre que no supe cómo interpretar.

Pero si sus palabras no estaban claras, sus gestos hablaban por sí solos. Su índice se posó en la base de mi cuello y descendió lascivamente a lo largo de mi clavícula en dirección a mi hombro. Un escalofrío me recorrió de arriba abajo. Aún sostenía la taza de café mientras mi otro brazo bloqueaba la tela de mi famosa toga y, así inmovilizada frente a él, sufrí esa dulce tortura. Inclinó ligeramente su rostro hacia mí. Sus labios se acercaron lentamente, acortando poco a poco los milímetros que los separaban de los míos. Mi corazón se aceleró, estaba petrificada. ¿Iba a besarme?

—¡Papá! ¿Dónde estás?

Aquella vocecita, a pesar de ser tan familiar, nos sorprendió a los dos. Vincent se apartó de mí como si de pronto se hubiese quemado y, al dar yo un respingo, me eché el café encima. Dejé la taza y tuve el tiempo justo para darme la vuelta y ver aparecer a la pequeña Rose lanzándose a los brazos de su padre.

Si no me hubiera sentido tan avergonzada por la situación, a saber, encontrarme medio desnuda en la habitación de su padre apenas vestido, habría podido extasiarme ante esa escena tan conmovedora del padre sexi que estrecha a su adorable hija entre sus brazos, pero en lugar de eso me pregunté si no estaría a tiempo de ocultarme disimuladamente bajo la sábana, cubriéndome al estilo burka, para que ella no me reconociera.

—¡Guau, Cassie! ¡Es muy bonito tu vestido de bruja! ¡Pareces la malvada de *La bella durmiente*! —precisó ella.

Con mis cabellos revueltos y el maquillaje que debía de haberse corrido (dudaba que Vincent se hubiese tomado la molestia de desmaquillarme al acostarme), no debía andar muy lejos.

—¿Has dormido en la cama de papá? —preguntó ella de pronto.

Sentí la vergüenza marcada en mi rostro. No sabía cuál sería la respuesta más apropiada y le lancé una silenciosa mirada de socorro a Vincent.

—Papá ha dejado su cama a Cassandra porque estaba muy cansada y él ha dormido en el sofá.

Allí estaba la respuesta a mi pregunta de dónde había pasado él la noche. Siempre, claro, que no estuviera mintiendo a su hija.

—¿Te sentías tan cansada como *La bella durmiente*?

—¡Anda, mira dónde estaba *La bella durmiente*! —exclamó una voz por detrás.

Comprendí que Rose había dormido en casa de su abuela y que no había regresado sola a casa de Vincent. Obviamente era Olivia quien la había traído.

—¿Has dormido bien, Bella? —me preguntó—. ¡Qué pena que Vincent solo consiguiera llevarte hasta su cama y no hasta la tuya!

Vincent y yo le lanzamos una mirada feroz.

—Pesa mucho —afirmó Rose.

Adoro a los niños.

—Rose, cariño, vete a la cocina, aún queda un poco de tarta —dijo Vincent para distraerla y alejar a su hija de allí.

El cebo funcionó de maravilla porque la pequeña abandonó la habitación sin preguntar nada más.

—¿Acaso te ha despertado el beso del príncipe? —ironizó Olivia.

—Vincent ha dormido en el sofá —me justifiqué.

—¡Olivia, ya basta! Cassandra estaba agotada, se quedó dormida en el sofá y la traje a mi habitación. No hay nada más que añadir.

—Sí, claro. Y por eso está en ropa interior, enroscada entre tus sábanas. La última vez, regresó con tus trapos. A vosotros dos os da por unos juegos muy raros.

Se dio la vuelta y, como si fuéramos dos adolescentes sorprendidos en flagrante delito, declaró:

—Tenéis derecho a divertiros. ¡Pero no olvidéis protegeros!

Unos días después del cumpleaños de Olivia, mi situación podía resumirse del modo siguiente:

Christelle me ponía mala cara y me fusilaba con la mirada desde el instante que tenía la desgracia de entrar en su campo de visión.

Damien me odiaba porque su novia estaba de morros con él.

Olivia estaba convencida de que me estaba acostando con su primo.

Rose le contó a su abuela que me había encontrado en la habitación de su padre por la mañana, información que se propagó como una nube de polvo entre la familia. Nadie me habló directamente del tema, pero sorprendí numerosas miradas curiosas.

En cuanto a Vincent… Después de esa famosa velada, tuve que recurrir a mi técnica preferida frente a la adversidad: el camuflaje. A saber, pasarme el tiempo evitando situaciones en las que pudiera encontrarme en su presencia, sobre todo si eso implicaba que estuviéramos solos.

¿Por qué? Sin duda porque era una cobarde, pero, sobre todo, porque no sabía bien qué pensar de todo aquello. Durante nuestra última confrontación, que llamaremos «el episodio del dormitorio», creo que me había mostrado muy claramente que yo no le era indiferente. Por mi parte, debía admitir que, si bien nuestros comienzos habían sido un tanto caóticos, tampoco yo era insensible a sus encantos. Conclusión: nos gustábamos.

En circunstancias normales, ese resultado me habría dado alas y habría atravesado el patio para llamar a su puerta y abalanzarme a su cuello en cuanto la hubiese abierto.

Sin embargo, mi experiencia con Damien me había dejado un tanto escarmentada y creí que sería mejor reflexionar antes de actuar. Y hacerlo sobre muchos aspectos.

Para empezar, Vincent se había mostrado mucho más simpático conmigo desde hacía algún tiempo, pero no debía olvidar que también podía ser ese hombre arisco que me había hecho revisar los criterios de clasificación de mi famosa escala del fastidio. Sospechaba que su cambio de humor estaba en parte relacionado con la presencia de su hija a su lado.

Su hija, precisamente, era el segundo punto que considerar. Rose era una niña de padres separados y acababa de empezar a vivir con su papá. Aún tenían que encontrar su sitio y no era el momento para que alguien apareciera a turbar su frágil equilibrio.

Lo que nos llevaba forzosamente al tercer punto. Yo me marcharía del Luberon en unos diez meses. Me había lanzado a una relación con Damien sin reflexionar demasiado en ese sentido, pero sin duda me había decidido porque no presagiaba nada serio. Con Vincent, no podía actuar de la misma manera, especialmente a causa del segundo punto, su pequeña Rose sin espinas.

No cabía esperar nada entre nosotros, pero, como mi terco cerebro no dejaba de rememorar «el episodio del dormitorio», me vi obligada a cuestionar cada uno de esos puntos, mientras maquinaba soluciones desastrosas que descartaba unos minutos más tarde.

Así que ahí estaba, podría decirse que… reflexionando.

Pasé mucho tiempo reflexionando. En el trabajo, delante de la televisión, en mi cama, en el coche.

Era bueno reflexionar. Así tenía la impresión de no estar tomando una decisión de la que me arrepentiría. Había decidido continuar reflexionando tanto tiempo como fuera necesario.

Pero Vincent no compartía esa opinión.

Como todas las mañanas, bajé al patio para dirigirme a mi coche.

Como todas las mañanas, giré la llave de contacto esperando oír el dulce ronroneo del motor.

Pero esa mañana precisamente, no sonó. *Nada.*

Probé muchas veces. No había nada que hacer, mi coche no quería arrancar.

¿Qué podía hacer?

¿Decidirme a tomar el transporte público? ¡Imposible! Tenía una reunión importante en una hora y corría el riesgo de perdérmela.

¿Llamar a algún compañero para que pasara a recogerme? Olivia ya se había marchado y no se me ocurría a quién podría molestar a esas horas. De todas formas, eso tampoco resolvería mi problema principal: mi coche seguiría averiado al regresar esa tarde.

No me quedaba más que una solución, llamar a casa de mi sexi vecino que, por pura casualidad, era mecánico, pero eso implicaba verlo.

Diciéndome que se trataba de un caso de fuerza mayor y que allí, hurgando en el motor de mi coche, no sería la mejor ocasión de abalanzarnos el uno sobre el otro, fui a llamar a su puerta.

—¡Pasa! —me gritó a través de la puerta.

Obedecí y entré. Lo encontré en la cocina haciendo café.

—¡Siéntate! —me indicó señalándome una silla delante de la cual depositó una taza.

—No vengo para hacerte una visita de cortesía sino más bien para pedirte un pequeño favor.

—Lo sé.

Lo contemplé asombrada: debía de haberme visto por la ventana intentando arrancar mi coche.

—Mi coche está averiado —indiqué de todas formas.

—No está averiado, es el cable de la batería que está desconectado.

—¿Eh? ¿Cómo? ¿Cómo puedes saberlo sin haberle echado un vistazo?

—Lo sé porque he sido yo quien lo ha soltado —me anunció con la mayor serenidad del mundo dando un sorbito a su café.

Me levanté de golpe.

—¿Que tú lo has desconectado?

Se acercó a mí con una media sonrisa en los labios, un gesto que tuvo el don de exasperarme aún más.

—Siéntate, Cassandra.

—Me sentaré si quiero, no me des órdenes. ¡Y no pienso hacerlo hasta que me hayas explicado por qué has decidido fastidiarme la mañana haciendo que llegue tarde al trabajo!

Sopló indolentemente sobre su taza de café, como si tuviera todo el tiempo del mundo por delante. Sentí que me hervía la sangre.

—Lo he hecho para que vinieras a verme —me anunció sin pestañear.

—¿Para que viniera a verte? ¿Y sueles hacer eso de simular una avería en el coche de tus amigos cuando tienes ganas de que vengan a verte? ¿No conoces los medios tradicionales como, yo que sé, ir a llamar a mi puerta o, por ejemplo, el teléfono, ya sabes esa fabulosa invención que permite a la gente hablar y...?

No pude pronunciar una palabra más: Vincent hizo que me fuera imposible. Mientras yo hablaba furiosa contra él y desfogaba mi rabia a ritmo de metralleta, me besó.

Pero no me besó delicada ni tímidamente. Me dio un beso apasionado, un beso que estuvo a la altura de mi frustración. Y esta desapareció en un abrir y cerrar de ojos. Al parecer, la sola sensación de la suavidad de sus labios en los míos bastó para cortocircuitar mi cerebro y hacer que me abandonara totalmente a su abrazo.

Aprovechándose de mi sorpresa, Vincent deslizo rápidamente su lengua contra la mía arrastrándola en una danza sensual. Poco a poco, me fui relajando ante su contacto, descansando lánguidamente entre sus brazos. Al cabo de unos segundos, rodeé su nuca con mis manos y se la masajeé suavemente con la punta de los dedos.

La voz de la conciencia me decía que ese beso no era una buena idea, pero mi cuerpo y mi cerebro parecían ser dos entidades incapaces de comunicarse. Sin embargo, la voz de la razón fue haciéndose cada vez más presente en mi espíritu y terminó por ganar el combate: me solté de sus brazos y me apresuré a retroceder. Vincent avanzó hacia mí.

—No, no te acerques —ordené.

Arqueó las cejas.

—¿Por qué?

—Porque cuando estás tan cerca soy incapaz de pensar.

—¿Insinúas que te turbo?

Inclinó ligeramente la cabeza a un lado observándome divertido.

—Sí. ¡No! ¡No! Pero no te acerques.

Desgraciadamente para mí, solo contemplarlo ya me turbaba. Estaba sexi como un demonio con el pelo revuelto y una camiseta ceñida que marcaba sus bíceps. Por no hablar de su sonrisilla de soslayo

—Cassandra, siéntate.

No podía decirme lo que debía haber y yo tendría que haber protestado, pero, en vez de rebelarme, obedecí. Se arrodilló frente a mí y tomó mi mano. Quise retirarla, pero me lo impidió, intimidándome con la mirada a no comenzar de nuevo.

—¿Por qué me estás evitando? —preguntó sin andarse con rodeos.

—Porque... Porque esto que acabamos de hacer —dije haciendo un gesto con el dedo entre él y yo— no está bien. No debemos dejar que suceda.

Él resopló, se pasó una mano por el pelo y me miró fijamente como si tratara de sondear el fondo de mi alma.

—Está bien, ¿y qué quieres que hagamos? ¿Qué nos evitemos sistemáticamente?

Sí, esa era una solución, pero, por más hecha que estuviera yo a ese pequeño juego, debía reconocer que me complicaría muchísimo la vida.

—No lo sé. Lo único que sé es que tengo una lista tan larga como mi brazo llena de razones por las que tú y yo deberíamos mantener las distancias. A decir verdad, no estoy segura de que un brazo baste para escribirlas todas. Tal vez necesitara también las dos piernas.

—Lo sé, créeme, yo también he hecho varias listas de razones.

Mi corazón saltó. Según estaba reconociendo, yo no era la única en haber reflexionado sobre la situación. ¿Cuáles serían sus argumentos? ¿Serían los mismos que los míos?

—Sé que no estarás aquí más que unos meses y que no quieres una relación seria.

¿Cómo estaba enterado de eso? Tendría que mantener una seria conversación con Olivia o no, mejor no. En fin, ya no sabía qué pensar. Sobre ese punto no tenía las ideas nada claras.

Él prosiguió:

—Pero, verás, también tengo un montón de buenas razones por las cuales esto debería suceder, porque desgraciadamente, no sé cómo podré fingir indiferencia durante mucho más tiempo. Sobre todo, cuando vives a diez metros de mi casa y prácticamente has sido adoptada por toda mi familia. Por otro lado, ceder a la tentación tiene su parte buena. Y podríamos simplemente tomarnos «esto» como venga. Tú me gustas, yo te gusto, somos dos adultos solteros que deciden por sí mismos, no hay que darle más vueltas.

Lo contemplé boquiabierta. Jamás habría imaginado que Vincent el taciturno mecánico sería capaz de semejante declaración. Y mucho menos por mí.

—¿Pero entonces qué es lo que quieres? —balbuceé.

Se pasó una vez más la mano por el pelo.

—¿Qué es lo que quiero? No sabría siquiera describírtelo —rio nervioso—. No puedo darle un nombre o ponerle una etiqueta, y tampoco creo que debamos hacerlo. Además —dijo imitando mi gesto—, solo nosotros podemos decidir lo que queremos hacer. Yo preferiría no etiquetarlo y tomar las cosas como vengan, día a día. Me apetece pasar tiempo contigo, besarte, hacer algo más que besarte, para ser sincero —admitió con una lujuria en los ojos que me hizo atisbar el fondo de su mente.

No le respondí y permanecimos unos instantes disfrutando del silencio mientras nos devorábamos con los ojos. Los engranajes de mi mente trabajaban a pleno rendimiento, pero tuve la impresión de encontrarme rodeada por una espesa neblina.

—Creo que deberíamos fijar algunas condiciones —sugerí finalmente.

No dijo nada, pero su mirada me confirmó que esperaba que se las detallara.

—Eh... Espero que no tengas nada contra la exclusividad, porque para mí es una cláusula no negociable.

—Exclusividad, ningún problema. Y en cuanto a Rose... —comenzó.

—Está totalmente fuera de lugar que se lo contemos —concluí—. Al menos por el momento.

Asintió y yo continué:

—Ella siempre será lo primero, lo entiendo. Dudo que Olivia sea fácil de engañar durante mucho tiempo, pero si pudiéramos mantener «esto» entre nosotros… —añadí retomando su expresión.

—Nada que objetar.

—Una última cosa. No podemos atarnos. Sabemos que en unos meses yo me marcharé y que tú te quedarás aquí, así que ninguna atadura o todo se complicará. Y si decidimos separarnos antes de mi marcha, trataremos de quedar como amigos.

Vincent me miró fijamente durante un buen rato antes de asentir en silencio. No fui capaz de interpretar esa mirada, pero lo importante era que había aceptado mi condición, ¿no?

—¿Ya puedo besarte? —preguntó.

—Solamente si me prometes salir inmediatamente después a reparar mi coche.

Septiembre

En Francia los colegios iniciaban las clases a principios de septiembre. El tipo de clientela del hotel fue cambiando lentamente. Jubilados y parejas sin hijos tomaron el relevo a las familias que escapaban por la famosa «carretera del sol». El último fin de semana de agosto se anunciaron unos treinta kilómetros de atascos. Con los radiadores y los ánimos recalentados al máximo, para los mecánicos aquella era la mejor época del año.

Todos consultaban las previsiones que ofrecía una página web llamada *«Bison futé»*, bisonte ladino, para saber cuál sería el momento más adecuado para viajar y evitar los embotellamientos. En un primer momento no entendí la idea de «sentido de salida» y «sentido de llegada», puesto que forzosamente eran muy diferentes según el lugar desde donde uno partiera y al que quisiera llegar, ¿no? Pero entonces me explicaron que se trataba del sentido de circulación de los viajeros que provenían principalmente de la Île de France, la región que engloba a París y a su zona metropolitana, mientras que nosotros, al vivir en el sur del país, debíamos interpretar la información a la inversa. Sonaba un poco extraño, pero comprendí rápidamente su lógica.

El valle se despobló de un día para otro. Las contraventanas de las segundas residencias quedaron cerradas. Las vacaciones terminaron. Las temperaturas aunque altas, ya no resultaban sofocantes. Muy pronto daría comienzo la vendimia.

Rose se preparó para empezar las clases. Ese año comenzaría el curso preparatorio. Su padre la acompañó en su primer día casi tan nervioso como ella. Olivia y yo bajamos al patio de la granja para darles ánimo antes de su partida. Mientras Olivia ayudaba a Rose a acomodarse en el coche, le dije a Vincent:

—No te preocupes, todo irá bien.

—Lo sé, es ridículo, millones de niños han hecho esto antes que ella, pero no dejo de pensar que será la nueva, la niña que no conoce a nadie. Y, además, teniendo tan lejos a su madre…

—Rose es una niña llena de recursos. Sabrá arreglárselas muy bien, pero, si su padre se angustia y se lo nota, también ella empezará a estresarse.

—¿Sabes lo que relajaría enormemente a su papá? —preguntó con una sonrisa pícara.

A la vez que me hacía la pregunta, me había arrastrado al abrigo de miradas detrás de la enorme higuera. Me robó un rápido beso y, luego, sin duda insatisfecho de ese breve intercambio, me volvió a besar por segunda vez con mucha más pasión.

—Resulta un tanto sospechoso que me arrastres detrás del árbol —le hice notar.

—Lo sé, pero la tentación era demasiado fuerte —sonrió.

Aquellos pocos días que llevábamos juntos, habíamos tenido que contentarnos con unos pocos besos robados entre las dos puertas. Por el momento, a mí me resultaba bastante excitante ese aspecto clandestino de mi relación con Vincent, pero esperaba que en breve pudiéramos encontrar más tiempo para poder pasarlo juntos y solos, si era posible.

—¿Estarás disponible esta tarde? —me preguntó.

Por un instante me henchí de esperanza al ver que mis ruegos se cumplían, pero me desinflé tan rápido como el famoso suflé de queso de Damien.

—Me gustaría invitarte a merendar con Rose y conmigo. Creo que le gustará contarte su primer día.

—Sí, por supuesto, puedo salir un poco antes —respondí algo decepcionada, pero a la vez feliz ante la idea de verlo a él y a su adorable niña.

—Perfecto. ¿Y el sábado por la tarde?

—¿Para merendar? —me sorprendí.

—No, para salir conmigo.

Tenía una sonrisa enigmática pero no me molesté en fingir estar pensándomelo.

—Sí, desde luego.

Si hubiera habido testigos de esa escena, habrían podido declarar que yo lucía la sonrisa bobalicona de una adolescente a quien el *quarterback*[12] más popular del equipo de su instituto acababa de proponer una cita.

—Genial. Ahora debo irme.

Me guiñó un ojo que desató una nube de mariposas en mi vientre. *Como una auténtica adolescente,* me dije.

Di un beso a Rose antes de despedirla con la mano cuando Vincent maniobró con el coche. Olivia me observaba con un aire que daba a entender que no podía engañarla.

Como había prometido, al final del día, me reuní con Rose y Vincent en su casa. La pequeña me saltó al cuello en cuanto entré por la puerta y, sin darme tiempo a decir palabra, empezó a contarme su primer día de cole.

Su padre se afanaba delante de la cocina, con un trapo en el hombro. No pude reprimir un suspiro de satisfacción, Vincent era la encarnación del padre sexi que cocina, pero ¿qué estaba cocinando?

El delicioso olor que emanaba de su sartén me puso sobre la pista: unos crepes.

---

12 Puesto ofensivo que ocupa un jugador en el fútbol americano.

—Hola —saludé tomando asiento en un taburete.

No quise acercarme demasiado, pues corría el riesgo de ser incapaz de controlar mis manos.

—¡Eso huele increíblemente bien!

Se volvió hacia mí y me sonrió. Sus ojos verdes relucían de felicidad y sentí ganas de abalanzarme sobre él.

—Espero que te gusten los crepes.

—¡Me encantan! ¡Pero creía que no sabías cocinar!

—Tengo algunas nociones. Y un pequeño secreto.

—¿Cuál?

—Si te lo dice, ya no será un secreto —observó Rose, ya sentada a mi lado, pataleando de impaciencia.

Vincent se acercó a la mesa y dejó un crep en el plato de su hija que se apresuró a untar de Nutella.

—La pasta de crepes ya preparada —me susurró él al oído rozándome con el borde de sus labios.

Un estremecimiento me recorrió el cuerpo, ¿quién habría imaginado que hablar de pasta de crepes industrial podría ser tan sensual?

—¿Nos acompañas de compras, Cassie? —me preguntó Rose luciendo un impresionante bigote de chocolate.

Interrogué a Vincent con la mirada.

—Tengo que ir a comprar el material escolar de Rose —declaró con un aire que dejaba bien claro que la idea de ir al supermercado no le tentaba nada.

—¡La maestra nos ha dado una lista! ¿Vienes con nosotros, Cassie? ¡Por favor!

—Sí, *Sweetheart*, encantada.

No tenía ningunas ganas de ir de compras. El supermercado y yo no éramos precisamente los mejores amigos del mundo, pero estaba dispuesta a dejar mi aversión a un lado con tal de poder arañar algunos minutos de más con Rose y Vincent.

Creía que haberme enfrentado a un supermercado atestado de gente en plena temporada estival había sido la experiencia definitiva para volverme agorafóbica, pero aún no conocía las compras de la vuelta al cole.

Nos encontramos ante estanterías abarrotadas, donde las mamás al borde de un ataque de nervios trataban de razonar con el más pequeño de sus retoños encaprichado por los colores de los cuadernos, mientras le explicaban al mayor que no, que no podían comprarse la agenda más cara.

—Una caja de diez rotuladores —leyó Vincent en la lista.

Me deslicé entre dos carritos para atrapar una caja con doce rotuladores y meterla en el nuestro.

—La maestra ha pedido una caja con diez rotuladores, no doce —insistió Rose.

—Yo creo que si tienes dos más no será muy grave —le respondió Vincent.

—Esa no es la que ha pedido, papá —protestó la pequeña alzando los ojos al cielo—. Yo quiero una caja de diez rotuladores, como ha pedido la maestra.

Vincent me lanzó una mirada desamparada.

—No quedan —anuncié encogiéndome de hombros.

—¡Sí, pero yo solo quiero diez!

—Hay de seis o de doce, Rose, así que tendrás doce —afirmó resuelto Vincent con la idea de cortar de raíz la discusión.

—No sirve de nada comprarme doce, porque solo necesito diez.

Rose cruzó los brazos sobre el pecho y nos lanzó una mirada seria. No había duda, aquella pequeña cuando se enojaba era digna hija de su padre.

—Está bien, dejarás dos en casa —sugerí.

Llegamos a un acuerdo con los rotuladores, pero la carpeta fue otra historia.

—Una carpeta azul turquesa.

La voz apagada de Vincent al enunciar el enésimo objeto de la lista me indicó que estaba visiblemente fatigado.

¿Azul turquesa? ¿En serio? ¿Y por qué no verde agua ya que estábamos? ¿Realmente la maestra había pedido eso?

—Creo que no hay. Nos quedaremos con una azul oscuro.

—¡No, la maestra ha dicho azul turquesa!

—Rose, no quedan —aseguró Vincent.

La cara que mostraba podía clasificarse en lo más alto de la escala del fastidio.

—Yo quiero la azul turquesa, todos mis compañeros van a tener la azul turquesa y yo no, no quiero que me regañen. Ni que los niños se burlen de mí.

—No puedo inventarla —replicó Vincent desamparado cuando su hija se deshizo en lágrimas súbitamente.

La niña había despertado el peor temor de su padre: no ser aceptada entre los otros niños. Noté cómo Vincent se tensaba, sus manos aferradas al carro y los nudillos blancos. Posé una de las mías sobre ellas.

—Vamos a encontrar una solución.

Pude leer en su mirada que esperaba de corazón que pudiera salvarlo de esa terrible situación sobre el color de la carpeta. Si alguien me hubiera dicho que el color de una carpeta podría desatar un drama familiar…

Desenfundé mi móvil y, tras varias búsquedas durante las cuales Vincent trató torpemente de calmar a su hija, exclamé:

—¡Perfecto! La he encontrado en Internet. ¡Con la entrega urgente la recibiremos mañana!

—¡Genial, Cassie! ¡Eres la mejor!

Rose había recuperado su sonrisa y se secaba las lágrimas.

—Si pudiera te besaría ahora mismo delante de todo el mundo —murmuró Vincent en mi oído.

¡Y, tachán, ahí estaba de nuevo la nube de mariposas!

¿Quién habría imaginado que las compras de material escolar pudieran enardecer hasta ese punto?

Y llegó el sábado por la noche. Habíamos elaborado una estratagema digna de los mejores espías para encontrarnos con la mayor discreción o casi…

Estaba prácticamente segura de que Olivia no se había tragado ni una sola palabra de mi excusa de tener que terminar un trabajo urgente. Vincent le había pedido a su madre que cuidara de Rose esa noche, anunciando que tenía una cita. Simplemente había omitido decir que era conmigo. Mireille, demasiado feliz al ver que su hijo hacía esfuerzos por tener una vida amorosa, no le hizo demasiadas preguntas. Como yo debía pasarme por el despacho para dar credibilidad a mi coartada, Vincent me había propuesto encontrarnos en el hotel. Olivia seguro que preguntaría si efectivamente me habían visto por allí.

A las ocho en punto, como habíamos previsto, la moto de Vincent aparcó delante del hotel. La atisbé desde la ventana de mi despacho. Aún no había apagado el contacto cuando atrapé mi bolso y me precipité por el pasillo. De camino al vestíbulo, me crucé con Damien.

—Ah, Cassie, me vienes caída del cielo. Querría ver contigo…

—¡El lunes! —le corté—. Hablaremos el lunes.

Como arqueó una ceja, creí oportuno aclarar las razones de mi precipitación.

—Tengo una cita.

En cuanto lo dije, recordé de pronto que habíamos acordado no hablar de nuestra relación. Y menos aún a mi ex, jefe de Olivia y novio de Christelle, la marisabidilla.

Su rostro se iluminó con una sonrisa benevolente.

—Que pases una feliz velada entonces.

Apenas había dado dos pasos cuando me volví hacia él.

—Si esto pudiera quedar entre nosotros —comencé.

—Seré una tumba.

Se lo agradecí con un gesto de la cabeza.

—Y saluda a Vincent de mi parte—añadió.

Abrí la boca para replicar y luego decidí que no valía la pena. No obstante, me sentí aliviada al comprobar que podíamos, a pesar de nuestro pasado común y el episodio del cumpleaños de Olivia, tener una conversación cordial. Me reuní con Vincent con el corazón ligero.

Encaramado en su bólido, con su vaquero y su chaqueta de cuero estaba impresionante. Se enderezó cuando me vio llegar.

—¿Tengo derecho a quitarme el casco y besarte fogosamente o debo esperar a más tarde? —me preguntó.

—Espera un poco más, aquí las paredes tienen ojos y oídos.

Me tendió un casco y me ayudó a ponérmelo. Eso me recordó el episodio del kayak en el lago. A continuación, ocupé mi sitio pasando mis brazos alrededor de su vientre. El solo contacto a través de nuestras gruesas cazadoras me provocó una descarga eléctrica. Percibí el olor a cuero, a jabón y aire limpio.

La velada fue sencilla pero encantadora. Estuvimos cenando en un pequeño restaurante que ofrecía hamburguesas caseras. Ese detalle me conmovió. Hacía algunas semanas yo había comentado que mataría por una buena hamburguesa y él se había acordado de aquello. Según Vincent, aquel era el mejor sitio de toda la región para comerlas. Yo no echaba especialmente de menos las tradiciones culinarias de mi país, ¿cómo habría podido hacerlo viviendo en el paraíso de la gastronomía por excelencia?, pero una buena y jugosa hamburguesa de vez en cuando era para mí una incontestable fuente de felicidad.

—¿Echas de menos los Estados Unidos? —me preguntó mientras yo daba un mordisco y reprimía un gemido de satisfacción al contacto con la carne tierna.

Dejé pasar unos instantes para meditar la respuesta, pero también porque tenía la boca llena y era muy consciente de no estar demasiado sexi masticando esa enorme hamburguesa.

—No especialmente.

Yo misma me sorprendí de mi respuesta.

—En realidad, creo que echo de menos a mis padres y también a algunos amigos a los que, desde hace muchos años, por estar siempre viajando, no veo demasiado, pero no añoro la vida en los Estados Unidos en sí misma.

Estoy bien aquí.

No lo dije en alto, pero ese pensamiento me impactó. Había encontrado un equilibrio en esa región, amigos, una segunda familia. Me gustaba mi trabajo, me gustaba vivir en la granja. Me gustaban los paisajes del Luberon, la tranquilidad del campo sabiendo que teníamos pequeñas poblaciones bastante cerca. Me gustaban sus gentes, su forma de tomarse la vida tal y como venía. Si bien muchos de ellos me habían parecido fríos al principio, había comprendido que, ganada su confianza, su amistad era un preciado regalo. No eran dados a teatrales demostraciones de amistad, nada de «abrazos» envolventes. Todo era más púdico, pero también más sincero.

Cuando emergí de mis reflexiones, advertí que Vincent me estaba observando. Parecía querer leer mi interior. Como no estaba segura de desear que descubriera el fondo de mi mente, traté de distraerlo:

—¿Crees que podríamos tomar un postre?

Al salir del restaurante, decidimos ir al cine. Me gustaba lo espontáneo de la velada. No había nada demasiado planificado, nos podíamos entregar simplemente al placer de disfrutar el uno del otro.

No vimos gran cosa de la película. Nos pasamos prácticamente las dos horas de la sesión achuchándonos como dos adolescentes.

Creo recordar que en la película hacía frío. Era una historia sobre una tempestad de nieve y los actores llevaban ropa de invierno. Todo aquello contrastaba exageradamente con el ardor que recorría todo mi cuerpo.

Terminada la sesión, abandonamos la sala por una puertecita que daba a la callejuela trasera del cine. Fuimos los últimos en salir, pues esperamos hasta el final de los títulos de crédito para levantarnos y no porque tuviéramos ningún interés en leerlos, sino más bien porque nos costó mucho despegarnos el uno del otro.

De hecho, en cuanto franqueamos la pesada puerta metálica, Vincent me placó contra el muro adyacente. Mi cabeza golpeó el hormigón, pero me trajo sin cuidado. Él podía empujarme contra todos los muros que quisiera sí era para besarme de ese modo. Ya habíamos pasado a la siguiente fase, y su beso era el de un hombre experimentado. Un hombre que sabía exactamente qué hacer para hacerme olvidar hasta mi nombre. Sus manos estaban por todas partes, acariciando, cosquilleando, jugando con mi cuerpo por encima de mi ropa como si conociera la partitura de memoria.

—Tengo ganas de ti —me susurró al oído.

Y yo también.

No me cabía ninguna duda sobre su deseo, pero que lo expresara sin complejos me excitó todavía más. No contesté, pero me apreté un poco más a él.

—Aquí no —añadió.

No pensaba contradecirlo. Ese triste callejón no era un buen lugar y más sabiendo que podíamos ser sorprendidos en cualquier momento. No me apetecía nada conocer los calabozos franceses por haber atentado contra el pudor. Y ni siquiera estaba segura de que pudiéramos salir bajo fianza como sucedía en mi país.

—¿Vienes a mi casa? —me preguntó entre dos besos.

Como tú quieras.

La débil luz de la farola me permitió al menos vislumbrar sus pupilas dilatadas y su respiración agitada. Supuse que yo debía de estar en un estado similar, con el pelo alborotado y los labios hinchados.

—Mi coche aún sigue en el hotel —recordé.

Me sentí culpable por sacar a relucir la logística en ese preciso momento, pero, con la idea de no dejarme pillar por Olivia, se me había ocurrido una alternativa.

—Llévame al hotel, tengo algo que proponerte.

El trayecto de vuelta me pareció el doble de largo que el de ida. Bullía de impaciencia por arrancarle toda la ropa y que él hiciese lo mismo con la mía. Y no necesariamente en ese orden.

—Sígueme —le dije una vez que llegamos al hotel.

La iluminación del vestíbulo ya era más tenue y solo Jean, el vigilante nocturno, se encontraba detrás del mostrador de recepción. Lo saludé con un gesto de la cabeza.

—Buenas noches, señorita Harper.

Esperaba que fuese el único testigo de nuestra llegada. Jean no era excesivamente hablador, por lo que no iría con el cuento a los otros empleados.

Nos dirigimos hacia mi despacho. Necesitaba recuperar mi pase del cajón.

—¿Qué hacemos aquí?

—Asignarnos una habitación.

Tecleé en el sistema de reservas para comprobar la disponibilidad de las habitaciones y encontrar un terreno de juego para las horas venideras.

—¿Es así de fácil? —Se sorprendió.

—Alguna ventaja tenía que tener este oficio. Puedo ocupar una habitación por haber trabajado hasta tarde.

—¿Y no te harán preguntas?

—Supongo que si lo hiciera regularmente tendría que rendir cuentas, pero como no suelo abusar…

Ahí estaba, había encontrado lo que buscaba. Rellené los datos que solicitaba el sistema e hice una seña a Vincent para salir. Puse mucho cuidado en no tocarlo, dejando incluso una ligera distancia entre los dos.

—Si quiere seguirme, lo llevaré a su habitación, señor Bonifaci.

Vincent arqueó divertido una ceja y siguió mis pasos.

Una vez abierta la puerta, me aparté para dejarlo entrar primero y para evitar sus manos largas y, después, la cerré detrás de nosotros. Me dispuse a enseñarle la habitación como una empleada modelo habría hecho sin olvidar soltarle el breve discurso que conocía de memoria pues precisamente era yo quien lo había redactado. Le mostré cómo funcionaba el aire acondicionado, le enseñé el mini-bar, le expliqué cómo encender la televisión, le recité los horarios de desayuno… Estaba segura de que no estaba escuchando una sola palabra de mi discurso. Durante todo ese tiempo, sus ojos permanecieron clavados en mí desnudándome con la mirada. Había comprendido que todo ese pequeño teatro solo estaba destinado a frustrarlo un poco más. Cada vez que se acercaba demasiado, yo me las ingeniaba para deslizarme al otro lado de la habitación.

Terminé la visita con el cuarto de baño.

—Y aquí está el cuarto de baño y el *jacuzzi*.

Había dejado aquella sorpresa para el final de la visita.

—¿Le satisface su habitación? —pregunté siempre en mi papel de empleada perfecta del establecimiento.

—La habitación es lo de menos, es la guía la que me interesa —respondió con un tono ronco que me hizo estremecer.

Esa vez sí dejé que se acercara. Me apartó la melena del hombro y deslizó su dedo a lo largo de mi cuello y mi clavícula. Mi escotada blusa hacía que la mayor parte quedara al descubierto.

—No me has explicado cómo funciona el *jacuzzi*.

—Pensaba hacerte una demostración.

A la vista del destello que atravesó su mirada, supe que mi sugerencia debió de complacerlo.

Lo encendí al instante y me volví para mirarlo.

Él me besó suavemente hundiendo las manos en mi pelo. Una se deslizó por mi nuca y la acarició con la yema del pulgar. En un primer momento me aferré al bajo de su camiseta, pero necesitaba más, quería sentirlo, así que deslicé una mano bajo la tela remontando a lo largo de sus músculos abdominales que se contrajeron. Su boca recorrió la línea de mi mandíbula y descendió hasta mi cuello. Una de sus manos atacó los botones de mi blusita desabrochándolos a una velocidad impresionante. La abrió y deslizó su palma callosa sobre la cúspide de mi seno. La sensación era divina.

Metió un dedo bajo el encaje de mi sujetador y por un instante se me cortó la respiración. Sin embargo me rehíce y ataqué su camiseta haciéndola desaparecer en menos de un segundo. Ya había visto su torso desnudo, pero no pude evitar examinarlo una vez más.

—¿Te gusta la vista? —inquirió.

No quise responder a su provocación para mostrarle que no me dejaría vencer tan fácilmente. Me apoderé de la hebilla de su cinturón y lo hice saltar rápidamente. A eso le siguieron los botones de sus vaqueros, tras lo cual tiré hacia abajo del pantalón del que se deshizo rápidamente.

Vincent ya solo llevaba su calzoncillo negro y yo seguía prácticamente vestida. Estaba ansiosa por quitárselo y descubrir lo que había debajo.

Oímos tres golpes en la puerta.

—¿Esperas a alguien?

—No, debe de ser un error. Bésame —ordené.

Los tres golpes se repitieron, pero esta vez oímos:

—¡Servicio de habitaciones!

Vincent me interrogó con la mirada y, luego, al ver que no me movía, comentó:

—Por razones evidentes, no voy a poder abrir la puerta.

Hizo un gesto con el mentón señalando la erección que deformaba el tejido de su calzoncillo.

—A menos que el lunes quieras ser el centro de los comentarios ante la máquina de café.

—Eso nunca, quédate aquí.

Me abotoné rápidamente la blusa saliendo a la habitación principal para ir a abrir la puerta.

Reconocí inmediatamente al empleado del servicio de habitaciones y vi que me esperaba en el pasillo con un carrito sobre el que estaba dispuesta una cubitera con una botella de champán y dos copas.

—Buenas noches, señorita Harper.

Su mirada se posó en mi blusa y caí en la cuenta de que me había equivocado al abrocharme.

Genial. Pensaría que era una inútil incapaz de vestirse correctamente o supondría que estaba haciendo lo que estaba haciendo.

—No he pedido nada —protesté.

—Se trata de un regalo de la señorita Allard, ha llamado hace unos minutos —me anunció haciendo rodar el carrito por la habitación—. Con sus mejores deseos —añadió.

Había una tarjeta en la bandeja. La leí.

¡Que os divirtáis mucho los dos! Sed puntuales mañana a mediodía o si no Mamée se enfadará.

Postdata: Haz desaparecer los condones de la papelera, si no, las señoras de la limpieza sabrán exactamente en qué has estado ocupada esta noche.

Iba a matar a mi compañera. Nunca jamás volvería a enviarle un mensaje de texto para anunciarle que no dormiría en casa.

Al día siguiente, conseguí refrenar por fin mis deseos de asesinar a Olivia. Me contenté con echarle la bronca por haber dictado semejante mensaje a un empleado del servicio de habitaciones, pero acabé reconociendo que la botella de champán había sido una idea maravillosa para disfrutar del *jacuzzi*.

—Ninoninonino —gritó ella tapándose las orejas—. No quiero por nada del mundo escuchar lo que hacías en el *jacuzzi* con mi primo.

Me reí de su gesto de disgusto.

—¡Te vas a sentir superfrustrada! Tú, a la que tanto le gusta saber y hacer preguntas sobre mi vida sexual, ahora no vas a poder saber nada.

—¡Oye! Te recuerdo que tu vida sexual se había reducido a nada en estos últimos tiempos. ¡No tenía gran cosa a la que hincarle el diente! Así que no va a cambiar mucho con respecto a lo habitual.

—¡Ese es un golpe bajo! —refunfuñé.

—No gruñas tanto, Cassie, lo esencial es que vuelves a estar en activo. Y, bien, ¿te divertiste anoche? Por favor, dime que se desenvuelve mejor que… quien ya sabes. ¡No! No, mejor no me digas nada. No quiero saberlo.

—Me divertí muchísimo —afirmé sin el menor problema.

—Borra ese aire cándido de tu rostro, chorreas más que un pastel a pleno sol —gruñó.

Me resultaba imposible obedecer a Olivia, me sentía incapaz de retirar la sonrisa de mi cara. Sí, me había divertido muchísimo esa noche. Ya fuera en el *jacuzzi* o en la cama, Vincent se había esmerado durante horas en mostrarme sus numerosos talentos. ¡Esa mañana yo estaba extenuada, pero qué agotamiento tan delicioso! Solo esperaba que la próxima ocasión no se hiciera esperar demasiado.

—Cassie, ¿puedo hacerte una pregunta?

Olivia me hizo salir de mi ensoñación.

—Sí, claro.

—Lo de Vincent y tú, ¿qué es exactamente? ¿Un rollo de una noche? ¿El principio de una relación de pareja?

¿Cómo podía responder a esa pregunta cuando nosotros mismos habíamos decidido no pensar en ello?

Dejé pasar varios segundos, pero, frente a la intensidad de su mirada que me conminaba a que le ofreciera alguna explicación, dije:

—No lo sé.

Olivia frunció el ceño, con gesto contrariado, pero por una vez no se apresuró a darme su opinión.

—No lo sé, Olivia —repetí—. No tenemos nada previsto. Solo llevamos juntos unos días, no queremos hacernos castillos en el aire.

—¿Eres consciente de que te irás en unos meses?

—¿Acaso crees que no lo sé? —me irrité.

—¿Y si te encariñas?

—Eso no sucederá.

—Te veo muy segura. ¿Y Rose, has pensado en ella?

—¡Pero bueno, Olivia! ¿Acaso crees que no he pensado en todo? ¿Crees qué los dos no lo hemos pensado? Sé que no tenemos futuro, pero si mal no recuerdo había una chica que me decía hace pocas semanas que esa no era una razón para no pasárselo bien. La misma chica que nos hizo llegar una botella de champán ayer mismo.

—¿Y si de aquí a unos meses aún seguís juntos y él te pide que te quedes, tú lo harías?

Parecía decidida a hundir hasta mis últimas defensas. Su mirada era seria y penetrante.

—No —respondí con menos aplomo del que hubiera querido—. No quiero abandonar mi sueño.

—¡Entonces rompe ahora mismo y conténtate con ser su amiga! O estaréis abocados a la catástrofe. Si alguno de los dos se enamora, si os enamoráis los dos, no puedes ni imaginar lo mucho que sufriréis.

—Nos hemos prometido no atarnos.

—¿Acaso crees que eso es algo que uno puede decidir? El amor verdadero no llega más que una vez y, créeme, más vale pasar de largo que haberlo conocido y no poder vivirlo.

Intuí que había una historia detrás de todo aquello, pero, cegada por mi rabia, le respondí con lo primero que me vino a la mente:

—¿Y tú qué sabes? ¡La reina del veinticuatro horas y ahí te quedas! Tú eres sin duda la prueba viviente de que es posible no atarse nunca.

Comprendí que me había excedido cuando vi sus ojos brillar bajo las lágrimas que trataba de contener. No respondió a mi acusación y se dio la vuelta para dirigirse a su habitación, pero se volvió para decirme:

—Solo te estaba dando un consejo porque me preocupo por ti, Cassie, y también por Vincent. Los dos sois adultos, así que se supone que sabréis tomar la mejor decisión o eso espero. Si termino teniendo razón, ojalá no, me abstendré de decirte «Ya te había avisado», pero las dos sabremos que te lo advertí.

Y cerró la puerta tras ella.

Decir que pasé una mala noche sería un eufemismo. Era mi primera discusión con Olivia y lo que más me alteraba es que en el fondo sabía que tenía razón. Por ese motivo evité a Vincent durante algunos días. Respondía de forma sucinta a sus mensajes y no me pasaba por su casa al volver del trabajo por la tarde.

Como Vincent no era de los hombres que se dejan arrinconar sin explicaciones, un día a primera hora de la tarde se plantó en mi despacho.

Cruzó la puerta y la cerró suavemente tras él, lo que atrajo mi atención. Me asombré al verlo en mi despacho sin que me hubiesen informado de su llegada, pero al instante me olvidé de aquello. Tenía un aspecto deliciosamente comestible y avanzaba con aire de conquistador, sin embargo no rodeó mi escritorio para besarme. Se sentó en uno de los dos sillones que tenía enfrente. Con sus vaqueros y su chaqueta de cuero de motorista, era el arquetipo del tío bueno con un punto peligroso. Mostraba un aire enfadado, de grado 5, o eso me pareció, pero yo estaba demasiado apurada como para detenerme a calcular su clasificación. Apoyó los codos sobre las rodillas y se inclinó hacia mí. Un efluvio de su perfume almizclado me alcanzó y súbitamente sentí ganas de levantarme para ir a frotarme contra él.

¿Frotarte contra él? ¡Estás desbarrando completamente, mi pobre Cassie!

—¿Qué estás haciendo aquí? —pregunté teniendo muy clara cuál era la respuesta.

Él suspiró.

—Verás, tal vez sea un juguete anticuado, pero soy de esa clase de personas que se toman bastante mal que alguien se niegue a responder a sus llamadas después de una noche, digamos, tórrida.

Me sentí enrojecer hasta la raíz del cabello. Una noche tórrida. En ese aspecto, coincidía con él, pero yo no me habría atrevido a pronunciar esas palabras.

—He respondido tus mensajes —me defendí.

—Cassandra.

Me clavó su mirada verde bosque asegurándome así que no se dejaba engañar.

—Lo que no alcanzo a comprender es cómo una chica como tú, una fiera en lo profesional, tiene una lamentable tendencia a esconder la cabeza en cuanto un problema personal asoma a la punta de su nariz.

—No me he escondido, necesitaba reflexionar.

—Estábamos de acuerdo en que el tiempo de la reflexión ya había pasado —protestó.

Cuando se levantó y rodeó el escritorio para acercarse, la imagen de una cervatilla atropellada por un camión se apoderó de mi espíritu. Agarrándome por las axilas, me levantó para que estuviera frente a él. Y, como cada vez que me tocaba, mi cerebro pareció perder el control, empecé a tartamudear:

—Yo… Yo…

No llegué a terminar la frase, pues él se fundió en mis labios. Parecía haberse convertido en una costumbre por su parte acallarme con un beso. Tendríamos que hablar seriamente sobre ello, pero no en ese momento, porque aquello era sencillamente demasiado bueno como para pararlo. Y ni siquiera con la mejor voluntad del mundo (cosa de la que estaba totalmente desprovista), habría sido capaz de resistirme.

Su apasionado beso derribó mis últimas defensas. Instantáneamente mi cuerpo comenzó a arder y se inflamó con sus caricias. Mis dedos se entrelazaron en su pelo. Sentí mi pulso latir en la nuca cuando Vincent me besó justo en ese punto. Dejé escapar un suspiro de satisfacción cuando continuó mordisqueándome el cuello, remontando hasta mi oreja, y me abandoné contra él sintiendo los latidos de su corazón a través de nuestra ropa.

Entonces, de un solo gesto, apartó de mi mesa algunos papeles, me levantó y me depositó en el centro. Yo emití un pequeño grito de sorpresa e irreflexivamente le rodeé la pelvis con mis piernas.

—¡Ten cuidado con mi bola de nieve!

Lo sé, era lamentable que en un momento así me preocupara de un objeto que sin duda habría ocupado un lugar preferente en el panteón más espantoso de recuerdos para turistas, pero a lo largo de los años había ido acumulando diversos objetos y antiguallas regalados en su mayor parte por mis amigos. Con el fin de recrear en mi despacho un pequeño rincón personalizado, siempre los llevaba conmigo, de hotel en hotel.

—Cassandra, detesto que mi novia me evite. No vuelvas a hacérmelo.

—¿Tu novia? ¿Creía que no íbamos a poner etiquetas?

—Dale el nombre que quieras, me da igual, pero tú eres mía.

En circunstancias normales, ese tipo de réplica directamente salida de un manual de saber vivir de los primeros *Homo sapiens* me habría hecho levantar la mirada al cielo, pero entonces desató una ola de calor semejante a una bocanada de delirante alegría. Cualquiera habría dicho que mi sistema hormonal estaba totalmente revolucionado.

Vincent me arrancó un nuevo grito cuando me tumbó, apoyando mi espalda contra la madera barnizada de mi escritorio, y se encaramó sobre mí sin dejarme apenas espacio para moverme. Nuestras respiraciones se fundieron y atacó de nuevo mis labios. Consiguió desabrocharme la blusa y, para abrirla, tuvo que liberar mi boca. Su respiración estaba agitada, sus pupilas dilatadas clavadas en las mías. Hábilmente me despojó de la blusa que se interponía de forma molesta y besó la parte superior de mi seno izquierdo, justo sobre mi corazón, que se aceleró adquiriendo un ritmo desenfrenado. Creí que me estallaría el pecho bajo sus latidos. Con un solo dedo, liberó mi pezón de su prisión de encaje y lo capturó con la punta de sus labios tirando suavemente hacia arriba. Yo me arqueé, gemí profundamente y me dejé arrastrar por el fulgurante deseo que me recorrió desde los tobillos hasta la raíz del pelo. Oí débilmente mi cojín antiestrés de plástico con forma de corazón caer al suelo con un «chirrido» desesperado. Su mano se apoderó de mi otro seno, la rugosa yema de sus dedos acarició ese punto tan receptivo y me provocó una deliciosa sensación. Traté de incorporarme para ocuparme de él, pero me mantenía inmovilizada entre el escritorio y su cuerpo. Sentí su erección contra mi zona sensible. Su palma apartó entonces la tela de mi falda y la levantó hasta lo más alto de mis muslos. El verano aún no había dicho su última palabra, por lo que ese día no me había puesto medias. *Mis más sentidas gracias al clima mediterráneo.* En cuanto sus dedos se deslizaron bajo el elástico de mi braguita, esta desapareció con un giro de su mano. Tenía la falda totalmente subida en las caderas y me alegré al saber que no perdería el tiempo quitándomela. Le desabroché la hebilla de su cinturón y él extrajo un envoltorio metálico de su bolsillo y lo dejó en el escritorio antes de que sus dedos remontaran suavemente mi muslo deslizándose entre los pliegues de mi sexo.

—Vincent —gemí cuando su dedo se adentró en mi intimidad y acarició con su pulgar mi clítoris.

—¡Te lo suplico, no pares!

Una sonrisa triunfal se extendió por sus labios. ¡Qué guapo estaba en ese momento! Ya no deseaba ver el rostro huraño y contrariado que mostraba hacía unos minutos. Vincent estaba arrebatador cuando sonreía.

—Eres fascinante —me susurró—. Me muero de ganas de entrar en ti.

Ese hombre tenía el don de hacer nacer en mí un fuego devastador.

No podía esperar ni un minuto más y desbroché los últimos botones que le mantenían el pantalón en las caderas. Este resbaló y entonces me preparé a atacar su ropa interior para descubrir que no llevaba. Vale, el señor había adoptado el «modo comando», como suele decirse en mi país. Le lancé una mirada inquisitiva a la que me respondió con una sonrisa pícara. Entonces le tendí el preservativo cuyo envoltorio rasgó sin apartar sus ojos de mí. Se lo puso y ante la visión de ese gesto no pude evitar humedecerme el labio inferior con la lengua.

Atrapó delicadamente mis tobillos colocándome los talones en el borde del escritorio. Me quedé totalmente expuesta frente a él, Vincent solo estaba medio desnudo, con el pantalón caído por debajo de las pantorrillas, pero no me sentí incómoda. ¡Estaba a punto de echar un polvo en mi escritorio! El lado sensato y racional de mi personalidad regresó por un instante. Esperaba que hubiese tenido la idea de echar el pestillo de la puerta. No tenía ningunas ganas de convertirme en la musa pornográfica de los establecimientos Richmond. Vincent percibió que me había distraído.

—Cassandra, mírame.

Acompañó aquella frase de una delicada caricia en mi mejilla. Cuando mi mirada se encontró con la suya verde profundo, olvidé de inmediato todas mis preocupaciones. En el momento en que Vincent se sumergió en mí con una poderosa embestida, grité su nombre.

Alcé las caderas para permitirle hundirse mejor en mi interior. Cada uno de sus empellones era una deliciosa tortura que acompañé con una letanía de «síes». Con un movimiento brusco, acalló mi boca con la suya y su lengua se coló entre mis labios hasta dominarme por completo. Mi respiración se volvió errática, estaba a punto de perder el control. Las oleadas de placer fueron haciéndose cada vez más intensas y antes de comprender que mi orgasmo estaba cerca, todo mi cuerpo estalló, haciéndome gritar de felicidad y alivio. Vincent rugió mi nombre sobre mis labios y, en un último golpe de riñones, también él alcanzó la liberación.

Octubre

Estaba enamorada. Sí, yo, Cassandra Rose Harper, la mujer que había prometido que no se ataría, se había enamorado perdidamente de Vincent, alias mi sexi vecino, alias el encantador primo de mi compañera de piso. A cada una de nuestras citas, yo acudía con un nudo de mariposas en el estómago. El simple sonido de su voz pronunciando mi nombre podía transportarme hasta el séptimo cielo. Me encantaba hablar con él, y hasta me gustaban nuestras discusiones, pues terminaban siempre con una reconciliación de lo más agradable.

En resumen, en esa temprana mañana de octubre, cuando el día apenas comenzaba a filtrarse a través de las contraventanas de la habitación de Vincent, fui consciente de estar enamorada del hombre que dormía a mi lado. Pronto llegaría el momento en que tendría que regresar a mi apartamento para no correr el riesgo de cruzarme con Rose cuando se despertara, pero, mientras tanto, mi mirada se demoró sobre el cuerpo adormilado contra el cual yo estaba enroscada.

Fue entonces cuando se oyó un disparo.

Al principio pensé en el chasquido de una rama que se hubiese quebrado o en el ruido de algún objeto pesado cayendo al suelo, pero, un instante después, una segunda y a continuación una tercera detonación resonaron. Pese a ser originaria de un país donde algunos defienden con uñas y dientes su derecho a llevar un arma, nunca me había visto en medio de un tiroteo. De hecho, me había criado en uno de los estados más restrictivos en materia de armas de fuego, pero fui capaz de reconocer el sonido característico de los disparos (gracias, Hollywood).

—¡Vincent! ¡Despierta!

Salté de la cama y me precipité a recoger la ropa que había desperdigada por el suelo.

—¡Vincent!

Un gruñido digno de un oso interrumpido en plena hibernación me respondió. Me acerqué a la cama y lo zarandeé por el hombro.

—¡Vincent! ¡Despierta! ¡Se oyen disparos!

Otra serie de tres tiros remachó mi frase. Esta vez sí, se sentó al borde de la cama, con las piernas colgando por su lado, y se frotó los ojos antes de desperezar su gran cuerpo musculoso. Lanzó una mirada al despertador.

—¿Por qué estás despierta ya? Rose no se levantará hasta dentro de por lo menos de una hora.

—¡Están disparando! ¡Habría que salir a ver qué pasa!

—¿Disparos?

—¡Sí, disparos! —me enervé—. Voy a salir a ver qué sucede.

Había terminado de ponerme el vaquero y mi camiseta y me disponía a salir de la habitación, pero Vincent no pareció ser de la misma opinión y me atrapó por la muñeca.

—¡Espera! ¿Adónde crees que vas así?

—¡A ver qué sucede! ¡No hay quien te espabile! ¡Es la quinta vez que te lo digo!

—¿Cómo que no estoy espabilado? —refunfuñó.

Tiró de mi muñeca haciéndome caer sobre la cama. Sin dejarme tiempo para replicar, me inmovilizó sobre el colchón colocando su cuerpo desnudo sobre mí. Su boca se hundió en mi cuello.

—¡No, pero no lo entiendes!

Me revolví tratando en vano de escapar de su apretón.

—¡Ha habido tiros! ¡Tal vez corramos peligro! ¡Tú eres el padre de familia, tú eres quien deberías estar fuera tratando de proteger a tu hija!

Vincent se echó a reír y yo entrecerré los ojos, no veía en absoluto qué podía ser tan gracioso en un momento así. Él me besó en la frente.

—¿Quieres que saque mi escopeta? —preguntó divertido.

—¿De verdad crees que es momento de andarte con escabrosas indirectas?

Alzó las manos en señal de disculpa.

—En lo que a mí respecta, estaba hablando en serio.

—¿Tienes una escopeta? —exclamé—. ¿Aquí en Gordes? ¡No sabía que fuera un lugar tan peligroso!

—Cariño, el único peligro que puedes encontrar aquí es un amigo de Papet aquejado de cataratas que te confunda de lejos con un jabalí. Los tiros que has oído provienen de cazadores.

—¿De cazadores?

—Sí, hace dos semanas se abrió la veda.

Suspiré aliviada tratando de aplacar la subida de adrenalina que acababa de sufrir.

—¿Y tú también cazas?

—Sí, bueno, desde que ha comenzado la temporada, no. Debo decir que cierta joven ocupa mi cama todos los domingos por la mañana y me quita las ganas de levantarme temprano para salir a rastrear por un bosque húmedo en busca de una presa.

Me lamió el cuello tratando de reemprender lo que había intentado iniciar hacía unos instantes.

—No, espera, ¿te comes lo que cazas? —exclamé.

—Pues sí, ese es de algún modo el objetivo de la caza, ¿no?

Bueno, sí, yo no era estúpida. Sabía que los filetes que comía no se habían criado en el congelador y que en su día habían sido... En fin, prefería no pensarlo, pero allí estaba, ese era el problema, no podía concebir que alguien se comiera un animal al que había visto vivo.

—Ya sé que es hipócrita por mi parte, pero creo que es un poco desagradable —dije con una mueca.

—Entonces, te aconsejo que no vayas a casa de Papet y Mamée a mediodía. Con un poco de suerte, si Papet ha atrapado alguna cosa, te arriesgas a asistir a una escena de despellejado poco recomendable para estómagos sensibles.

—*Oh, my God!* ¡No me digas que hacen eso!

Su silencio me dio la respuesta.

—Adoro a tus abuelos, pero creo que la próxima vez que me inviten a comer, no podré tragar ni un solo trozo de carne.

Recordé con un escalofrío el conejo encebollado que me habían servido la semana anterior. Sería posible que... No, prefería no pensarlo.

—Si te sirve de consuelo, la caza es sobre todo una excusa de Papet para salir con sus amigos y terminar pasando una gran parte de la mañana en el bar sin que Mamée proteste.

—No sé si debería encontrar increíblemente seductor que seas capaz de cazar tu propia comida o totalmente anticuado por imaginarte con un espantoso atuendo de camuflaje y un gorro ridículo.

—Te olvidas del chaleco naranja para evitar que te dispare alguno de los compañeros de Papet.

—¿Sales a menudo con tu abuelo?

—A decir verdad, mi padre y mi abuelo compartían la pasión por la caza. Al llegar a la adolescencia, empecé a acompañarlos y así disfrutábamos de un momento de complicidad entre hombres, pero creo que no he vuelto a ir ni una sola vez desde la muerte de mi padre.

Para ser sincera, me sentí aliviada al saber que no había demasiadas posibilidades de que un día Vincent jugara a hacer de hombre de las cavernas y me trajera para cenar un jabalí que despiezar o un faisán que desplumar. De todas formas, conociendo mis talentos culinarios, dudaba que se lo planteara.

—En vista de que ya estamos despiertos y que has insinuado que no tengo buen despertar, desearía rectificar inmediatamente tu opinión a ese respecto.

¡Pues sí! Ya que el peligro de un ataque con arma de fuego había sido definitivamente descartado, no pude evitar acceder a su petición.

—¡Cassandra, espera!

Adoraba ese pequeño ritual matinal. Cuando yo abandonaba el apartamento para irme a trabajar, Vincent, después de haber dejado a Rose en el autobús hacía unos minutos, venía a robarme un beso antes de poner él también rumbo al taller. Estábamos a viernes, víspera de las vacaciones escolares, y durante las dos semanas siguientes, Rose se marcharía para reunirse con su madre.

Tras intercambiar un beso que me dejaría fantaseando cada vez que volviera a acordarme de él a lo largo del día, me recordó:

—Rose se marcha mañana temprano, así que te quiero durante los próximos quince días en mi cama y, a ser posible, totalmente desnuda. No te molestes en traer tus cosas.

—¿Eres consciente de que tendré que ir a trabajar en algún momento? ¿No te importa que salga vestida de Eva?

—No pienso consentir que nadie que no sea yo te vea desnuda —gruñó atacando mi boca una vez más.

Para mí, su afán de posesión se había convertido en un poderoso afrodisíaco, pero, ante cada uno de sus comentarios de Neandertal, no pude evitar advertir que parecía estar más encariñado conmigo de lo conveniente.

Después de nuestra disputa hacía unas semanas, había evitado hablar con Olivia sobre mi relación con su primo, pero apenas hacía dos días ella me había insinuado que nos comportábamos como una verdadera pareja y que solo nosotros dos negábamos la evidencia. El resto de la familia tampoco se llamaba a engaño sobre lo que Vincent y yo hacíamos en nuestro tiempo libre juntos. Únicamente Rose parecía no percatarse de nuestra relación y ni siquiera estaba segura de ello...

—¿Cuándo tienes que dejar a Rose en el aeropuerto? —pregunté.

—Mañana a primera hora. Y que conste que no me hace feliz librarme de mi hija, pero la sola idea de pasar estas dos semanas contigo me da ganas de cantar: «*Libéré, délivré!*».

—¿Por qué lo cantas con la melodía de *Frozen: el reino del hielo*?

—Pues porque esa es la canción principal de *Frozen*.

—No, en francés es «*Laisse-toi aller, laisse-toi aller*».

—Nada de eso, señorita, ¡y créeme, me despierto una mañana de cada dos con Rose entrando en mi habitación y cantando «*Libérée, délivrée*»!

—Pues yo he visto la película en el cine y te aseguro que dicen «*Laisse-toi aller, laisse-toi aller*».

—Prefiero no comentar que, con más de treinta años, vayas a ver dibujos animados para niñas, pero has debido de ver una versión traducida de cualquier modo en lo más recóndito de Quebec. Date una vuelta por cualquier patio de colegio y verás cómo todas las niñas confirman mi versión.

Al fin comprendí de dónde venía la diferencia de interpretaciones.

—Yo vi la versión norteamericana en la que ella cantaba «*Let it go, let it go*». Lo que sucede es que no lo habéis traducido correctamente al francés.

—No hemos sido nosotros los que lo hemos traducido mal, sino que hemos reescrito una versión más coherente con la historia.

Levanté la mirada con desesperación ante tanta mala fe.

—Y dígame señor que se ríe de mí por ir a ver películas de niñas, ¿cómo es posible que seas capaz de hacer semejante análisis de la canción de *Frozen*?

—Porque soy padre —se justificó.

—Ya. Reconoce que ya la habías visto.

—Pues claro que la había visto.

—¿Más de una vez?

—Más de una vez —confirmó—. ¡Pero siempre con Rose!

Me reí por la forma en que intentaba justificarse.

—¡Creía que eran dibujos animados para niñas! —le pinché.

—Reconozco que hay uno o dos momentos muy divertidos.

—Estupendo, entonces la veremos mañana por la noche y así podrás decirme cuáles son tus escenas preferidas.

Y le di un beso en los labios antes de montarme en el coche. Vincent, pegado a la puerta, la cerró y me vio dar marcha atrás con una ligera sonrisa en los labios.

—¡Cassie! ¡Gracias a Dios! ¡Por fin estás aquí! ¡Creí que no llegarías nunca!

Damien se precipitó hacia mí con cara de pánico. Debía de pasar algo realmente grave puesto que…

En primer lugar, yo tan solo llegaba con cinco minutos de retraso con respecto a la hora a la que solía llegar. Y, además, no tenía ningún horario obligatorio, pues yo misma me organizaba las jornadas.

En segundo lugar, Damien era ateo, así que no solía dar gracias al Señor por cualquier motivo.

Y, en tercer lugar, su camisa estaba arrugada y se le veía despeinado. Como dudaba que fuera a causa de una tórrida canita al aire con Christelle en la lavandería (ese no era realmente su estilo, ni de uno ni de la otra), debía de suceder algo grave.

—Buenos días, Damien, ¿qué te ocurre?

Apenas se molestó en saludarme, otra muestra más de una catástrofe inminente. Estaba segura de que ese hombre, incluso *in articulo mortis*, no olvidaría nunca las reglas más elementales de cortesía.

—¡Johnson va a desembarcar! ¡Mañana por la mañana!

Súbitamente comprendí su agitación, aunque fuera un tanto exagerada. Samuel Johnson era nada menos que el director general del grupo Richmond. Su visita sorpresa a uno de los hoteles constituía todo un acontecimiento y no debía tomarse a la ligera. Supuse que era muy posible que Damien aún no lo conociera en persona, lo que explicaría ese estado de ansiedad que le hacía parecer un ratón atrapado en una trampa frente a un enorme felino. Yo había tenido el privilegio, si es que era tal, de cruzarme con nuestro patrón en multitud de ocasiones estando en la central. Y los rumores respecto a él no se ajustaban a la realidad: no es que fuera despiadado, era aún peor.

—¿Y qué querrá de nosotros? —pregunté, sintiendo yo también cómo la ansiedad se apoderaba de mí.

—Creí que tú podrías decirme algo más. Eres tú quien está en contacto permanente con la central.

—No me han informado de ninguna visita. ¿Viene solo?

Hice la pregunta sabiendo muy bien cuál era la respuesta. Johnson jamás se desplazaba solo, llevaba siempre todo un ejército de esbirros, perdón, de consejeros, a su alrededor.

—No, lo acompaña Marcus Wagner, el responsable de Europa, y otras personas de la central. ¿Sabes qué puede significar eso?

¡Sí, que mis planes para el fin de semana acababan de anularse!

—¿Qué aspecto tengo? —me preguntó Olivia tras haber repasado por tercera vez su brillo de labios y sonreír frente al espejo de los lavabos de empleados.

—Estás muy bien —afirmé—, pero Johnson no ha venido para ver lo bien que te maquillas sino para examinar tu trabajo.

En el momento en que pronuncié esas palabras, me di cuenta de que habían sonado mucho más hirientes de lo que era mi intención.

—Perdóname. Estoy un poco estresada y me olvido de que todos estamos con los nervios a flor de piel.

Olivia tenía tantos motivos como yo para sentirse nerviosa. Durante todo el fin de semana, su trabajo también sería examinado con lupa por nuestro director general y su séquito de acompañantes ataviados con trajes a medida. Con gran pesar de mi corazón, había tenido que anunciar a Vincent que no dispondría de tiempo para consagrárselo durante los dos próximos días. Con un poco de suerte, conseguiría deslizarme en su cama para dormir esa noche (o hacer otras cosas, si me quedaban fuerzas).

Sin ningún rencor por mi ácido comentario, Olivia me dio un beso en la mejilla dejando a su paso un rastro pegajoso del brillo de labios.

—¡No te preocupes! Vas a dejarlos impresionados.

Me habría encantado estar tan segura. Me lavé las manos y me encaminé a mi despacho para esperar la llegada de Johnson, Wagner y su corte.

Unos minutos más tarde, Damien asomó la cabeza por la ranura de la puerta.

—Ya están aquí —me anunció con el aspecto de un conejo bajo los efectos del éxtasis.

Lo seguí hasta el vestíbulo. Johnson se había acomodado en un sofá y tecleaba en su móvil mientras Wagner caminaba de un lado a otro en plena conversación telefónica en inglés. Uno de sus acompañantes se estaba encargando de registrarlos en recepción con la ayuda de Christelle que, por una vez, no parecía estar tonteando ni coqueteando, aunque el joven fuera bastante atractivo. La presencia de Damien no debía de ser ajena a su compostura.

Como si nos hubiéramos puesto de acuerdo, nos dirigimos a la vez hacia nuestro director general para saludarlo. Este apenas alzó la vista hacia nosotros. Damien lo recibió con la cortesía de costumbre, dándole la bienvenida al Luberon y a nuestro establecimiento e interesándose por su viaje.

Estaba tan nervioso que su torrente de palabras por minuto alcanzó un flujo que habría sido la envidia del rapero Eminem.

—No perdamos el tiempo en charlas inútiles, Lombard. Hágame un recorrido por el hotel —le cortó nuestro patrón—. Y usted, señorita Harper, cuento con que nos explique con detalle las mejoras realizadas y las que aún hay que llevar a cabo.

Aquello nos llevaría más de una hora de interrogatorio.

De hecho, en lugar de una hora, fueron tres intensas horas. Para cada rincón del hotel, Johnson tenía una pregunta. No escatimó nada, pero, por suerte para Damien y para mí, pudimos responder a casi la totalidad de sus dudas. Tuve la impresión de estar pasando un examen mil veces peor que cualquiera que hubiera tenido en mis años de estudiante. El único momento en que las pesquisas de Johnson me dieron una alegría fue a propósito de nuestra visita al restaurante. Por primera vez vi al chef Bruno Lafarge sentirse incómodo. Johnson consiguió la hazaña de ponerlo en su sitio con una única frase y, todo el tiempo que duró la inspección del territorio del chef, no vi que mostrara ni una sola vez ese aire de superioridad y suficiencia que tanto le gustaba adoptar en mi presencia.

Cuando la visita concluyó, confiaba en que nuestro director general quisiera retirarse a su habitación. Al fin y al cabo, el viaje había debido de agotarlo, ¿no?

—Señorita Harper, ¿podría reunirse conmigo en la sala de reuniones en veinte minutos, por favor?

¿Por qué yo?, estuve tentada a responder como una colegiala que sufre una injusticia.

—Sí, por supuesto —contesté, preguntándome qué habría hecho yo para merecer el placer de un cara a cara con él.

Te ha encargado un trabajo. ¿O acaso no te acuerdas?, me dijo la vocecita de mi conciencia. Querrá profundizar en algún tema, nada más.

De regreso a mi despacho, marqué el número de Olivia esperando que llevara su teléfono encima.

—¿Qué quiere de mí la sexi consejera de desarrollo? —respondió mi compañera de piso.

—Olivia, no estoy de humor para bromas. Y ese ni siquiera es mi cargo —añadí de paso.

—¿Entonces, qué quieres, señorita gruñona? Las cosas han ido bien, ¿no? Al menos la parte a la que yo he asistido.

—Johnson quiere verme en la sala de reuniones en veinte minutos.

—¿Y?

—¡Pues que no sé lo que quiere de mí! ¡Y yo sola!

—Sin duda querrá hablar de tu trabajo y eso no tiene nada de excepcional. Si es así, tal vez quiera felicitarte. ¡No veas sistemáticamente el mal por todas partes!

—¿Tú crees?

Necesitaba que me tranquilizaran como a una niña y por eso había llamado a mi compañera. No había nada raro en que el gran jefe quisiera entrevistarse conmigo, pero, aun sabiéndolo, sentía la urgencia de escucharlo por boca de otra persona.

—Pues claro. Y un consejo, retoca el rojo de tus labios antes de acudir, eso reforzará tu confianza.

Veinte minutos más tarde, con el carmín perfectamente repasado, llamé a la puerta de la sala de reuniones.

—Entre, señorita Harper, y tome asiento.

Samuel Johnson estaba sentado en el centro de la larga mesa que ocupaba prácticamente todo el espacio, de espaldas a la ventana. A su derecha, Marcus Wagner me observaba con mirada penetrante. De no haber ido a comprobar mi aspecto a los lavabos hacía menos de cinco minutos, habría creído que me había salido una segunda cabeza. A la izquierda de Johnson, uno de los encorbatados consejeros cuya presencia ya había advertido durante la visita consultaba un montón de documentos depositados ante a él.

Tomé asiento frente a ellos, apoyando una sola nalga sobre la silla, como si esta pudiera hundirse bajo el peso de mi ansiedad. Tenía la impresión de que la habitación estaba por lo menos a treinta grados, cuando la calefacción ni siquiera estaba puesta.

—Señorita Harper —comenzó Johnson—, esta visita al Bastida Richmond supone la oportunidad para el señor Wagner y para mí de ver con nuestros propios ojos el trabajo realizado tras la adquisición del hotel por el grupo.

Con cada palabra, mi corazón parecía embalarse un poco más, ya estaba a un paso de sufrir una crisis cardiaca. Di las gracias a mi patrimonio genético por no haberme transmitido ninguna debilidad por ese lado.

—Nunca le he ocultado que este establecimiento representa un elemento muy importante en nuestra estrategia de desarrollo en Europa. Los resultados obtenidos aquí serán determinantes para la expansión del grupo en los próximos años.

¡Piedad, vaya al grano!

—Claro está que hemos estado siguiendo su trabajo y sus resultados desde su llegada aquí, pero resultaba esencial presentarnos de forma improvisada para sacar nuestras propias conclusiones —continuó Wagner.

Incapaz de responderle de otro modo, asentí con la cabeza. Johnson tomó de nuevo la palabra:

—Señorita Harper, Marcus y yo queremos comunicarle que lo que hemos visto nos satisface enormemente. No abrigábamos demasiadas dudas cuando le asignamos este trabajo, pero la visita de hoy nos ha reconfortado agradablemente al confirmar lo acertado de las decisiones que tomamos hace unos meses.

Por fin pude recuperar el aliento que había estado reteniendo durante tanto tiempo como para inscribirlo en el libro Guinness de los récords. La bocanada de aire fresco en mis pulmones me permitió sosegarme, justo hasta su siguiente frase:

—Señorita Harper, tenemos una proposición que hacerle.

Mi portátil vibró una vez más anunciando la llegada de un mensaje.

«¿Vendrás a casa esta noche? V.»

No necesité comprobar la identidad de su remitente. Ya me había llamado dos veces poco antes.

A casa. El término me parecía tan apropiado como… ridículo. ¿Porque dónde se encontraba mi casa exactamente? Eso era lo que estaba intentando dilucidar desde hacía dos horas mientras contemplaba fijamente el montón de folios depositados en mi escritorio: un contrato.

Un contrato que apenas hacía unas semanas me habría hecho estallar de euforia.

¡Johnson me ofrecía la dirección de un hotel en los Estados Unidos, en mi país, incluso antes de terminar mi trabajo en el Luberon, que se suponía debía durar dieciocho meses!

El establecimiento, de tamaño medio, se encontraba en la orilla sudoeste del lago Tahoe, cerca de la reserva de Emerald Bay, en California, en medio de un bosque de abetos. Si aceptaba la oferta, me convertiría en la directora de hotel más joven de la historia del grupo. Cuando llegué a la página en la que aparecía la cifra de mi salario, no me atreví a preguntar si había algún error. En resumen, sobre el papel, no existía razón alguna para que rechazara esa propuesta.

¿Y entonces por qué no conseguía plasmar mi firma en la parte inferior del contrato?

«Me quedo a dormir en el hotel. Tengo trabajo que terminar. Buenas noches. C.»

Mi respuesta fue lacónica, pero no me vi capaz de escribir nada mejor. Sabía que esa noche no pegaría ojo, pero por el momento no me sentía con fuerzas para enfrentarme a Vincent ni a ninguna otra persona.

Y era ahí donde residía la razón de mi incapacidad para dar saltos ante esa fabulosa oportunidad: en mi corazón.

Mi corazón que se había ido enamorando a lo largo de los meses de una región y un país. Del arte de vivir a la francesa, de la suavidad del clima del sur y de su gastronomía.

Mi corazón que se había encariñado con una familia que me había acogido en su seno con los brazos abiertos y se había convertido, en ausencia de la mía, en mi segunda familia.

Mi corazón que actualmente latía por un hombre, a pesar de haber prometido que no me encariñaría de él.

Así que, como buena especialista en fugas, preferí enterrarme en el fondo de mi despacho examinando el taco de folios que constituía mi sueño hasta hacía apenas unas semanas, como si por algún milagro divino fuera a salir de ellos la solución perfecta.

No podía renunciar a mi sueño, pero la idea de abandonar Provenza me partía el corazón. Ya no me tentaba tanto descubrir una nueva región del mundo. Así que pasé una buena parte de la noche torturándome hasta que caí rendida.

A la mañana siguiente, funcionaba casi como una autómata tanto por la falta de sueño como por continuar demasiado atribulada. Johnson y su equipo aún seguían por los alrededores, así que me vi privada del descanso dominical. Encadenamos una reunión tras otra y, para la tarde, Damien y yo habíamos organizado una excursión por la región. Sobra decir que no me postulé como chófer, aquel no era el momento de hacer que se perdieran por la campiña, pero tuve que formar parte de la escolta, por más que acercarme a la abadía de Sénanque fuera lo último que me apetecía hacer.

Durante la visita a la abadía, mi móvil vibró varias veces en el bolso. Las primeras veces no presté atención y, luego, tras numerosas llamadas seguidas, eché una ojeada tratando de ser discreta. Después de todo, estábamos en un lugar religioso donde se requería silencio. Tenía muchas llamadas perdidas de Vincent, pero también de Olivia, lo que me sorprendió mucho, pues mi compañera de piso sabía de sobra que pasaría la tarde con nuestro patrón.

Recibí un mensaje de texto: «Llámame en cuanto puedas. O.».

Inventé una excusa para alejarme del grupo y me escabullí al exterior. Durante los pocos minutos que necesité para encontrar un rincón tranquilo desde donde telefonear, elucubré toda suerte de escenarios catastróficos, desde los más probables a los más inverosímiles.

Olivia respondió al primer tono:

—¡Cassie! ¡Es Papet! —gritó sin más preámbulos.

—¿Qué ha sucedido?

Pude notar por su respiración agitada que había pasado algo grave.

—Papet ha sufrido un ataque, decía cosas incoherentes y parecía muy débil. En los minutos que Mamée tardó en llamar a papá, se lo encontró en el suelo. Los bomberos se lo han llevado al hospital de Cavaillon. ¡Según dicen podría ser algo grave!

Desgraciadamente, Olivia acababa de confirmar que uno de mis peores escenarios se había hecho realidad.

—¡Está bien! Me reuniré con vosotros allí —declaré sin pensarlo dos veces.

Olivia me dio algunas indicaciones sobre dónde encontrarlos y colgó. Fue entonces cuando comprendí que estaba atrapada en el último confín del valle del Senáncole sin coche propio.

Regresé en busca de mi grupo, al que encontré en la tienda de regalos extasiándose ante los saquitos de lavanda y otros productos que vendían los monjes.

Le expliqué a Damien tan rápido como pude por qué debía marcharme.

—Lo siento, Cassie, pero aún nos queda para rato, Johnson quiere quedarse hasta el rezo de las nonas.

¿Las nonas? ¿Acaso no habían tenido bastante con el recorrido que habíamos hecho por el monasterio? Ese día no había estado demasiado atenta a las explicaciones, pero en la visita que había hecho el verano anterior, había advertido que la abadía solo estaba habitada por hombres. ¿Quiénes eran esas nonas? Y, además, ¿acaso Johnson no estaba al corriente de que seguramente una nona hacía voto de castidad? Sus oportunidades de verlas eran mínimas, por no decir inexistentes.

—¿Unas nonas? ¿Pero de dónde han salido?

—No, las nonas no son monjas, es el oficio religioso de final de la tarde —corrigió Damien—. Quiere asistir a la oración.

¡Dios mío, menuda idea! Uf... ¿Sería peligroso blasfemar mentalmente en un lugar divino? ¿Y desde cuando era Johnson católico? Presbiteriano puede, baptista quizá, incluso evangelista, pero católico no. Y precisamente tenía que ser ese día cuando le entraba la curiosidad religiosa. ¡Qué suerte la mía!

—Siempre puedes unirte a la oración y rezar por Papet —añadió.

Necesitaba una solución para escapar de allí, pero, más allá de una intervención divina, no veía por medio de qué milagro iba a poder escapar.

—Discúlpeme.

Una mujer mayor se acercó resuelta hacía mí.

—No querría parecer indiscreta, pero no he podido evitar escuchar su conversación. ¿Necesita ir a Cavaillon?

—Así es —respondí no sabiendo dónde quería llegar.

—Mis compañeros y yo acabamos de terminar la visita y nos disponíamos a dirigirnos a Cavaillon, así que podríamos llevarla.

—¡Oh! ¡Sería muy amable de su parte!

¡Al final, Dios había escuchado mis plegarias antes incluso de que me arrodillara!

—De nada, mi niña, comprendo que esté muerta de preocupación sabiendo que su abuelo está en el hospital así que, si podemos ayudarla, ¡la ayudaremos!

No quise decirle que Papet no era realmente mi abuelo. Consciente de que se trataba de una especie de mentira por omisión, me dije que Dios, en su gran misericordia, me perdonaría.

O me lo haría pagar.

Marie-Rose, que así se llamaba la señora, formaba parte de un grupo de fieles que habían viajado desde una pequeña comunidad del norte de Francia. Estaban en un viaje organizado por toda la región, para descubrir las abadías cistercienses de Provenza. Acababan de pasar algunos días de retiro en la abadía de Sénanque. El trayecto a Cavaillon lo harían por tanto en autobús, ¡pero lo que no había previsto era que una pandilla de jubilados que acababan de recuperar el don de la palabra después de algunos días de silencio resultarían tan ruidosos!

La hora que duró el trayecto en autobús hasta Cavaillon estuvo animada de principio a fin por cánticos religiosos que alcanzaron su apoteosis con la difusión del CD grabado por los monjes de la abadía que Marie-Rose acababa de comprar. La pena es que yo no estaba de humor para participar de aquella euforia colectiva. Al final, acabé preguntándome si haber oído una misa no habría sido un castigo más llevadero.

Al ver el rótulo anunciando la entrada del Hospital Universitario de Cavaillon, suspiré aliviada.

Me despedí de mis compañeros de viaje tratando de mostrarme agradecida y bajé del autobús al son de su enésimo aleluya.

No me costó demasiado encontrar a toda la familia. Estaban hacinados en la sala de espera de urgencias. Nicole, Mireille, Mamée y Auguste se habían sentado en unas sillas de plástico azul de aspecto bastante incómodo y Vincent y Olivia se apoyaban contra la pared. A mi llegada apenas tuve tiempo de saludar cuando todos corrieron a abrazarme. Vincent me besó rápidamente los labios, pero se le veía apagado. Decidí preguntarle a Olivia, parecía la más indicada para responder a mis preguntas. Por lo visto, Papet había sufrido un derrame cerebral y, por el momento, no se sabía mucho más. En cuanto le hicieran pruebas, el médico se acercaría para informar.

Deseosa de ser útil, me ofrecí a llevar café a todo el mundo. La espera pareció prolongarse durante horas y yo también acabé sentada en una de las descoloridas sillas azules con Olivia a mi lado.

—Por cierto, no me has contado cómo te fue la entrevista con Johnson ayer —se interesó ella después de que lleváramos sin pronunciar palabra más de un cuarto de hora.

Fui consciente de que toda la familia estaba escuchando nuestra conversación.

—Muy bien —respondí prefiriendo mostrarme evasiva.

Pero eso era no conocer a Olivia.

—¿Y de qué quería hablarte?

—De mi trabajo.

—¿Y qué más? Supongo que no estaba ahí para charlar de tu vida sexual.

Auguste carraspeó y yo lancé a mi compañera una mirada irritada. Mirada que a mi entender fue mucho más clemente que la que le lanzó Vincent.

—¿Y bien? ¿Tenía algo que anunciarte?

Como sabía que no soltaría la presa hasta que no le dijera algo en concreto, terminé por reconocer:

—Me hizo una oferta de trabajo.

Advertí los iris de Vincent cambiar instantáneamente de expresión. Ahora estaba pendiente de mis labios, lo que hizo que aquello fuese aún más difícil. ¿Por qué tenía que soltar esa bomba en la deslucida sala de espera de un hospital? La verdad es que no había previsto de qué manera iba a darle la noticia, pero, desde luego, así no.

—¿Una oferta? ¿Qué quieres decir? ¿Acaso van a darte la dirección de un hotel? ¿Dónde?

—El Richmond Tahoe Resort, en los Estados Unidos —concluí en voz baja.

—¡Pero eso es genial! —Se entusiasmó Olivia—. ¡En California! ¡Bueno, vale, no es la California de las palmeras y los surfistas, pero aun así! ¡Debes de estar supercontenta!

Su excitación estaba fuera de lugar en la aséptica sala de espera del hospital, pero en ese momento yo solo tenía ojos para Vincent. Todavía apoyado contra la pared que estaba frente a mí, su rostro se había vuelto hacia la ventana como si no quisiera de ningún modo que nuestras miradas se cruzaran. Una vez más, su expresión era indescifrable. Sin embargo no permitió que pudiera observarlo mucho tiempo más, pues anunció:

—Salgo a tomar el aire.

Por un segundo dudé si seguirlo, no sabía si apreciaría mi compañía. ¿Había salido por lo que acababa de anunciar a Olivia o porque no soportaba el olor a antiséptico mientras esperábamos noticias de su abuelo?

La llegada del médico interrumpió todas mis reflexiones.

—¿La familia de Marcel Allard? —llamó sin ni siquiera apartar la mirada de su informe.

Todo el mundo se levantó al mismo tiempo y por fin el médico nos miró frunciendo el ceño.

—Solo se permite entrar a la familia —precisó haciendo un signo para que lo siguieran. Mireille y Nicole iban pisándole los talones, Auguste, a pocos pasos, ayudaba a su madre a caminar para unirse a ellas y Olivia cerraba la marcha.

En cuanto a mí, me quedé clavada en el sitio. Yo no formaba parte de la familia, me dije. Ahí terminaba mi papel y fue finalmente esa cruda realidad la que me golpeó en el estómago como si fuese una bola de petanca.

Incapaz de soportar un segundo más las paredes color verde pálido donde estaban colgados carteles de medidas de prevención de enfermedades que ya había podido estudiar hasta sus más mínimos detalles, abandoné la sala de espera, pero hasta que llegué al aparcamiento no recordé que no tenía coche. Estaría atrapada allí hasta que Olivia se marchara. Di media vuelta para volver al hospital sin prestar demasiada atención. Fue entonces cuando choqué con un torso firme que conocía demasiado bien, pero, aunque no lo hubiera reconocido, el olor de su fragancia me habría puesto sobre la pista.

Levanté la mirada hacia Vincent, angustiada ante la idea de lo que podría leer en sus ojos. Hartazgo, sin duda, pero también enfado. Después de todo, ¿qué esperaba? Su abuelo acababa de sufrir un derrame cerebral.

—¿Cuándo piensas marcharte? —preguntó sin molestarse en dar más rodeos.

—No tengo coche.

Sabía muy bien que no hablaba de mi presencia en el hospital, pero preferí hacerme la despistada.

—Me refiero a los Estados Unidos.

—Ah, bueno, en unas semanas —balbuceé—. Celebraré Acción de Gracias en familia, debo estar en mi puesto el 1 de diciembre.

No precisé que aún no había firmado.

—Muy bien. Estoy orgulloso de ti, te lo mereces —dijo con voz monocorde—. Ahora voy a subir a ver a Papet.

—Sí, claro.

Y me plantó allí, en la entrada del hospital, sin decir una palabra más. No sabría decir qué esperaba, pero, desde luego, no esa fría indiferencia. Debería haberme dicho a mí misma que habiéndole exigido no atarnos el uno al otro, se lo había tomado al pie de la letra. Al fin y al cabo, solo yo era la culpable. Era yo quien así lo había exigido. ¿Qué esperaba entonces de él? ¿Qué me suplicara para que no me fuera? No. No estaba lista para abandonar mi sueño. Tal vez fuera mejor así. No me habría gustado marcharme sabiendo que le partía el corazón. En ese momento me sentía fatal, ¿pero no sería mi ego el que estaba contrariado? Siempre es agradable saber que la gente que nos rodea va a echarte de menos cuando te vas a otro sitio. Su reacción de hacía un momento no significaba que ese no fuera el caso, sino que estaba preocupado por su abuelo.

Decidí tomar un autobús. Necesitaba pasar por la Bastida para recoger mi coche y aún tenía un documento que firmar.

Noviembre

Las semanas que siguieron a la firma de mi contrato pasaron muy rápido. Para empezar, a fin de preparar mi marcha, debía dejar todo en orden en el hotel, lo que no fue poca cosa. Y, a continuación, tuve que planificar mi traslado. Por suerte, no tenía muebles, solamente ropa, algunos libros y un ordenador portátil. Cuando terminé el inventario de mis escasas posesiones, me sobrevino una pequeña depresión. ¿Quién podría rehacer su vida en la otra punta del mundo solo con dos maletas y un baúl en total? ¿Las personas que no se sienten vinculadas a los bienes materiales? Yo no me sentía atada a las cosas. A ese perfil se ajustaban hombres de negocios arribistas y sin ataduras, y que yo encajara en esa categoría me resultaba bastante triste. ¿Realmente no tenía ninguna atadura?

El tiempo parecía reflejar mi humor, la temperatura aún era suave, pero el cielo estaba gris. Los árboles habían ido perdiendo las hojas y el mistral había ido esparciéndolas por todos lados. Los pasillos del hotel estaban desiertos, las tumbonas de la piscina recogidas para el invierno.

Papet había vuelto a casa y empezaba a recuperarse poco a poco de su derrame cerebral. Como era lógico, no podía retomar su rutina. Ya no íbamos juntos al bar el domingo por la mañana. En cualquier caso, más valía que me fuera acostumbrando, pues ya no habría más animadas conversaciones en las terrazas de Gordes, ni más barbacoas de domingo en la granja, ni más paseos por los bosques del macizo de Luberon. Me marchaba y dejaba tras de mí diez meses de bellos momentos que con el paso del tiempo se convertirían en agradables recuerdos.

La víspera de mi partida, me acerqué a despedirme de Papet y Mamée. No había querido que Olivia me organizara una fiesta. No tenía ganas de celebrar mi marcha. Prefería concentrarme en el futuro y en el nuevo trabajo que me esperaba, y no pensar en lo que dejaba detrás, pero no pude librarme de la tradicional copa de despedida en el hotel. Damien hizo un discurso que me arrancó alguna lagrimilla e incluso Christelle se esforzó en ser agradable, aunque, ahora que lo pienso, tampoco tuvo que hacer un gran esfuerzo, simplemente estaba feliz ante la idea de mi marcha.

—¿Así que nos abandonas? —me reprochó Papet.

Si ya estaba triste por irme, aquella frase me hizo sentir aún más culpable. Me había encariñado con ellos e imaginaba que a ellos les había sucedido lo mismo conmigo.

Agaché la cabeza para huir de su mirada.

—¡Tiene una buena razón! ¡Aún es joven! Debe aprovechar para ver mundo y vivir muchas experiencias. No creo que pueda hacer todo eso estando atrapada en casa con un cascarrabias como tú —comentó Mamée.

—¿Cómo que un cascarrabias? De nosotros dos tú eres la que pasas todo el tiempo quejándose.

—Si me quejo es porque me has hecho una amargada. A fuerza de codearme contigo, me he vuelto como tú.

Asistí con una sonrisa en los labios al intercambio de puyas durante unos minutos más. Pensé en Rose, la pequeña les reprochaba constantemente que pasaran el tiempo riñendo, pero, pese a sus incesantes discusiones, se veía a las claras que los dos se habrían sentido perdidos el uno sin el otro. Me pregunté si siempre habría sido así su relación. Picada por la curiosidad, me atreví finalmente a hacerle la pregunta a Mamée, que fingía estar enojada.

—Oh, pequeña. ¡Si tú supieras! Al principio no podíamos vernos ni en pintura. Él parecía estar contrariado todo el tiempo y, cuando me dirigía la palabra, era para decirme burradas. Y yo, como una imbécil, cuanto más me rechazaba, más me atraía. Terminamos enamorándonos el uno del otro —suspiró—. Ya hace cincuenta y cinco años que discutimos todos los días. ¿Y sabes qué? ¡Eso nos hace ser conscientes de que todavía estamos vivos! El día que paremos, será porque alguno de nosotros se halle gravemente enfermo o muerto. Cuando estuvo hospitalizado hace algunas semanas, me tranquilicé al ver que me reprendía nada más entrar en su habitación. Y, bueno, reconozco que las reconciliaciones eran mucho más interesantes en nuestra juventud. Papet era un amante bastante fogoso en aquella época, te he contado ya…

No llegué a saber el final de aquella frase, pues me tapé las orejas con la velocidad del rayo. Me resultaba inconcebible enterarme de lo que quiera que fuese sobre la vida sexual de Papet y Mamée.

Me quedé con ellos un rato más y luego me despedí. Mamée no pudo ocultar sus lágrimas y yo contuve las mías. Papet, por orgullo, encontró mil argucias para no cruzar su mirada con la mía. Continué mi ronda de despedidas con Nicole y Auguste y después con Mireille, quien insistió en que metiera en mis maletas algunas mermeladas caseras y galletas que me había preparado para el viaje.

Al regresar al que en pocas horas ya no sería mi apartamento, eché una mirada a la casita adosada. La luz de la cocina estaba encendida y pude adivinar a través de las cortinas la silueta de Vincent. Después de nuestra conversación en el aparcamiento del hospital, habíamos puesto punto final a nuestra relación sin decirnos nada más, y así volvimos a la misma situación que habíamos vivido durante mis primeros meses en Francia. Hablábamos educadamente cuando nos cruzábamos, pero no hacíamos nada para provocar esos encuentros. Para ser sincera, yo incluso los había evitado. No soportaba posar mi mirada en esos iris color verde esmeralda, el olor de su agua de colonia me retorcía el estómago, el sonido de su voz hacía que mis ojos se llenaran de lágrimas. En cuanto me atisbaba, él exhibía siempre su máscara de fastidio en una escala entre 5 y 7. A veces incluso llegué a preguntarme si aquel hombre divertido y encantador con el que había pasado unos momentos tan deliciosos no había sido más que un sueño.

Mi última noche la pasé casi en blanco. Di vueltas en la cama con la mirada fija en el techo de esa habitación que había sido mía aquellos últimos meses. Y si bien estaba triste por abandonar el Luberon, además de ansiosa, también me sentía muy excitada ante la idea del desafío que me esperaba.

Salvo por lo que podía leerse en Internet, no conocía la región del lago Tahoe. Ya había estado en California y en Nevada (el lago estaba entre esos dos estados), pero jamás en ese rincón. No tenía ni la más mínima idea de lo que me aguardaba, ¿me acogerían mis futuros compañeros, más bien empleados, con los brazos abiertos? ¿Me arrepentiría casi de inmediato de haber querido en su día dirigir un hotel? Hasta las primeras luces del alba no concilié el sueño, casi enseguida perturbado por el sonido del despertador.

Olivia me había preparado un desayuno de campeones. Sabía que aquella era su manera de estar ocupada para no pensar en mi marcha.

—¿Te buscarás una nueva compañera de piso? —le pregunté mientras untaba la mermelada de frambuesa en mi cruasán.

¡Ya iba por el segundo, muy pronto no podría comer cruasanes así de buenos!

—No lo sé. A decir verdad aún no lo he pensado. No tengo claro que me apetezca compartir mi día a día con otra persona y menos con una desconocida.

—Pero tú no me conocías cuando me propusiste vivir aquí.

—Sí, pero advertí enseguida que tú serías la compañera perfecta, mucho menos desordenada que yo, lo que me resultaba indispensable, ¿te imaginas cómo estaría el apartamento?

—¿Ah, sí? ¿Y cómo pudiste intuir esa cualidad en mí? —le pregunté.

—Cuando abriste tu maleta sobre la cama el primer día, no había un solo par de calcetines fuera de sitio. Tus camisetas parecían haber sido dobladas por un alumno de un colegio militar. En cambio, yo, cuando me voy de vacaciones, meto todo de cualquier manera. Creo que el servicio de plancha que ofrecen en los hoteles está pensado para gente como yo. Además, después de tu primera ducha, dejaste el cuarto de baño reluciente. Así que, a pesar de tu incapacidad para lavar la lechuga correctamente, me dije que tenías un buen potencial. Tampoco parecías de las que les gusta organizar fiestas raras o escuchar música demasiado fuerte, pero, sobre todo, acuérdate de nuestro compromiso, dijimos algo así como que debíamos hablarlo si la cosa no funcionaba.

Sonreí al evocar el momento en el que ella me había propuesto vivir en su casa. ¡Cuántas cosas habían sucedido desde entonces!

—No creo que vaya a echar de menos tus calcetines sucios tirados por el suelo, pero tu cocina sí. ¿Crees que se podrá enviar un pastel de chocolate por mensajería?

—No necesitas un servicio de mensajería, a la primera ocasión que se me presente, te haré uno en tu casa. Te lo ruego, aunque no sepas usarlo, haz instalar un horno en tu cocina.

—¿Cuentas con venir a verme?

Todo el mundo a mi alrededor había prometido venir a visitarme a California, ¿pero cuántos harían realmente el viaje? Estábamos hablando de casi diecisiete horas de avión, sin contar con que, desde el aeropuerto, todavía quedaba más de una hora y media de coche hasta Reno.

—¡Por supuesto que voy a ir a verte! Imagínate que hasta me he estado informando y el lago Tahoe es un lugar estupendo para practicar el *kitesurf*.

—¿Y desde cuando prácticas tu *kitesurf*?

—¡Jamás en la vida me verás sobre una tabla de surf! O lo que quiera que se necesite para mantenerse de pie sobre un trozo de plástico: surf sin más, *windsurf*... ¡Pero quien dice deporte de *kitesurf*, dice surfistas!

Sí, obviamente: Olivia nunca se iría a pasar las vacaciones a un rincón donde no estuviera segura de poder encontrar hombres de su gusto.

—Ah, el cuerpo musculoso de los surfistas bronceados por el sol —suspiró—. Poder lamer la sal de sus esculpidos abdominales, no se me ocurre nada mejor.

—El lago Tahoe es un lago de agua dulce —precisé.

—Un simple detalle —gruñó alzando los ojos al cielo.

Conversamos un rato más sobre las ventajas de venir a visitarme a los Estados Unidos y entonces llegó el momento de guardar mis últimos efectos personales en la maleta.

Sonaron unos golpes en la puerta y supe al instante quién venía a decirme adiós. Escuché a Olivia recibir a Rose y a Vincent. Había estado posponiendo esa despedida hasta el último momento. Por cobardía, desde luego, pero también porque me resultaba la más difícil. Respiré hondo y salí de mi habitación para reunirme con ellos en el salón.

—¡Cassie!

Rose se me abalanzó, hundiendo su cabeza en mi cuello. Olía a vainilla de un champú para niños. Sus pequeños brazos aún rollizos se ciñeron alrededor de mi nuca impidiéndome prácticamente respirar.

—No quiero que te marches —me susurró.

—Ya lo sé, *Sweetheart*, yo tampoco quiero dejarte.

—Me habías prometido encontrar una novia para papá.

Pronunció esas palabras un poco más alto de lo normal y el principal interesado no tuvo más remedio que enterarse. Mi mirada se levantó instintivamente hacia él y lo que vi me desgarró el corazón. Por primera vez, Vincent me pareció triste. Sus ojos estaban brillantes y no se despegaban de los míos. Llevaba las manos hundidas en los bolsillos y aquella actitud, en lugar de darle el aire desenvuelto que sin duda quería mostrar, le hacía parecer incómodo, pero su imagen resultaba conmovedora. Sentí ganas de correr a sus brazos, abrazarlo y decirle que todo iría bien.

—Tu papá se desenvuelve muy bien solo —murmuré a la oreja de Rose.

—Me habría gustado que fueras tú su novia.

Abrí la boca, incapaz de articular ningún sonido. *A mí también.*

Rose me soltó a regañadientes y entonces avancé hacia Vincent. Nos miramos unos instantes y luego él abrió sus brazos y me refugié en ellos como si no los hubiese abandonado nunca. Con la mejilla apoyada contra su torso y su mano en mi pelo, me permití soltar las lágrimas que había estado conteniendo hasta entonces.

—Te echaré de menos —susurré.

—Chist —respondió simplemente posando un beso en mi sien.

Disfruté de esos instantes de plenitud, rechazando la idea de que estaba exactamente donde deseaba estar. Eso no era posible, mi futuro estaba escrito en las orillas de un lago de montaña a miles de kilómetros de aquí. 9.284 para ser precisos o 5.769 millas, si lo prefieren.

Al cabo de unos minutos, tras haber empapado de lágrimas su camiseta, me solté lentamente de él. Nunca en mi vida había sentido tanto frío. Su pulgar se demoró en mi mejilla.

—Adiós, Cassandra.

No pude responderle.

Agarré mi maleta, pues Olivia me había hecho una señal para avisarme de que el taxi ya había llegado. No había querido que me acompañara al aeropuerto. Sabía que retrasar más la despedida no serviría de nada. Vincent me quitó la maleta de las manos y se la dio al taxista.

—¡Eh! ¡Yo la conozco!

Contemplé perpleja al hombre, no recordaba haberlo visto.

—La traje desde el aeropuerto hasta aquí, el Luberon. Bueno, ya hace un tiempo, fue a principios de año, yo diría.

—El 2 de enero —precisé.

—¡Usted sabrá! Lo que no olvido jamás es a una chica bonita —se justificó con un guiño.

Eso le valió una mirada asesina de Vincent que sin duda me habría hecho reír en otro momento.

Después de abrazar una vez más a la que había sido mi compañera de piso durante los últimos diez meses, me senté en el asiento trasero del taxi.

Como a mi llegada, hacía diez meses, el taxista no paró de hablar durante todo el trayecto, pero incluso si muy a mi pesar ahora conocía, debo precisar que solo un poco, al Olympique de Marsella, no tomé parte en la conversación. A medida que la granja se alejaba, las lágrimas empezaron a resbalar por mi rostro.

Después de pasar más de once horas entre aviones y aeropuertos, por fin estaba de regreso en mi ciudad natal. Todavía perdí casi una hora en recorrer los interminables pasillos de la terminal del aeropuerto O'Hare, así como en tratar con los agentes de aduana. Al parecer mi idea de cargar con salchichón francés hasta suelo norteamericano no les agradó demasiado y, pese a mis protestas, con gran dolor de mi corazón, tuve que dejar allí mi preciosa mercancía.

Una vez traspasadas las últimas puertas, escruté entre la compacta multitud que se apretaba contra las barreras para encontrar a la persona que buscaba. Cuando la reconocí, me precipité hacia ella. Abrió los brazos y me dejé abrazar, inspirando su olor familiar que, como advertí en ese momento, tanto había echado de menos.

—¿Has tenido buen viaje, cariño?

—Sí, mamá, aunque ha sido largo.

—Ven, no nos quedemos aquí, regresemos a casa.

La casa era en realidad el apartamento de mis padres situado en el centro de Chicago. A mi padre le había ido muy bien, por lo que podían permitirse vivir en un edificio de cierto nivel. El espacio había sido totalmente reformado por un decorador de interiores y, gracias a sus grandes ventanales con vistas al río Chicago, este se erigía desde cualquier punto en el centro del espectáculo. Como yo no había crecido en esa casa que mis padres habían comprado apenas hacía unos años, no tenía recuerdos de mi infancia allí, solamente algún recuerdo de mis estancias entre trabajo y trabajo o de las fiestas de fin de año. Aquel lugar contrastaba enormemente con mi entorno de los últimos meses. Aquí, no se abrían las ventanas para dejar entrar el canto de las cigarras. Si hacía calor, bastaba con poner en marcha el aire acondicionado.

—Te dejo instalarte, cariño, he hecho preparar tu habitación. Dime si necesitas cualquier cosa. Bueno, estás en tu casa, así que haz lo que te apetezca.

Mi madre se retiró algo nerviosa. Hacía tiempo que no compartíamos casa y, aunque se tratara solo de tres semanas, tendríamos que aprender a convivir de nuevo. Claro que habitar tres personas en un apartamento de casi trescientos metros cuadrados no debía de ser muy difícil.

Los días que siguieron aproveché para volver a ver a los amigos que me quedaban en Chicago. Además, en vista de mi próximo traslado a California, hice algunas compras, pero, después de aquello, ya no tuve nada que hacer en la ciudad. Mis amigos estaban todo el día trabajando y, cuando durante muchos años solo te has visto un par de veces al año, no esperas quedar cuatro veces por semana. Mi padre también se pasaba el día en el trabajo y mi madre andaba siempre de aquí para allá, no paraba de salir, ya fuera a yoga, a comer con una amiga o a hacer una compra de la más alta importancia...

En resumen, al cabo de algunos días, tras intentar seguir la orden de mi jefe de no trabajar durante mis vacaciones, comencé a aburrirme mortalmente.

Aproveché para leer un poco y me sumergí sin demasiada convicción en una novela policiaca. Yo solía leer historias de amor, pero mi corazón, que ahora no se encontraba en su mejor momento, no se sentía con fuerzas para una novela romántica.

Incluso llegué a preguntarme si en aquel edificio no habría una entrañable pareja de jubilados con la que poder tomar café, pero cambié de idea rápidamente diciéndome que, en vez de invitarme amablemente a entrar, avisarían al vigilante para contarle que una retrasada mental había tratado de agredirlos en su propia casa. ¿De qué podrían hablar si no los jubilados del barrio? Debía de ser mucho más difícil estar al tanto de los chismorreos. Habiendo crecido en un entorno similar, sabía por experiencia que era difícil conocer a los vecinos. Las relaciones de vecindad se solían limitar a compartir el ascensor o a un educado saludo en el vestíbulo del edificio.

Afortunadamente Olivia y yo hablábamos por Skype, a veces también estaba por allí Rose, y las dos me animaron un poco. Olivia me puso al corriente de los últimos cotilleos del hotel y me dio noticias de su familia. Rose me hablaba del colegio. Había un tema que Olivia y yo evitábamos conscientemente. Al cabo de algunos días, cuando Olivia pronunció su nombre, sin duda por descuido, le hice la pregunta que me quemaba los labios:

—¿Cómo está?

—¿Por qué no lo llamas para preguntárselo? —contestó.

—Olivia…

—¿Qué quieres que te responda? ¿Qué se arrastra todo el día en pijama llorando por tu marcha o que te ha reemplazado por una despampanante morena cuyos gritos de éxtasis se oyen hasta mi casa y me impiden dormir?

La idea de que otra mujer hubiera conquistado su cama me sentó como un puñetazo en el vientre, pero más me valía rendirme a la evidencia: él terminaría por encontrar a alguien y me olvidaría, si es que no lo había hecho ya.

—No lo sé —balbuceé—. Me gustaría… En fin, creo que solo me gustaría saber…

—¿Sabes una cosa, Cassie? Te apoyo en todo lo que haces. Estoy contentísima de que hayas aceptado ese puesto y no tengo ninguna duda que lo vas hacer muy bien, pero, en lo que concierne a tu relación con Vincent, has jugado con fuego y la única culpable eres tú y, a pesar de haberte prometido no decírtelo, voy a tener que hacerlo: yo tenía razón. Te has enamorado de él y ahora te sientes muy desgraciada. Así que concéntrate cuanto antes en el trabajo y cambia de actitud, porque si no será cada vez peor. Es preciso que lo olvides, sé que no será fácil, tal vez sea incluso imposible, si tus sentimientos son tan profundos como parecen. No serás la primera en haber tenido que dejar al hombre que ama, pero eso no puede impedirte perseguir tus sueños. No puedes abandonarlos ni por él ni por otro.

La escuché atentamente, yo sabía que en el fondo tenía razón, pero olvidaba un elemento esencial en todo aquello: aunque yo pudiera estar perdidamente enamorada de Vincent, él no lo estaba de mí. Sin duda me tenía cariño, como el que te profesa un amigo, y me deseaba, cierto, pero la cosa acababa ahí. Si no me hubiera marchado a los Estados Unidos, nuestra relación habría acabado por marchitarse. Debía trazar una cruz sobre él y seguir el consejo de Olivia. Y por ese motivo una vez terminamos la conversación, llamé a la central de los hoteles Richmond.

—Me marcho al día siguiente de Acción de Gracias —anuncié a mi madre al día siguiente por la mañana.

—¡Oh! ¿Tan pronto? —Se sorprendió—. ¿Pero no debías incorporarte una semana después?

—Sí, pero me necesitan allí antes de lo previsto. Con las fiestas de Navidad tan próximas y la ingente tarea que me espera, me hará falta una semana más.

No era del todo verdad. Había sido yo quien había exigido poder llegar antes al Richmond Tahoe Resort y mi proposición había sido acogida con gran alivio por parte de mis superiores.

—Vale, lo entiendo.

Mi madre parecía un poco decepcionada y, aunque tampoco ellos se habían desvivido por pasar su tiempo libre conmigo, me sentí fatal por haber acortado mi estancia con ellos.

—¿Qué haremos por Acción de Gracias? —le pregunté tratando de desviar el tema de mi precipitada marcha.

—Bueno, lo celebraremos aquí, los tres. He pensado encargar el menú al nuevo *catering* de la esquina de la avenida Michigan con la 13.

—¿No vamos a cocinar? —Me sorprendí, a pesar de haber celebrado treinta años Acción de Gracias con mis padres sin tener recuerdo alguno de mi madre detrás de los fogones.

—¿Quiénes, nosotros?

Al parecer, mi sugerencia era tan incongruente como si le hubiese preguntado si pensaba raparse la cabeza próximamente.

—Tú y yo… ¿O tal vez yo sola? —Vacilé como si me estuviera haciendo la pregunta a mí misma.

—¡Decididamente tu estancia en Francia te ha hecho mucho bien! ¡Si quieres cocinar, será un placer, tengo ganas de probar tus platos!

Y así fue como en pocos segundos me hice cargo de la comida de Acción de Gracias.

Al ser solo tres personas, sería capaz de arreglármelas. No valía
la pena dejarse llevar por el pánico. Y, además, se trataba de mis
padres, no me reprocharían el no haber aprendido a cocinar. Ellos
eran los responsables, al menos en parte, de mi poca maña. ¿Por qué
no habían juzgado conveniente enseñarme a cocinar? Hacemos que
los niños aprendan danza clásica, chino mandarín o guitarra, ¿pero
acaso eso es realmente necesario? ¡En cambio los cursos de cocina
son siempre útiles! Y nadie parece haberse dado cuenta.

Mi estancia en Francia me había enseñado una cosa: la cocina
de calidad no se improvisa, así que, con tiempo por delante y ganas
de triunfar, preparé concienzudamente mi lista de la compra y la
composición del menú.

Muy bien. Como partía de cero, en un primer momento necesité confeccionar la lista de platos que deseaba ofrecerles y encontrar las recetas. Nada mejor que Google para ayudarme. Me pasé
una hora larga leyendo en un blog todas las técnicas necesarias para
mantener el pavo muy jugoso. De hecho, el pavo fue mi primera
preocupación. No había Acción de Gracias sin un pavo, el problema
es que solo éramos tres y según pude informarme, no existía nada
parecido a pavos en miniatura.

Compartí esa reflexión con mi madre y me propuso invitar a
dos parejas de amigos. En condiciones normales, la idea me habría
horrorizado, pero me lo tomé como un desafío. Yo, Cassie Harper,
cocinaría para siete personas el día de Acción de Gracias y me des-
envolvería tan bien como un chef. Bueno, más o menos.

Toda esa historia me sirvió también para ampliar mi cultura
general. En primer lugar, no había una sola página de recetas de
Acción de Gracias que no hiciese un pequeño resumen de las tradiciones y el origen de esa fiesta. Y, la verdad, casi habría sido mejor
permanecer en la ignorancia. Me sentí un poco avergonzada por el
comportamiento de nuestros antepasados frente a los pobres indios.

En fin, nada parecía mostrar que tuviera algún vínculo familiar con esas gentes, pero ante la duda...

En segundo lugar, descubrí que existía una Federación Nacional del Pavo (¡sí, sí!): la oficialísima National Turkey Federation. Y que dicha federación ofrecía todos los años un ejemplar a nuestro presidente. Sí, porque cada año, por cada 46 millones de pavos consumidos en Acción de Gracias, el presidente indultaba a uno que podría vivir en libertad en una granja de Virginia. Esa anécdota me sonaba a una fábula que solía contarse a los niños.

Además de preparar varios kilos de frutas y verduras, necesitaría seis horas de preparación para el pavo, cuya ingesta supondría un total de tres mil calorías por comensal. ¡Me esperaba una tarea ingente!

—Recuérdame otra vez por qué deseas cocinar para Acción de Gracias...

La voz de mi antigua compañera de piso a través de los altavoces de mi ordenador portátil no hizo más que reforzar mi sensación de incomodidad, pero decidí no replicar lo primero que se me ocurriera, no era el momento de que me dejara colgada: ella era mi única esperanza de terminar esa mañana con vida, aunque, en rigor, Olivia se encontraba a seis husos horarios de distancia.

Tras hacer la compra y cargar con las bolsas hasta el apartamento de mis padres, dispuse todo en la cocina (aunque no logré que el pavo cupiera en la nevera), pero en cuanto comencé la primera fase de la receta, pinché en hueso o, más bien, en partes no identificadas del animal, de aspecto muy poco apetecible y con las que no sabía qué hacer.

Sabía que debía empezar a preparar el pavo la víspera, pero, al tratar de limpiarlo (eso era lo que indicaba la receta), no conseguí entender qué había que conservar y qué no. Por supuesto, como se había hecho tarde en los Estados Unidos, en Francia debían de estar en plena noche y no pude llamar a Olivia para pedirle auxilio inmediatamente. Tuve que levantarme al alba para dar con ella y, si alguna vez me hubieran dicho que me iba a encontrar filmando con mi cámara web las entrañas de un pavo para que mi amiga comprobara qué eran esas cosas marrones y gelatinosas que estaban en su interior, me habría hartado de reír. Ya iba con retraso en la preparación y aún me quedaban un montón de cosas por hacer.

—Tengo que empezar la gelatina de *cranberries*.

—¿Ese no es un grupo de *rock*?

—Sí, pero también es una baya y no me digas que he sido yo quien te lo ha enseñado —comenté entornando los ojos a pesar de que, al no estar delante de la cámara, no había ninguna posibilidad de que me viera.

—No, claro que no, sé lo que es una baya. Tomamos bayas para combatir las infecciones urinarias.

—Dicho así, suena mucho menos apetecible —hice una mueca.

—Bueno, ¿y qué más te queda por hacer?

—El puré de patata, el puré de boniatos, el pastel de calabaza, el pastel de nueces pacanas, la salsa y, para terminar, el relleno del pavo.

—¿Y a qué hora desembarca el equipo de cocina contratado?

—¿Qué equipo?

—En serio, Cassie, ¿crees que puedes cocinar todo eso sola en pocas horas? ¿Tú, para quien la cocción de la pasta aún sigue siendo un misterio?

—Pues sí...

Molesta por su escepticismo sobre mi capacidad para terminar la comida a tiempo, no advertí su sarcasmo.

—Cassie, ni siquiera yo sería capaz.

—¿De verdad?

¡Estaba empezando a hacerme dudar!

—Pues claro. Voy a ayudarte virtualmente y mandarte todo mi apoyo, pero, sinceramente, dudo que sea suficiente. Tendrás que simplificar la tarea.

—¿Y cómo?

Olivia me dio algunos consejos, repasamos el menú suprimiendo algunos platos y simplificando otros. Al final, acepté acercarme al *catering* para comprar algunos acompañamientos ya preparados. De regreso al apartamento, encendí el Skype para retomar mi conversación con ella. Mientras se conectaba fui metiendo la compra en el frigorífico.

—Vale, el pavo tiene buen aspecto y el pastel de calabaza parece perfecto, ¡creo que esta comida saldrá genial! —exclamé metiendo otro pastel en el horno.

—¿Cassandra?

Escuchar mi nombre pronunciado por esa voz grave y cálida cuando no me lo esperaba en absoluto me turbó completamente. Solté el pastel y, apercibiéndome de la inminente catástrofe, traté con un gesto de atraparlo al vuelo. Lamentablemente, olvidé por un instante que el horno estaba abierto. Tropecé contra la puerta y mi cuerpo cayó hacia delante. Mi antebrazo fue el primero en tocar el ardiente metal, grité y, en un acto reflejo de supervivencia, me arrojé a un lado para despegar mi carne lo más rápido posible de allí. Mi cabeza aterrizó pesadamente sobre el suelo, seguida por el resto de mi cuerpo.

Estaba algo atontada y el brazo me escocía muchísimo. Oí a lo lejos la voz preocupada de Vincent gritando tanto por los altavoces del ordenador que chasquearon. Sus gritos, asociados al ruido de mi caída, alertaron a mi madre y al instante apareció corriendo en la cocina.

—¡Cassie! ¿Pero qué te ha pasado?

Me ayudó a levantarme y me llevó al salón. Echó un vistazo a mi herida y me anunció con un tono que no dejaba lugar a discusión:

—Nos vamos a urgencias, tienes que dejar que te examinen el brazo.

Me sentía demasiado confusa como para oponerme. Y debía reconocer que el brazo me seguía doliendo mucho.

Una vez en el coche volví a pensar en Vincent. Había sido testigo de toda aquella escena. Me acordé de su tono de pánico, preocupado al verme caer contra el horno. Le enviaría un mensaje más tarde, había olvidado el móvil en casa.

En realidad, me sentía furiosa. A pesar de saber que se encontraba a miles de kilómetros de mí, el solo sonido de su voz me había desestabilizado completamente. ¿Por qué había contestado el Skype de Olivia? ¿Le habría comentado ella que yo volvería a llamar? ¿Habría querido hablar conmigo? ¿Se trataba de una coincidencia? De todas formas, ¿qué podía cambiar eso? Vivíamos con un océano entre nosotros y muy pronto también las tres cuartas partes de un continente. No, Vincent no llamaba para decirme que se mudaba a mi barrio. Era yo quien había llamado. Y, de todas formas, no estaba enamorado de mí.

El médico del hospital me administró un calmante y, la verdad, resultó perfecto, pues me impidió dar vueltas a las cosas, especialmente a ese moreno de ojos verdes capaz de turbarme desde el otro lado del mundo.

De regreso al apartamento algunas horas más tarde, me dirigí directamente a mi habitación. El tiempo que había pasado en una sala de espera superpoblada de afectados por las comidas de Acción de Gracias me había agotado. Era una locura el número de accidentes que la preparación y la degustación de ese almuerzo festivo podía ocasionar. Cortes, quemaduras e indigestiones, por no hablar de intoxicaciones alimentarias, habían desfilado ante mis ojos.

Tomé maquinalmente el móvil que había dejado olvidado en mi mesilla. Tenía veinte llamadas perdidas, la mayoría de Vincent.

Eché una ojeada al despertador e hice un cálculo mental de la diferencia horaria. Ya era de noche en Francia, pero, por su insistencia, tenía que llamarlo. Descolgó al primer tono.

—¿Cassandra? ¿Eres tú?

Su voz sonaba ansiosa y apremiante.

—Sí —respondí sencillamente sin que me dejara tiempo de añadir nada.

—¿Cómo estás?

—Vaya —contesté con calma—. Tengo una quemadura superficial en el brazo y una pequeña contusión en la cabeza. Nada grave.

Soltó un largo suspiro y unos segundos de silencio flotaron entre nosotros.

—Me has asustado. Me has dado un susto terrible —reconoció con voz casi temblorosa—. Perdóname, ha sido culpa mía.

Mi corazón se encogió y aferré el teléfono con fuerza. En ese instante me habría gustado tanto estar entre sus brazos, pero ahí estaba, sola, tendida en una cama que tampoco era realmente mía, en Chicago.

—No ha sido culpa tuya, soy yo que soy muy torpe. Y, para no variar, un desastre en la cocina.

—El pastel tenía buena pinta antes de acabar en el suelo —comentó con la intención de quitar algo de tensión.

—Pinta seguro, ¿pero estaría bueno de verdad? Ya no podremos saberlo nunca.

—Lo siento mucho. Has podido hacerte mucho daño.

—Deja de disculparte, no es culpa tuya. Bueno, si me hubiera golpeado la cabeza y me hubiera quedado desfigurada de por vida, te habría odiado un poco, pero no ha sido el caso. Quizás me quede una pequeña cicatriz, así tendré una anécdota que contar. Y un recordatorio para la próxima vez que me entren ganas de cocinar.

Se rio brevemente y ese sonido me caldeó las entrañas.

—¿Cómo está Rose? —le pregunté al cabo de un momento.

—Bien.

Me pareció advertir una sonrisa en su voz.

—Ya sabes como es. Sigue tan activa como siempre. Ha hecho amigos en el colegio y ahora está muy integrada. Y se la ve muy feliz.

—Me alegra oírlo.

—Te echa de menos —añadió al cabo de un momento.

—Yo también la echo de menos.

Y a ti también, tuve ganas de gritar.

—¿Cuándo te marchas al lago Tahoe?

—Mañana. He adelantado mi partida.

—¿Por qué?

—Creo que tengo ganas de pasar a la acción lo más rápido posible.

Necesito estar ocupada para poder olvidarte, eso es lo que habría debido confesarle.

—Bien, estoy seguro de que estarás muy bien allí.

¿Cómo podía estar tan seguro de ello? No tenía ni idea, yo misma no estaba segura de nada, pero era una de esas frases que uno dice para agradar o para convencerse a sí mismo.

Estuvimos charlando de todo y de nada durante un tiempo que no sabría determinar y acabé por dormirme, sin duda medio dopada por los analgésicos y acunada por el sonido de su voz.

Diciembre

—Señorita Harper, una tal Olivia Allard pregunta por usted al teléfono. Al parecer, llama desde Francia.

Di las gracias a mi secretaria y acepté la llamada. Me extrañó que Olivia me llamara al trabajo.

—¿Olivia, eres tú? ¿Qué sucede? ¿Va todo bien?

Mi amiga se echó a reír.

—¡Es a ti a quien tengo que hacer esa pregunta! ¡Llevo sin noticias tuyas desde hace semanas!

Suspiré.

—Lo sé, pero verás, he estado muy ocupada y desgraciadamente la cosa no tiene visos de mejorar.

—Lo dudo mucho, señora directora, bueno, señorita, a menos que hayas hecho un viaje relámpago a Nevada y hayas cambiado de estado civil sin decírmelo.

La ciudad de South Lake Tahoe, vecina a la población en que vivía ahora, estaba situada en la frontera con el estado de Nevada, por lo que podían encontrarse pequeñas capillas para celebrar bodas en la zona este del núcleo urbano.

—No, no tengo nada que declarar a ese respecto…

—Entonces, ¡cuenta! ¿Cómo lo estás pasando?

—Aparte de los momentos en los que duermo y, créeme, son escasos, vivo atrincherada en mi despacho la mayor parte del tiempo. Estoy pensando seriamente hacerme instalar una cama aquí mismo —informé con voz mustia.

—Pero, oye, ¡no te veo demasiado entusiasmada! ¡Y yo que creía que tendrías toneladas de cosas que contarme!

Parecía estar decepcionada ante mi indiferencia y mis lacónicas explicaciones.

—Lo siento, estoy agotada. Y, a decir verdad, no siempre es fácil.

—¡Oh! ¿En serio? Cuéntame algo y trataré de levantarte el ánimo.

Intenté resumirle mis tres primeras semanas en el Richmond Tahoe Resort.

El hotel, en un primer momento, me había causado buena impresión. Al llegar, parecía bastante bonito y acogedor. Asentado en medio de un bosque de abetos, a pocos metros del lago, su emplazamiento era digno de una postal. El edificio principal, hecho de troncos de madera, estaba construido al estilo de las cabañas. Las habitaciones, la mayoría *suites*, se hallaban diseminadas entre los árboles para garantizar así la intimidad a sus ocupantes.

El primer día me reuní con mi predecesor, un hombre de unos sesenta años que en pocas semanas se marcharía para disfrutar de una bien merecida jubilación. Lo menos que se podía decir de él es que parecía agotado. Él me acogió con alivio, pero no me atrevería a decir lo mismo del resto del equipo. Los empleados manifestaron una desconfianza hacia mí como no había sentido nunca. Mi relación con el chef Lafarge en el Luberon parecía una historia de amor en comparación con aquello. Comprendí enseguida que yo era para ellos la persona que pondría patas arriba su pequeña y tranquila vida en medio del bosque. Y los descubrimientos que fui haciendo los días siguientes confirmaron mi primera impresión.

El hotel estaba en un estado de absoluto abandono. La situación no llegaba a ser catastrófica, ni se había alcanzado el nivel del castillo encantado de Disney, pero en algunas partes era necesario acometer importantes obras de mantenimiento.

Y, con respecto a la limpieza, las mujeres encargadas del servicio parecían contentarse con hacer lo mínimo, con la generosa complicidad de las gobernantas.

La carta del servicio de habitaciones era ridícula para un hotel de su categoría y la del restaurante estaba totalmente fuera de lugar. El chef proponía platos italianos que, en mi opinión, no tenían de la patria de Dante más que el nombre. Si yo hubiese sido un súbdito de la península itálica, de «La Bota», habría presentado inmediatamente una demanda por ultraje a la cultura culinaria de mi país.

En cuanto a los empleados de recepción y conserjería, todos ellos habían olvidado el propósito básico de su trabajo: el servicio al cliente. Cuando llegué, tras haberme negado a que vinieran a buscarme precisamente para tener la oportunidad de comprobar la acogida al lugar como si fuera una persona anónima, el tono frío de la recepcionista y su impaciencia frente a mis preguntas habrían hecho pasar a Christelle por la empleada del mes.

En resumen, estábamos muy lejos de ser el idílico establecimiento que aparecía en la página de Internet de los hoteles Richmond y, de hecho, los comentarios negativos de los clientes no paraban de aflorar en la sección de opiniones.

Por supuesto, la central no me había ocultado la situación, pero sí la habían minimizado o, mejor dicho, no estaban en absoluto al corriente.

—¡Ya ves! ¡Como soléis decir, aquí hay mucha tela que cortar!

—¡Ahora comprendo por qué no estás nunca en casa cuando intento localizarte!

Lo que no le dije es que «estar en casa» me deprimía terriblemente.

Habían puesto a mi disposición una casa situada a pocos kilómetros del hotel. Se encontraba en una especie de urbanización construida al borde del lago, con pequeños canales que discurrían ante las viviendas. Estaba pobremente amueblada y no tenía ningún encanto, pero eso no era lo más importante. Después de todo, una excursión a cualquier tienda de decoración habría resuelto el problema.

En realidad, me sentía atrozmente sola.

Mis diez meses en la granja de los Allard-Bonifaci me habían acostumbrado a tener gente a mi alrededor a todas horas. En el lago Tahoe el ronroneo del frigorífico y el tictac del reloj eran toda mi compañía. La mayor parte de los vecinos estaban ausentes, pues muchas de las casas solamente estaban ocupadas en temporada alta, por lo que mi calle parecía desesperadamente vacía. Así las cosas, para mí era mejor quedarme en el hotel y trabajar.

Le pedí que me pusiera al día de todo el mundo. Me contó que Papet se encontraba mucho mejor y que Mamée y él ya peleaban tanto como antes del derrame, señal muy alentadora. Y me habló de la sobreexcitación de Rose ante la llegada de la Navidad.

De hecho, me puso al día de todos, salvo de aquel en quien no dejaba de pensar, a pesar de todas mis preocupaciones.

—¿Y Vincent? —terminé por preguntar.

—Llámalo —respondió.

—No puedo. No sé qué decirle.

No había vuelto hablar con él desde nuestra conversación en Chicago al salir del hospital.

—Puf, sois agotadores —suspiró.

—¿Por qué, te ha dicho alguna cosa?

Mi corazón empezó a latir apresuradamente, todo en la reacción de Olivia indicaba que Vincent le había hablado de mí.

—Me preguntó cómo te iba y le dije que te llamara.

Pero no lo había hecho. Toda mi euforia se desmoronó como un castillo de naipes.

Charlamos unos minutos más y, justo antes de colgar, Olivia me anunció:

—¡Por cierto, te he enviado un paquete por Navidad, pero te prohíbo abrirlo antes de esa fecha!

Las fiestas llegaron casi sin darme cuenta. Tuve el tiempo justo para encargar en Internet un regalo para Rose, así Papa Noel le entregaría algo de mi parte.

Recibí el paquete de Olivia y lo guardé intacto hasta el día de Nochebuena. Sospechaba que podía tratarse de algunos productos franceses para disfrutar de una agradable velada, que tendría que pasar sola, porque mis padres finalmente no podrían reunirse conmigo debido a compromisos profesionales de mi padre. Había tenido que tranquilizar por teléfono a mi madre, quien durante más de una hora estuvo lamentándose por abandonarme, y decirle que iría a casa de unos amigos. No tenía ningunas ganas de ir a casa de quienquiera que fuese y tampoco es que contara con amistades en ese rincón del mundo (pero eso me cuidé mucho de mencionarlo).

Sin embargo, no pude librarme de la fiesta de Navidad celebrada por el personal del hotel. Preparé un breve discurso de ánimo para mis tropas sin insistir demasiado en el aspecto profesional: debía mantener el espíritu navideño.

Se había dispuesto un gran bufé surtido de platos tradicionales de Navidad. Aparentemente, el chef se había superado, lo que me confirmó que era capaz de hacer otra cosa aparte de la mala cocina italiana. Al menos eso me tranquilizó.

Siguiendo la tradición, a los invitados se les daba la bienvenida con un ponche de huevo y se había decorado un enorme abeto. Es más, todo el hotel estaba adornado con ornamentos rojos y verdes. Si había algo que no se nos podía reprochar a los norteamericanos, era el tomarnos la decoración navideña a la ligera. Advertí con amargura que no había tenido tiempo de vivir una Navidad en Francia. ¡Me habían contado que en Provenza la tradición era comer trece postres diferentes en Nochebuena!

Uno de los botones hizo de improvisado *disc-jockey* para la fiesta y salieron varias parejas a la pista de baile. El ponche de huevo había desinhibido a algunos de los empleados, entre los que se contaban aquellos normalmente más reservados.

Gordon Lewis, el responsable de la restauración del hotel, se acercó a mí con una copa de ponche de huevo en la mano y me la tendió.

—Feliz Navidad, señorita Harper. Si permite que se lo diga, está radiante esta noche.

—Feliz Navidad, Gordon —respondí alzando mi copa.

Gordon era un hombre bastante apuesto y de trato agradable que me recordaba mucho a Damien. Conversamos unos minutos sobre cuestiones laborales. Y luego él se atrevió a hacerme algunas preguntas más personales.

—Y bien, señorita Harper, ¿qué tiene previsto hacer por Navidad?

No tenía ganas de decirle que pensaba hacerme un ovillo en casa viendo comedias familiares, así que le di una respuesta vaga.

—Oh, quiero aprovechar para descansar un poco.

—¿No tiene familia que venga a visitarla?

—Mis padres viven en Chicago y Chicago no está precisamente cerca.

Asintió con una pequeña mueca que le hizo parecer estreñido.

—Yo también estaré solo en Navidad —anunció con un tono que haría llorar hasta a las mismas piedras.

Por favor, espero que no se eche a llorar.

—¿No tiene tampoco a nadie cerca? —pregunté tratando de ser educada.

—Mis padres murieron. Una noche de Navidad de hace cinco años —declamó de forma tan teatral que me pregunté si aquello era verdad o si estaba interpretando una tragedia—. Es una herida que aún no se ha cerrado y, como puede imaginar, estas fiestas me ponen muy nostálgico.

Depresivo, habría dicho yo.

—¿Y no tiene mujer o novia con la que pasar la Navidad?

Me recriminé al instante haber hecho la pregunta. Siendo mal pensado, uno habría creído que pretendía informarme sobre su estado civil.

—No, lamentablemente estoy solo. Desde que se marchó Paolo, hace seis meses, no ha habido otro hombre en mi vida.

¿Paolo? Debí de mostrarme sorprendida, como efectivamente estaba, pues Gordon precisó:

—Sí, señorita Harper, soy gay.

—Perfecto, me deja muy tranquila —respondí aliviada porque no hubiera ningún malentendido entre nosotros.

Y luego, al comprender la barbaridad de las palabras que acababa de pronunciar, me apresuré a añadir:

—¡Bueno, no! ¡No era eso lo que quería decir! Me alegra que se sienta tan cómodo conmigo como para hablarme abiertamente. Bueno, no es que sea algo que haya que esconder, ¿no? Pero es cierto que a veces dudamos si salir del armario ante nuestro jefe.

Sentí que me hundía más con cada palabra que pronunciaba. Gordon me miraba totalmente anonadado. ¿Qué prejuicios tenía yo para haber reaccionado de esa forma? Mi comentario había sido totalmente inapropiado. El ponche de huevo estaba surtiendo un efecto terrible en mí. Así que, tratando de arreglarlo, propuse:

—¿Qué le parecería pasar la Nochebuena conmigo? ¿Podríamos cenar contándonos nuestras peores anécdotas de Navidad?

—Será un placer, señorita Harper, yo llevaré el vino.

Y así fue como me encontré cara a cara en Nochebuena con el responsable de la restauración.

—¡Cassie, estos bocaditos son realmente excepcionales!

Podría haber mentido por omisión respondiendo con un simple «gracias», pero había aprendido que hacer creer que era una excelente cocinera podía volverse en mi contra.

—Es la primera vez que pruebo la comida para llevar de ese establecimiento que hay en South Lake Tahoe y estoy bastante satisfecha. Me lo recomendó Linda, la gobernanta. No quería envenenarte.

Había pedido consejo para no equivocarme en la elección del *catering*, ya que Gordon se ocupaba de los restaurantes y debía de tener un mínimo paladar, cosa que confirmé cuando degustamos el vino que había traído.

—Pues sí, Cassie, ¡ha sido una excelente elección!

Alzó su copa para brindar. Yo le había sugerido que nos tuteáramos. No me parecía agradable pasar la velada escuchando «señorita Harper» a cada minuto. Y, además, en el hotel, la mayoría de los responsables me llamaban por mi nombre, algo que sería totalmente inapropiado en Francia pero que aquí, en los Estados Unidos, era lo corriente.

Le conté a Gordon mi última incursión culinaria del Día de Acción de Gracias para que entendiera por qué no había querido cocinar yo.

Su compañía resultó ser muy agradable, tenía un sentido del humor bastante agudo y no se mostró tan depresivo como yo había temido. La velada fue incluso divertida y me alegré mucho de haberlo invitado.

Un poco más tarde, ya de noche, me reveló sus cuitas sentimentales. El famoso Paolo, un chef italiano, lo había dejado hacía seis meses. En realidad, me enteré de que se trataba del anterior chef del Richmond Tahoe Resort, lo que explicaba que la carta incluyera *primi* y *secondi* platos. Su segundo de a bordo, a quien había dejado al mando de la cocina tras su marcha a otro hotel del grupo, se había contentando con seguir haciendo los mismos menús propuestos anteriormente. Y Gordon, con el corazón partido por la marcha de su amante y nostálgico por aquella época, lo había dejado hacer.

—¿Que se mudara lejos precipitó vuestra ruptura?

—Sí, todo transcurría de maravilla entre nosotros hasta el día en que la central le propuso un puesto en el nuevo hotel de Roma. Fue entonces cuando me dijo que no podía rechazarlo. Siempre había soñado con dirigir las cocinas de un hotel en su país.

—¿Y no quisiste seguirlo?

—Nunca me lo propuso —reconoció clavando la mirada en su copa de vino—. Y, además, no sé si habría estado preparado para vivir en Europa.

—¿Por qué?

—Tú debes de saberlo, ya que lo has vivido. La vida allí es muy diferente de la nuestra, no tenemos la misma cultura, el mismo modo de vida.

—Nuestro modo de vida no es tan diferente. Es cierto que algunas tradiciones no son las mismas, pero creo que tenemos muchas ideas preconcebidas sobre los europeos, y ellos sobre nosotros, que no tienen razón de ser. Y la única manera de formarse una opinión es yendo allí, así que si esa es la única cosa que te impide reunirte con él, te aconsejo que lo medites.

—Ya, bueno, pero, como te he dicho, no me propuso que me fuera con él —suspiró.

—¿No le darías tú la impresión de que estaba fuera de lugar el que lo siguieras a Europa? Si pensaba que no serías feliz allí, es normal que no te lo propusiera.

—¿Y eso cómo puedes saberlo?

—Porque cuando tenemos un sueño, tenemos ganas de vivirlo, pero no de imponérselo a aquellos que nos aman. Imagina que lo hubieses seguido y, una vez allí, aquello no te hubiera gustado. Paolo se habría sentido fatal por haberte pedido que lo siguieras. Era más fácil para él dejarte aquí sabiéndote feliz.

—¡Pero no soy feliz!

—¡Entonces, reúnete con el! ¿Qué tienes que perder?

Yo misma me quedé asombrada ante mis propias palabras. Finalmente había verbalizado en otra persona lo que yo pensaba en el fondo. Como se puede suponer, en las semanas que precedieron a mi partida, se me pasó a menudo por la cabeza pedirle a Vincent que me siguiera, pero sabía que su vida estaba en el Luberon, rodeado de su familia, y que eso era lo que le hacía feliz. Y ahora su felicidad estaba completa teniendo a Rose la mayor parte del año. Y, además, nunca me habría atrevido a pedirle que lo abandonara todo cuando solo salíamos juntos desde hacía unos meses. Por no hablar de que él nunca me había dicho que me amaba. Nuestra historia había sido un divertimento para él y una delicia para mí. Al menos él había respetado su parte del acuerdo, al no encariñarse.

Hacia las once de la noche Gordon se dispuso a marcharse. Yo había advertido que había empezado nevar, pero cuando abrimos la puerta pudimos constatar que la cantidad de nieve cuajada era mucha más de la que habíamos imaginado.

—¿Tienes una pala para despejar la nieve? —preguntó Gordon.

—Sí, en el garaje.

Había alquilado la casa con muebles y, por suerte, su propietario consideró que una pala quitanieves sería un artículo indispensable para vivir en aquella región. Hasta entonces no había hecho uso de ella. Gordon comenzó a despejar el camino de acceso a mi casa. Menos mal que eran solo unos metros. Contemplé dubitativa la carretera recubierta por casi diez centímetros de polvo inmaculado. No había demasiada gente en esa época por el vecindario, de hecho, ningún coche había circulado durante las últimas horas.

Aun así, vimos a un vecino pasar a pie y, al vernos tratando de retirar el oro blanco, nos informó:

—Yo, en su lugar, lo dejaría estar. La carretera nacional no está despejada y las autoridades han pedido a todo el mundo que trate de evitar los desplazamientos. ¡No podrán recorrer ni cien metros! ¡Ah, y feliz Navidad!

Gordon y yo intercambiamos una mirada consternada. Solo quedaba una solución:

—Gordon, creo que vas a tener que pasar la noche conmigo.

Poco tiempo después, al ir a acostarme, tras haber insistido Gordon en dormir en el sofá y dejarme mi habitación, caí en la cuenta de que en Francia serían más de las ocho de la mañana. Rose debía de estar a punto de desenvolver sus regalos y la imaginé soltando grititos de alegría. También imaginé a Vincent, con el pelo revuelto y una taza de café solo en la mano, sin quitarle los ojos de encima. Y con esa imagen me quedé dormida.

A la mañana siguiente, no me entretuve demasiado en la cama, segura de que mi invitado no se levantaría tarde. Y estaba en lo cierto. Lo encontré en la cocina, preparando unas tortitas.

—¡Feliz Navidad, Cassie!

Era todo sonrisas, al parecer, dormir en el sofá no le había puesto de mal humor. ¿A no ser que su alegría se debiera a la magia de la Navidad y a la perspectiva de ver comedias familiares conmigo? Porque incluso si el sol parecía haber hecho acto de presencia, aún pasarían varias horas hasta que abrieran las carreteras al tráfico.

Me hizo una señal para que me sentara y colocó frente a mí un desayuno de campeones. La situación era en cierto modo bastante insólita. Hacía veinticuatro horas, aún era uno de mis compañeros de trabajo, y seguía siéndolo, uno de mis subalternos, pero en ese momento se encontraba en mi cocina preparando el desayuno.

—Lo he hecho con lo que he encontrado en los armarios —se excusó—. No sabía que hubiera quienes se alimentan exclusivamente de galletas rellenas.

Hice una mueca ante su comentario. Efectivamente mis armarios rebosaban de ese tipo de comida calórica, industrial y química, que habría hecho gritar de terror al chef Lafarge o, más bien, le habría proporcionado la inmensa satisfacción de no haberse equivocado respecto a mí, al recordarme sin cesar que era incapaz de tomar «verdadera comida».

—No todo el mundo vive con un chef —respondí un tanto seca.

Su sonrisa se esfumó y comprendí inmediatamente que mi comentario había sido mezquino e hiriente. Me sentí fatal por haber estropeado ese momento después de que él se hubiera tomado tantas molestias para complacerme.

—Perdóname, he dormido mal, no quería decir eso.

Pareció aceptar mis excusas, pero respondió con un simple movimiento de cabeza. Tratando de distender el ambiente, propuse:

—¿Qué te parecería hacer un maratón de comedias de Navidad? Creo que dentro de unos minutos van a poner *Solo en casa*.

Nos acomodamos en el sofá del salón, el mismo que había servido de lecho improvisado a Gordon para pasar la noche. Yo había debido de ver esa película al menos una decena de veces, pero las caras de Macaulay Culkin aún me hacían reír. Eso era exactamente lo que necesitaba. Una película divertida que no me hiciera pensar.

Mis padres me llamaron para desearme feliz Navidad y disculparse por quincuagésima vez por no haber podido desplazarse. Los escuché distraída y más cuando mi mirada se detuvo sobre el paquete que Olivia me había enviado todavía intacto bajo el árbol de Navidad. Ahora que estábamos a 25 de diciembre, tenía todo el derecho a abrirlo y mi curiosidad me dictaba hacerlo rápidamente, pero debía esperar a que Gordon se marchara.

Vimos toda la película y después Gordon me preguntó si podía darse una ducha. Le saqué unas toallas y volví al salón. Ardía en deseos de abrir el paquete. Cedí a la tentación.

La caja contenía en realidad muchos objetos. Todos y cada uno de los miembros de la familia del Luberon me habían enviado un regalo con una nota.

Papet y Mamée me habían enviado un paquete de mi marca preferida de café que se vendía únicamente en Francia; Nicole y Auguste, unos jabones de Marsella con perfume de lavanda; Mireille me había envuelto un turrón como si se tratara de un frágil objeto de cristal, sin duda para que pudiera pasar por la aduana; Olivia, por supuesto, no había elegido productos regionales, sino más bien un juguete sexual con una sola palabra escrita en la carta: «¡Disfruta!»; Rose había adjuntado tres bonitos dibujos sobre la Navidad, y, en el fondo de la caja, se encontraba un pequeño estuche rojo con un lazo sin nota escrita alguna. Mi corazón se aceleró un instante preguntándose si se trataría de un regalo de parte de Vincent.

Abrí con cuidado el estuche de terciopelo y saqué un magnífico colgante labrado en forma de corazón. Supe instantáneamente que era él quien lo había comprado, no tenía ninguna duda.

La pasada primavera, Mireille nos había mandado juntos al mercado de Ménerbes para comprar carne a un carnicero ambulante. Yo me había detenido frente al puesto de un artesano que trabajaba la plata y elaboraba joyas que me parecieron muy bonitas. Vincent se había burlado de mí, porque, al igual que todas las mujeres, me extasiaba delante de todo lo que brillaba. Ni siquiera estábamos juntos por aquel entonces, pero él se había acordado.

Ante el recuerdo de ese momento compartido y frente a ese regalo que me conmovía hasta lo más profundo de mi ser, me eché a llorar. Gruesas lágrimas como no había vertido nunca desde la mañana en que, al despedirme de la granja, había empapado la camiseta de Vincent. Aquel corazoncito era uno de los más bellos regalos que me habían hecho en la vida, pero también reavivaba todos los interrogantes que desde hacía semanas no cesaban de rondar por mi cabeza. ¿Cómo debía interpretar ese regalo? ¿Estaría pensando en mí allí lejos, en su pequeña casita de piedra? ¿Me echaría tanto de menos como yo a él? ¿Había sentido algo por mí? ¿Por qué me había regalado un corazón?

Traté de contener las lágrimas rápidamente, Gordon no tardaría en salir del cuarto de baño. No quería que me viera con los ojos rojos y la nariz moqueando.

Una musiquita en mi ordenador atrajo mi atención. Aún algo atontada, tardé varios segundos en comprender de qué se trataba. Alguien intentaba comunicarse vía Skype.

Me levanté de un salto, sabía que había muchas posibilidades de que quienes me llamaban fueran los mismos cuyos regalos acababa de abrir. Al acercarme a la pantalla, pude confirmarlo.

—¡Feliz Navidad, Cassie!

La vocecita de Rose resonó en mi salón y la visión de sus rizos rubios me arrancó una sonrisa que debió de extenderse de oreja a oreja.

—Oh, *Sweetheart*, ¡es muy amable de tu parte llamarme! Cuéntame qué te ha traído Papa Noel.

La pequeña empezó a enumerarme la lista de regalos que había recibido. Hablaba con ese entusiasmo infantil tan hermoso que hace que esas fiestas sean tan especiales para quienes las comparten con un niño.

Sin embargo, cuando iba por mitad de la lista, empecé a escucharla solo a medias. Él estaba allí. En el campo de visión de la cámara, contemplando a su hija con ojos bondadosos, Vincent esperaba. Llevaba un jersey de cuello vuelto negro ajustado al cuerpo, con unos vaqueros del mismo color. Un poco triste para ser el día de Navidad, pero terriblemente seductor.

—Ah, y gracias por haber pedido a Papá Noel que me trajera un regalo de tu parte. Había una cartita para que supiera que lo habías pedido especialmente para mí. Además, es la muñeca con la que estaba soñando, ya sabes, la que habla cuando te apoyas en su vientre.

—De nada, cariño, me alegra saber que te gusta la muñeca.

—Sí, y ahora voy a jugar con ella. Le dejo mi sitio a papá, creo que quiere decirte algo. ¿Sabes qué? Le había pedido a Papá Noel que le trajera una novia, porque está siempre triste, pero creo que se ha olvidado... o a lo mejor papá no se ha portado bien.

Sus últimas palabras me revolvieron el estómago, pero no tuve tiempo de pensar demasiado en ello, porque Rose ya se había marchado y Vincent estaba instalado frente a su ordenador.

Mi corazón empezó a latir a un ritmo frenético y, cuando vi sus ojos color verde esmeralda clavarse en la pantalla de mi ordenador, se me cortó la respiración. Era la primera vez que lo veía desde que me había despedido del Luberon (sin contar la milésima de segundo de mi traspiés culinario en Chicago) y, a pesar de ser de forma virtual, me sentí toda temblorosa.

Una ligera barba sombreaba su rostro y me morí de ganas de extender la mano y acariciar su mejilla. Evoqué su olor y comprendí que estaba lejos de haber olvidado todos los pequeños detalles que lo caracterizaban.

Fui consciente de que la imagen que yo debía estar enviando no era demasiado seductora. Con mi pantalón de pijama a cuadros, que había conocido días mejores, mi informal camiseta negra y el pelo todo revuelto... Sin embargo, cuando los ojos de Vincent se posaron en mí, fue sobre el colgante que había anudado alrededor de mi cuello donde se detuvieron.

—Ya veo que has abierto tus regalos.

Su voz ronca me hizo estremecer hasta lo más profundo de mis entrañas.

—Sí. Muchas gracias, me encanta.

Unos segundos de silencio se impusieron entre nosotros y luego me preguntó:

—¿Te acuerdas de ese día en el mercado?

—Sí —suspiré.

Habría querido responderle que recordaba todos los momentos pasados con él, ¿pero para qué? Aparte de hurgar en la herida, aquello no serviría para nada.

—Te echo de menos —suspiró.

Esas tres simples palabras me pillaron de improviso y me alegraron tanto como oprimieron mi corazón. Hasta ese momento estaba convencida de haber sido la única en enamorarse perdidamente, y por eso sus palabras me sorprendieron y me obligaron a reconsiderarlo todo. Pues claro que se puede decir a una amiga que la echas de menos, pero sus ojos expresaban todo lo que no estaba pronunciando en voz alta. Por una vez, no ocultaban su emoción bajo una máscara de impasibilidad.

—Yo también te echo de menos —respondí tratando de contener las lágrimas que amenazaban con desbordarse.

—Cassandra, yo…

De golpe, su cuerpo se petrificó, como si hubiera recibido un puñetazo en la espalda. Vi sus ojos clavarse en un punto por detrás de mí y me giré instintivamente.

Gordon atravesó el salón en mi dirección, vestido solamente con una toalla alrededor de la cintura.

—Cassie, ¿no tendrás por casualidad un cepillo de dientes que prestarme, por favor?

Su sonrisa se evaporó cuando posó su mirada en mi ordenador.

—¡Oh, lo siento! No había visto que estabas conectada. Termina con lo que estás haciendo, yo puedo esperar —añadió dejando la habitación.

Me volví hacia Vincent o, más bien, hacia la imagen de Vincent en la pantalla del ordenador.

—Perdón por la interrupción, ¿qué me decías? —proseguí esperando anhelante saber qué intentaba decirme antes de que Gordon nos molestara.

—Nada, solo quería desearte una feliz Navidad —gruñó.

Su actitud había cambiado radicalmente, ahora su expresión parecía haber sobrepasado la nota más alta en la escala del fastidio. Quise pedirle explicaciones a su cambio de humor, pero no me dio tiempo.

—Adiós, Cassandra.

La comunicación se cortó de golpe y por un instante creí que se trataba de un fallo de mi conexión a Internet, pero enseguida comprendí lo evidente: Vincent había cortado.

No podía explicarme ese súbito cambio de humor. Había tenido la impresión de que iba a decirme algo importante antes de la interrupción de Gordon.

Fui en busca de Gordon para resolver su problema con el cepillo de dientes.

—¿Era tu novio el que estaba en el ordenador? —preguntó.

—Sí, bueno, no. Era lo que podríamos calificar de exnovio y eso suponiendo que fuéramos novios en algún momento.

Gordon alzó una ceja y declaró:

—Presiento que hay una historia complicada y todavía por terminar. Si tienes ganas de hablar, aún tengo algunas horas que matar antes de poder utilizar la carretera.

Y así fue como me encontré, el día de Navidad, contándole mi vida a uno de mis empleados. Tenía tantas ganas de desahogarme que ignoré que nuestras relaciones de trabajo ya no serían nunca las mismas.

—Entonces, ¿me estás diciendo que nunca le confesaste que estabas enamorada de él?

—No, nunca. ¿De qué habría servido? Él no está enamorado de mí, así que confesárselo para que me rechazara amablemente, no, gracias.

—Bueno, yo no lo conozco, pero en los pocos segundos que he podido atisbar su mirada a través de la pantalla, primero sobre ti y luego sobre mí, he comprendido inmediatamente que ese hombre está loco por ti.

—¿Cómo puedes saberlo?

—¡Te devoraba literalmente con los ojos! Y, cuando me ha visto, si sus ojos hubieran podido fulminarme, creo que ahora mismo no seguiría vivo.

—¿Crees que por eso ha colgado tan rápidamente?

—¿A qué te refieres? —inquirió.

—Estaba a punto de decir algo y, tras tu aparición, cortó súbitamente la conversación.

—Cassie, ¿le dijiste que habías pasado la noche conmigo? ¿Y que me había quedado a dormir?

—No, ¿por qué?

—¿Y te preguntas por qué? Él te creía sola y, de pronto, aparece por detrás un tío medio desnudo que te pide un cepillo de dientes como si hubiera pasado la noche en tu cama. ¿Qué crees que ha pensado?

Visto así, Vincent no tenía modo alguno de saber que Gordon había dormido en el sofá y que no había existido el menor riesgo de compartir cama conmigo.

—Pero qué le voy hacer, de todas formas, ya no estamos juntos.

—Cierto, ya no estáis juntos, pero eso no quiere decir que él no tenga sentimientos hacia ti.

—Si estuviera enamorado de mí, habría tratado de hacerme renunciar a mi idea de marcharme. Habría dicho algo.

Eso era al menos lo que yo estaba intentando creer desde hacía un mes y medio.

—Sabes Cassie, una persona que suele dar buenos consejos me dijo, justo ayer por la noche, que a veces es más sencillo dejar partir a la persona que amamos que arrastrarla a algo que no la haría feliz…

—Pero es estar con él lo que me hace feliz…

Lo que acababa de confesarle a Gordon me salió sin haberlo reflexionado un instante. En realidad, me había prohibido terminantemente divagar en esa dirección. Se suponía que iba a vivir mi sueño, aquí, ahora. Vivir la experiencia profesional para la que había trabajado tan duramente. Y, sin embargo, a pesar de hacer apenas un mes desde que me había hecho cargo de mis funciones, aun apasionándome el trabajo, me faltaba algo. Esa pequeña llama que me haría sentir realizada. Y no era solamente por él. Era todo: Vincent, Rose, Olivia, su familia, la vida en el Luberon. Quería todo eso.

—¿Sabes una cosa? Si no te hubieses marchado, quizá te habrías odiado toda la vida por no haberlo hecho. Y si Vincent es el hombre inteligente que creo que es, por el retrato que me has hecho de él, también lo sabía. Y tal vez por eso te dejó marchar tan fácilmente.

Contemplé a Gordon boquiabierta. Era increíble cómo ese hombre que apenas me conocía podía estar ayudándome a poner en orden de forma tan clara todas las ideas de mi cabeza. Permanecí un momento sin decir nada, mirándolo, medio embobada. Él me sonrió.

—¿Quieres que prepare otro café? —propuso al cabo de un momento—. Creo que en pocos minutos empieza la peli de *El Grinch*.

—Encantada.

Y, mientras tanto, debía reservar un billete de avión.

«Señoras y señores, en unos minutos aterrizaremos en el aeropuerto de Marsella-Provenza. Por favor, abróchense los cinturones y plieguen sus mesitas. Son las catorce horas y cinco minutos, la temperatura

exterior en Marsella es de trece grados y sopla un ligero viento del oeste. Permanezcan sentados hasta que el aparato se haya detenido por completo. Muchas gracias.»

Bullía literalmente de impaciencia en mi asiento, lo que me granjeó numerosas miradas asesinas por parte de mi vecino, un hombre que había estado examinando unos curiosos gráficos en su ordenador durante todo el vuelo. Es más, en cuanto el aparato tomó tierra, ignorando las consignas de seguridad y el ceño fruncido de la azafata, me desabroché el cinturón.

Atravesé el aeropuerto a la carrera. Esta vez no había necesidad de retrasarme esperando mi maleta ya que había decidido viajar ligera con una sola bolsa de mano. Una vez crucé las puertas, tras abrirme paso a través de la multitud, me encaminé hacia la cola de los taxis.

No tuve que esperar demasiado, un bocinazo me hizo levantar la cabeza. Un vehículo adelantó a la cola para detenerse a la cabeza, ganándose de paso algunos insultos de los otros taxistas. El conductor, vestido con una camiseta turquesa y blanca, salió del coche.

—Lo siento, amigo, pero es una de mis clientas habituales —indicó a un furioso compañero—. ¿Y bien, querida, regresamos a Gordes?

Le respondí con una enorme sonrisa y me apresuré a saltar al interior de su bólido.

—Sabía que regresaría —afirmó haciéndose cargo de mi maleta.

—¿Ah, sí?

—Verá, señorita, en vista de lo triste que parecía el día en que fui a recogerla y de la cara descompuesta del apuesto pavo que la despidió, solo era cuestión de tiempo que uno de los dos estallara y volviera a reunirse con el otro.

La seguridad de su voz fue como un bálsamo para mi corazón. Después de todo, quizá no estuviera tan loca. Hacía casi veinticuatro horas que había partido de South Lake Tahoe y durante los tres vuelos y los miles de kilómetros recorridos, no había dejado de especular, teniendo alternativamente la sensación de haber tomado la mejor decisión de mi vida o la más insensata.

Gordon me había acompañado amablemente hasta el aeropuerto de Reno y me había estrechado entre sus brazos deseándome buena suerte. No había avisado a nadie de mi llegada a Gordes, ni siquiera a Olivia. Y, a medida que la distancia se reducía, sentí formarse en mi estómago un nudo de miedo y a la vez de excitación.

El taxi se adentró por el sendero que llevaba a la granja. El corazón me latía tan fuerte que creí que se me saldría del pecho. El vehículo se detuvo y el conductor descendió para abrirme la puerta.

—Podría quedarse unos minutos por si...

—Señorita, no creo que sea necesario, pero si eso la tranquiliza...

Le dirigí una sonrisa de agradecimiento.

—¿Cassie?

La voz de Olivia me hizo girarme hacia la granja. Se encontraba en lo alto de la escalera que llevaba a su apartamento. Pasado un momento de estupefacción, comenzó a descender a toda prisa. Rose apareció a continuación y bajó casi a la misma velocidad.

Antes incluso de comprender lo que me esperaba, me encontré agarrada de la cintura por mi amiga y la niña.

—¡Oh, Dios mío! ¡No puedo creerlo! ¡Estás aquí!

—¡Sí, aquí estoy! —exclamé eufórica comprendiendo que las había añorado mucho más de lo que creía.

—¡Oh, Dios mío! ¡No es posible! ¡No es posible! —no dejaba de repetir Olivia.

—Sí, soy yo, soy yo.

Me eché a reír ante la cara estupefacta de mi antigua compañera de piso.

—¡Sí, lo sé! —replicó respirando hondo—. Sé que eres tú, pero es que Vincent...

Se llevó la mano a la boca como si realmente no pudiera creer lo que estaba pasando.

—¿Vincent? ¿Qué le sucede?

Dejé de reír sintiendo un gran vacío formarse en mi interior.

—Se ha marchado.

¿Cómo que se había marchado? No conseguí pronunciar un solo sonido. ¿Adónde se había ido? ¡Había hecho todos esos kilómetros y él se había... marchado!

—Papá se ha marchado para reunirse contigo, Cassie —aclaró la pequeña Rose.

La contemplé, totalmente estupefacta, sin entender bien que quería decir.

—Vincent se ha marchado hace una hora al aeropuerto para ir a visitarte a los Estados Unidos —precisó Olivia.

—¿Qué? Pero, pero... —balbuceé—. ¡No es posible!

—Pues así es. ¡Así que salta lo más rápido posible a ese taxi y trata de encontrarlo antes de que embarque!

Ni una ni dos, las tres nos precipitamos al interior del taxi.

—¡Hay que regresar a Marignane! ¡Lo más rápido posible! —aullé al conductor.

—¡No hay problema, señorita! Voy a llevarla en menos tiempo del que se tarda en decirlo.

Y el conductor no mintió. Cualquiera diría que había estado toda su vida esperando semejante misión. Yo aún no había visto esa famosa película sobre un taxista marsellés fanático del Olympique de Marsella y de la velocidad. Me prometí llenar esa laguna lo más pronto posible.

Despreciando una vez más las reglas de estacionamiento, el taxi nos dejó frente al vestíbulo de salidas.

—¡Buena suerte, jovencitas! —nos lanzó antes de volver a subirse al coche.

Sin prestar atención alguna a su despedida, hice un esprint en dirección al panel que anunciaba los vuelos.

—¿Sabes dónde hace escala? —le pregunté a Olivia.

—¿Qué quieres decir?

—Su primer vuelo, ¿qué destino tenía?

—No tengo ni idea, no se lo pregunté —se horrorizó ella.

—¡Está bien, yo miraré en el vuelo de Montreal mientras tú te diriges al de Ámsterdam!

—¿Y yo? —preguntó Rose.

—Tú vienes conmigo —anuncié agarrándola de la mano.

Corrimos lo más rápido que sus piernecitas nos permitieron. Y, al llegar ante el mostrador del vuelo para Montreal, escruté entre la multitud. Lamentablemente, Vincent no estaba a la vista. Me precipité sobre una azafata que tecleaba tras su mostrador protegida por unos postes separadores.

—Discúlpeme.

La azafata levantó los ojos de la pantalla apenas el tiempo de un parpadeo.

—Discúlpeme, ¿podría indicarme si mi amigo Vincent Bonifaci viaja en uno de sus vuelos?

La azafata arqueó una ceja depilada contemplándome como si acabara de preguntarle si creía en la vida después de la muerte.

—No estoy autorizada a comunicar ese tipo de información, señorita.

Intenté un nuevo acercamiento.

—Estoy aquí con su hija y necesito ponerme en contacto con él urgentemente.

La joven pareció perder la paciencia.

—Señorita, no damos ninguna información sobre nuestros pasajeros. Si desea encontrarlo, no tiene más que llamarlo. Ahora, le pido que deje su sitio a los otros viajeros.

—¡Pero no lo entiende! ¡Se trata de una información extremadamente importante!

Eché una ojeada a Rose que me miró como diciendo que me seguiría con cualquier cosa que intentara.

—Su hija Rose aquí presente está muy enferma y necesita sin falta ver a su padre antes de que embarque. ¡No puede negarle a una niña enferma ese derecho!

Era consciente de estar exagerando un poco, pero Rose captó mi superchería, decidió seguirme la corriente y empezó a toser de forma desesperada.

La azafata mostró una expresión de nivel 9 en la escala del fastidio.

—Señorita, no sé si está al corriente, pero hay algunas reglas de seguridad elementales que se aplican actualmente en los aeropuertos. El plan Vigipirate, por ejemplo, ¿le suena de algo? Aunque la pequeña estuviera al borde de la muerte, aquí, frente a este mostrador, no podría hacer nada por usted. Ahora, por favor, déjeme trabajar, se lo ruego.

Vale. La tiparraca con su uniforme y su ridículo gorrito no quería ayudarme. Seguro que ella no había tenido jamás que perseguir al hombre de su vida por un aeropuerto. De todas formas, con su moño de cancerbera y su gorrito inmundo, tenía todas las papeletas para terminar soltera y amargada.

Giré sobre mis talones, con Rose aferrada a mi mano, y decidí reunirme con Olivia, quizá ella habría tenido más suerte.

—¡Cassandra! ¡Rose!

El corazón casi se me salió del pecho. Esa voz que pronunciaba mi nombre y el de su hija era todo lo que quería oír en ese momento.

Localicé rápidamente el lugar de donde provenía a apenas unos metros. Vi a Vincent correr hacia nosotras, con Olivia pegada a sus talones intentando mal que bien seguir su ritmo sin tropezarse con la maleta de algún pasajero.

Por fin él llegó a mi altura y sin dudar un segundo soltó su maleta para abrazarme tiernamente. Mis sentidos reaccionaron al instante a su proximidad. Su olor familiar me envolvió, mientras él me estrechaba con fuerza y mi cuerpo se acurrucaba contra el suyo tan firme y tranquilizador. Noté una lágrima resbalar por mi mejilla, al tiempo que los dedos de Vincent acariciaban el óvalo de mi rostro para detenerse en mi mentón y poder alzar mi cara. Cuando sus ojos color verde esmeralda se clavaron en los míos, las mariposas de mi vientre revolotearon con un ímpetu inusitado. Se me cortó la respiración y el tiempo pareció suspenderse. El bullicio del aeropuerto, los anuncios escupidos por los altavoces, los pitidos estridentes de las puertas de seguridad, todo desapareció. Solo quedamos él y yo. Posó sus labios sobre los míos, desatando una deliciosa sensación que pensé que no volvería a revivir. En cuanto el beso comenzó, deseé que no tuviera fin. Tenía la impresión de estar allí donde pertenecía, de encontrarme en casa.

Anudé los brazos alrededor de su cuello y paseé los dedos por su pelo un poco largo. Sus grandes palmas acariciaban mi espalda dibujando complejos arabescos. Estábamos solos en el mundo, perdidos en nuestro abrazo. Había olvidado todo lo que quería decirle, el discurso que había preparado en mi cabeza durante las largas horas de vuelo.

Vincent se retiró de mi boca y yo protesté soltando un pequeño gemido.

—No estamos solos —me susurró al oído.

Efectivamente, había miles de personas a nuestro alrededor, pero la mayor parte parecían centrados en sus ocupaciones, sin prestar la menor atención al desenlace feliz que acababa de desarrollarse ante sus ojos. Salvo tal vez dos abuelas que esperaban en las incómodas sillas del aeropuerto y mostraban unas beatíficas sonrisas que delataban que no habían perdido ripio de lo sucedido.

Olivia y Rose también nos contemplaban y, aunque mi antigua compañera se negara a admitirlo cuando se lo conté algunas horas más tarde, pude ver algunas lágrimas en sus ojos.

Vincent le hizo una seña a su hija para que se acercara y la aupó con un brazo hasta pegarla contra nosotros. La pequeña me susurró al oído:

—Le había pedido una novia a Papá Noel para mi papá y, aunque con algunos días de retraso, ¡ha escuchado mi petición! Es más, yo quería que fueras tú su novia.

Y, luego, no dejándome tiempo para replicar, se volvió hacia su padre y dijo:

—¡Paapaá, tengo hambre!

—Bueno, creo que vamos a volver todos a casa.

A casa. Esa idea me llenó de alegría.

Como era de esperar, mi llegada o, más bien, mi segunda llegada del día a la granja causó una gran conmoción. Todo el mundo quería verme, hablarme, tocarme. Aunque Vincent y yo apenas tuvimos tiempo de intercambiar algunas palabras, se mantuvo todo el rato a mi lado, como si quisiera asegurarse de que no iba desaparecer sin que se diera cuenta, pero, aparte de eso, no tuvimos tiempo para charlar y, a las preguntas formuladas por su familia, «¿Cuánto tiempo te quedarás aquí?», «¿Qué quieres hacer?», no supe qué responder.

El hecho de que él lanzara una de sus miradas asesinas a Olivia cuando esta sugirió que me instalara en mi antigua habitación, me aseguró al menos que quería tenerme con él esa noche. ¿Pero por cuánto tiempo? También me pareció advertir que estaba más cariñoso conmigo delante de su familia. Sin duda era así porque su hija ya estaba al corriente.

Por fin, tras marcharse los últimos rezagados y cuando Rose estuvo acostada, nos quedamos a solas. Yo estaba agotada. El desfase horario y el viaje ya me habían mermado, pero las emociones del día y ese gran final al estilo de las mejores comedias románticas habían acabado de rematarme.

Estaba sentada en el sofá. Vincent se acercó a mí y me agarró por debajo de las rodillas alzándome entre sus brazos como a una recién casada. Yo dejé escapar un pequeño grito de sorpresa.

—¿Qué haces?

—Estoy repitiendo la escena de hace algunos meses cuando te quedaste dormida en mi sofá y tuve que llevarte en brazos a la habitación.

—Salvo que esta vez estoy despierta.

—Salvo que esta vez todo va a ser diferente.

Esa frase murmurada en un tono ronco sumió mi corazón en un ritmo desenfrenado.

Vincent me depositó con delicadeza en el borde de la cama y luego se arrodilló frente a mí. Tomó mis manos y, mientras buscaba las palabras, yo empecé:

—Vincent, sé que he desembarcado de manera un tanto improvisada, pero yo…

—Te amo, Cassandra —me cortó.

Esa súbita declaración me dejó sin voz. Había previsto confesarle mis sentimientos aun a riesgo de ponerme en ridículo, y allí estaba él adelantándose al declararme los suyos de la forma más sobria y más bella posible.

—Te quiero —repitió—. Y he sido un idiota. No solo por no habértelo dicho nunca sino también por haber dejado que te marcharas sin decirte nada. Traté de convencerme diciéndome que queriéndote como te quiero no podía impedir que te marcharas a vivir tu sueño. Que era necesario apartarme para que tú no tuvieras nada que lamentar. Que una vez allí, serías feliz y me olvidarías. Pero el problema es que soy egoísta y saber que estabas lejos de mí, me ha resultado imposible de soportar. Y cuando el otro día te vi con ese… no sé lo que será para ti, comprendí que un día podrías reemplazarme y eso sería aún peor que no poder verte. Así que no sé cómo lo vamos a hacer, quizá me cueste un tiempo organizarme con Rose, el taller y el resto, pero quiero vivir contigo, Cassandra. Tal vez me equivoque y tus sentimientos no sean los mismos que los míos. Tal vez en unos segundos me anuncies que no es eso lo que quieres, pero al menos lo habré intentado. No habré dejado pasar esta oportunidad.

Las lágrimas resbalaban por mi rostro pero le sonreí tiernamente.

—Yo también te quiero —sollocé.

Entonces, después de dejar escapar un suspiro de alivio, me tomó en sus brazos.

—Te he echado tanto de menos —añadí—. Os he añorado tanto, a Rose y a ti.

—Te prometo que voy hacer todo lo posible para que estemos juntos y puedas continuar tu carrera teniéndonos cerca.

—No, no es eso lo que quiero.

Sacudí la cabeza y un destello de pánico atravesó sus bonitos ojos verdes. Me apresuré a continuar.

—Mi sueño eres tú. Mi sueño es estar aquí, con tu hija, tu familia, en esta casa, en el Luberon. No quiero vivir mi vida lejos de todo esto. Este lugar se ha convertido en mi casa, en el sitio donde me siento como en casa. Quiero volver. Ni siquiera Chicago parece ya mi hogar. No me importa no tener la increíble carrera que había imaginado. ¿De qué me sirve si es para vivir lejos de aquellos a quienes quiero?

—Pero podrías tener las dos cosas, tu carrera y yo.

—Eso ya no me interesa. Lo que quiero es ser feliz y estoy segura de que será aquí, en Gordes.

Atrapé su rostro entre mis manos mientras sus ojos aún parpadeaban, como si tratara de despertar de un sueño.

—Estoy aquí y aquí me quedo —murmuré contra sus labios.

Lo besé tiernamente una primera vez y luego las semanas de ausencia se impusieron a nuestra reserva y el beso se enardeció. Rápidamente caí hacia atrás con Vincent encima. ¡Cuánto había echado de menos sentir su peso sobre mí! Me desplacé ligeramente hacia el centro de la cama para permitirle que se uniera a mí con más comodidad. Sus manos se deslizaron bajo mi ropa. Estaba ansiosa por sentir su piel contra la mía. Nuestros cuerpos se encontraron instintivamente, como si esta separación no hubiera tenido lugar, y nuestra ropa desapareció en pocos segundos. El tacto de su piel desnuda, su olor, los ligeros pinchazos de su barba, todo me resultó familiar.

Nos dimos la vuelta, invirtiendo nuestras posiciones en la cama. Yo sentada a horcajadas sobre sus muslos. La lámpara de la mesita apenas arrojaba un halo de luz suficiente para poder observar con detalle el cuerpo de mi amante. Un cuerpo que había sufrido una pequeña modificación.

—¿Te has hecho un nuevo tatuaje?

Era una pregunta estúpida porque, efectivamente, podía verlo con mis propios ojos, pero fue su significado lo que me hizo contener las lágrimas que amenazaban con brotar una vez más. Sobre su corazón, justo al lado de su primer tatuaje, una segunda rosa había hecho su aparición, esta vez con espinas.

—Me parecía indispensable que las dos rosas de mi vida estuvieran conmigo todos los días. Mi pequeña Rose inocente y mi Rose lacerante y hechicera.

Seguí la silueta de aquella que me representaba con la yema de mi dedo. No sabía qué decir. Este hombre estaba tan seguro de sus sentimientos hacia mí como para hacerlos grabar de por vida en su piel. Si eso no era una vez más una prueba de su amor…

Pasado ese momento de estupefacción, retomé la exploración de su cuerpo, pero esta vez con mi lengua. Fui trazando la línea bien definida de sus pectorales para descender a continuación por sus firmes abdominales y acceder finalmente al Santo Grial.

Me recreé con gran placer al apropiarme nuevamente de cada parcela de su cuerpo, él colmándome de diferentes maneras, cada una de ellas más deliciosa que la anterior. Cuando finalmente estuvimos saciados el uno del otro y alcanzamos el clímax liberador, me acurruqué contra el hombre que amaba y me dormí más feliz que nunca.

Epílogo

—¡No puedo creer que no me dijeras nada ese día! —se enfadó Olivia.

Parecía estar realmente ofendida por mi revelación.

—Sinceramente, ¿qué habrías hecho tú en mi lugar? ¡Nos conocíamos desde hacía dos horas como mucho! —dije encogiéndome de hombros.

—¡Ya, pero aun así! ¡Era el día de tu cumpleaños y te hice comer una triste sopa y aterrorizarte haciéndote lavar una lechuga!

—Había una babosa... —expliqué intencionadamente a Vincent que parecía no estar entendiendo la anécdota de la ensalada.

Estábamos reunidos en el comedor de Vincent o, más bien, debería decir en nuestro comedor, ya que él me había pedido oficialmente que me instalara en su casa. Y al decir «estábamos» me refiero a Olivia, Vincent, Rose, Papet, Mamée, Nicole, Auguste y Mireille. Celebrábamos el año recién estrenado, pero sobre todo el mío, puesto que ese 2 de enero cumplía treinta y tres años.

Acababa de recordar que había pasado un año exacto desde mi llegada al Luberon por primera vez, y aunque Olivia recordaba que había desembarcado a principios del mes de enero, había olvidado la fecha exacta.

—¡Debió de ser el cumpleaños más deprimente de toda tu existencia!

—Yo no lo veo así. Ese día desembarqué en una región encantadora en la que después decidí instalarme. Aquí conocí a aquella que se convertiría en mi mejor amiga y encontré a una familia formidable. Solo me faltaba un pequeño elemento para que el día fuera perfecto.

Me volví hacia Vincent quien sonrió ante la alusión. En realidad, no lo había conocido hasta algunos días más tarde. Acarició mi mano bajo la mesa y ese simple gesto desató un agradable cosquilleo que me recorrió desde la punta de los pies hasta la raíz del pelo. Desde que nos habíamos reencontrado unos días antes, vivíamos literalmente pegados el uno al otro. Las fiestas de fin de año ayudaban, puesto que Vincent había cerrado el taller por vacaciones. Pasábamos los días con Rose los tres juntos. Y, cuando la pequeña nos abandonaba en brazos de Morfeo o para pasar algún tiempo con otro miembro de la familia, festejábamos nuestro reencuentro tanto de forma dulce como apasionada.

En pocos días Vincent retomaría su trabajo y Rose las clases del colegio. Y yo… yo debía decidir lo que quería hacer. Había enviado mi dimisión a los hoteles Richmond. La cadena no se había tomado demasiado bien que los abandonara de un día para otro, aunque terminaron por aceptar que los dejara sin previo aviso. Ahora necesitaba reflexionar sobre cómo quería encarrilar mi vida profesional aquí, en el Luberon. Vincent había dejado caer la idea de que podía pasar mis días esperándolo dócilmente, desnuda por supuesto, pero yo había rechazado su sugerencia tachándolo de hombre de Neandertal. No deseaba permanecer ociosa, solo necesitaba encontrar algo que me apeteciera. Por el momento, la idea de tomarme unas vacaciones y ocuparme de Vincent y Rose me cuadraba a la perfección.

Incluso había sugerido un poco antes que podría aprovechar para aprender a cocinar. A Vincent se le atragantó su último sorbo de vino y a Olivia le entró un ataque de risa, pero, para mi felicidad, Nicole y Mireille mostraron algo más de fe en mi capacidad para mejorar e incluso se ofrecieron a hacer de profesoras.

Había recibido noticias de Gordon, quien, siguiendo mi consejo, había contactado con Paolo. Mi ejemplo con Vincent le había servido al parecer para decidirse y pensaba reunirse con él en Italia en pocas semanas. También él iba a desertar del Richmond Tahoe Resort y mentalmente le deseé buena suerte a la persona que ocupara mi puesto.

—¿Y bien, Olivia, vas a buscar una compañera de piso? —la interrogué.

—¡Pues aunque no lo creas, he encontrado a alguien!

—¿Ah sí? ¿La conocemos?

—Tú sí, desde luego. Se trata de Alexandre.

—¡Vas a dejar que un hombre se mude a tu casa! —se indignó Auguste adoptando un aire de padre contrariado.

—Sí, un hombre que no está soltero y que lleva siendo mi amigo desde hace más de una década. Por decirlo de otro modo, no va saltar sobre mí a la primera ocasión. Y, además, no se ajusta a mis criterios.

—Ella tiene unos criterios muy precisos y no se apea de ellos —me sentí obligada a añadir para ayudar a su causa. Conociéndolos a los dos, sabía que no pasaría nada entre ellos.

—¿Y por qué no se va a vivir con Stephanie? —le pregunté cuando la atención de sus padres se desvió a otra cosa.

—¡Oh, no preguntes! ¡No entenderé nunca cómo funciona esa pareja! ¡En resumen, se mudará en quince días y yo tendré un barman en casa! ¡Podré tener a mi disposición todas las piñas coladas y cosmopolitans!

—¡Pues si esperas que él haga su trabajo en casa, se va a llevar una decepción cuando descubra que tú no haces el tuyo! —se rio Vincent.

Olivia entornó los ojos antes de defenderse:

—¡He mejorado mucho gracias a Cassie!

Sí, si no contamos que era yo quien ordenaba el apartamento.

—¡Es una buena noticia! —exclamé para que los dos primos no terminarán destripándose—. Y, además, Alexandre es muy simpático.

—Gracias, Cassie, al menos hay alguien que me apoya.

La comida llegó a su fin y Papet y Mamée empezaron a reñir sobre quién de los dos escogería el programa de televisión de la tarde.

—¡Nunca tengo derecho a elegir nada en esta casa! ¡No tienes compasión por tu pobre marido enfermo! —protestó Papet.

Aquello no era más que teatro: ya se había recuperado de su ataque de hacía unos meses y estaba tan fresco como un mozalbete. Es más, se acercó a mí para preguntarme en voz baja:

—¿Mañana? ¿Misma hora, mismo lugar?

—¡Está hecho!

Nos habíamos propuesto retomar nuestras buenas costumbres y encontrarnos para nuestro café dominical. Comenzaba un nuevo año, pero quería mantener las mejores tradiciones del anterior.

—Cassie, ¿nos vamos a dar un paseo?

Rose ya se había puesto su anorak y me tendía el mío. ¿Cómo resistirme a esa muñequita rubia? Tendría que ponerme firme si no quería que me hiciera comer de su mano. Ahora que iba a vivir con ella y su padre, debía aprender, además de mi nuevo papel de pareja, el papel de madrastra. Y era este el que sin duda me atemorizaba más.

Vincent me ayudó galantemente a ponerme el abrigo y él hizo otro tanto. Salimos al jardín, dándonos la mano, con Rose corriendo delante de nosotros. Nos paseamos por las tierras de la granja en cuyo confín se encontraba un pequeño edificio casi abandonado. Se trataba de un antiguo granero que ya solo se utilizaba para almacenar materiales de poco valor. A Rose le encantaba jugar allí.

La contemplamos durante un buen rato inventando historias de princesas y caballeros. Vincent se había colocado a mi espalda y, al abrazarme, sentí su calor y, en ese frío día de invierno, lo agradecí muchísimo. Me besó en la sien.

—Feliz cumpleaños, cariño.

—Gracias.

—Te prometo que no tendrás que enfrentarte nunca más a babosas por tu cumpleaños —murmuró en mi oreja mordiéndome el lóbulo.

—No esperaba menos de ti.

—Así será, cuento con ocuparme de ti como de una auténtica princesa.

—No te pases —protesté—. Me gusta el Vincent gruñón y un poco hosco.

—Si eso te complace, yo estoy dispuesto a cambiar todas las costumbres que quieras. Incluso puedo provocar alguna riña si lo deseas.

Le solté un codazo para protestar.

—Aun sospechando que algunas parejas como Papet y Mamée han recurrido a esa técnica, no pretendo imponerte semejantes medidas. Conténtate con ser tú mismo.

—Solamente si me prometes quererme tal como soy.

Me di la vuelta para ponerme de frente.

—Te prometo quererte, Vincent.

—Yo también prometo quererte, Cassandra.

E inmediatamente sellamos esa promesa con un beso.